KB248475

80일간의 세계일주

옮긴이 **김경미**

1995년 프랑스 파리로 유학, 세계 사회와 문화 연구에 몰두하고 있다. 프랑스 파리5대학 사회학 학사, 동 대학원 문학인류학 석사 과정을 마쳤다. 프랑스 국립고등사회과학대학원(EHESS)에서 사회인류학 박사 학위를 취득한 후, 현재 파리 디드로 대학(파리7대학) 전임 강사로 재직 중이다. 번역서로는 『어린 왕자』 『오페라의 유령』 『모파상 단편선』이 있다.

80일간의 세계일주

개정판 1쇄 2017년 1월 9일
지은이 쥘 베른
옮긴이 김경미
펴낸이 김영재
펴낸곳 책만드는집

주소 서울 마포구 양화로3길 99 4층 (04022)
전화 3142-1585·6
팩스 336-8908
전자우편 chaekjip@naver.com
출판등록 1994년 1월 13일 제10-927호

* 잘못 만들어진 책은 구입하신 서점에서 교환해드립니다.

ISBN 978-89-7944-593-0 (04800)
ISBN 978-89-7944-591-6 (세트)

이 도서의 국립중앙도서관 출판사도서목록(CIP)은 e-CIP 홈페이지(http://www.nl.go.kr/cip.php)에서 이용하실 수 있습니다. (CIP제어번호 : CIP2016031748)

80일간의 세계일주

쥘 베른 지음 · 김경미 옮김

책만드는집

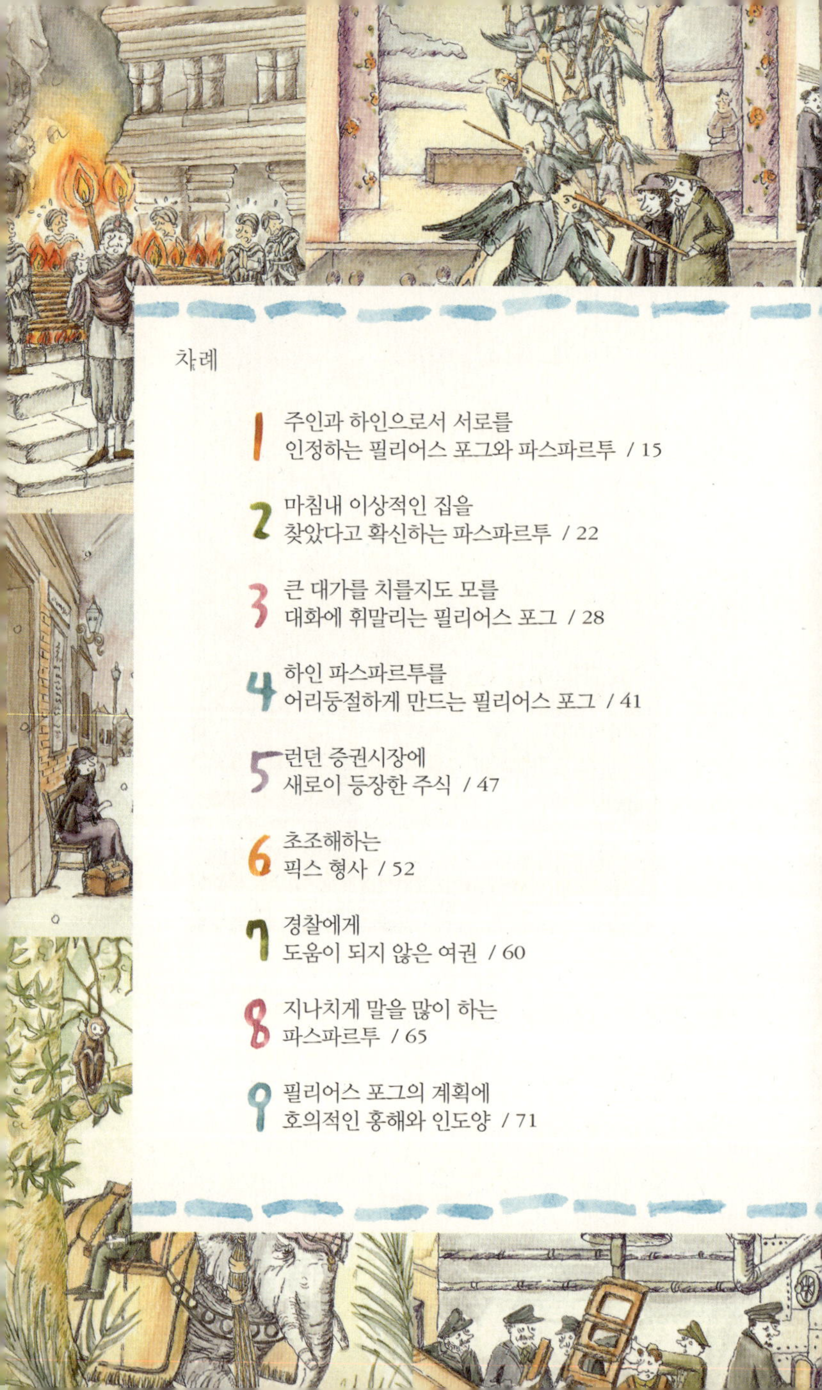

차례

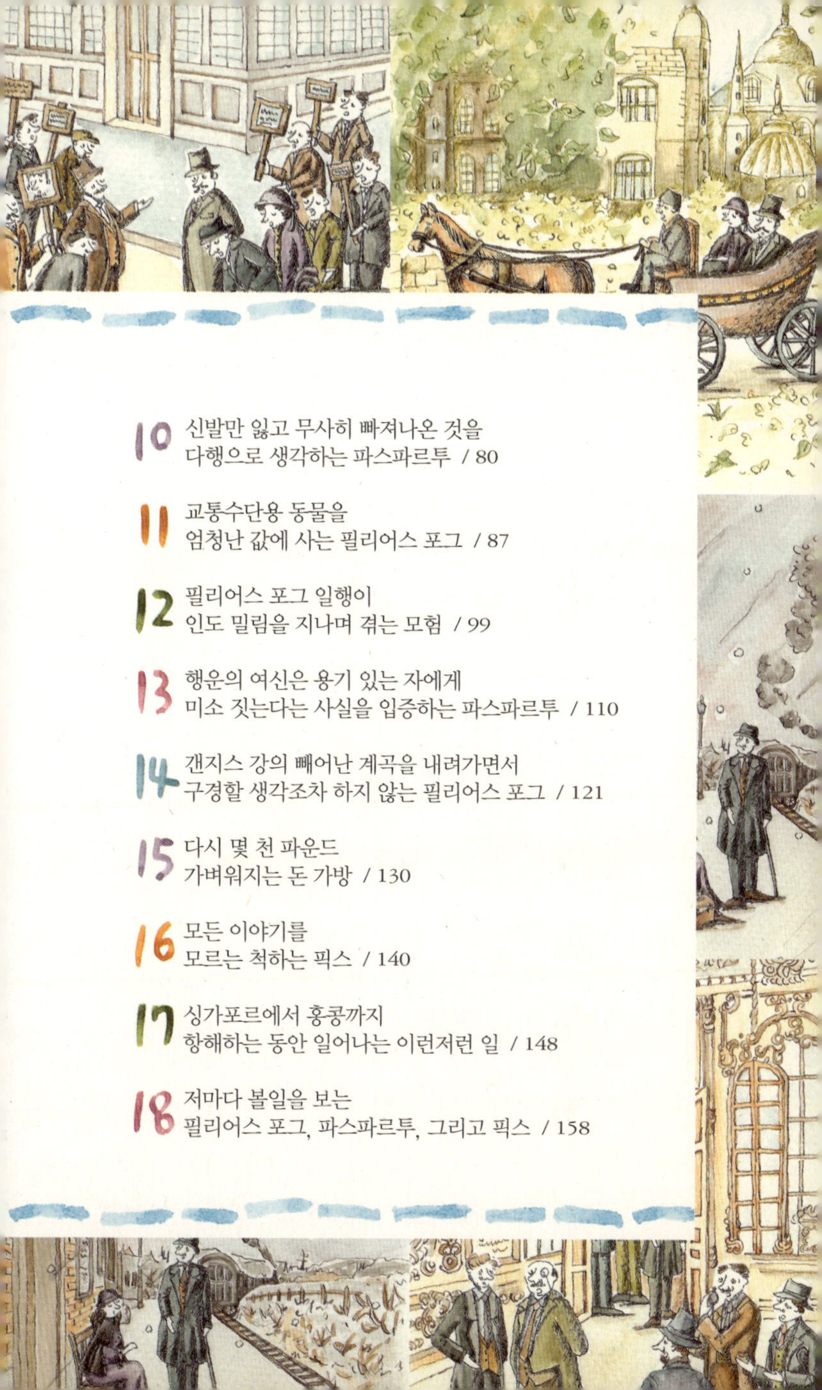

Le Tour du monde en 80 jours

필리어스 포그와 파스파르투

1872년, 한때 셰리든이 살았던 벌링턴 가든스의 새빌로 7번지 저택에는 다른 사람의 시선을 끌 만한 일은 아무것도 하지 않으려는 것처럼 보이는, 그럼에도 불구하고 런던의 '혁신 클럽' 회원 중에서 가장 기이하고 가장 눈에 띄는 필리어스 포그 경이 살고 있었다.

대단히 품위 있는 사람이고, 영국 상류사회에서 가장 잘생긴 신사라는 것 외에 전혀 알려진 것이 없는 이 수수께끼 같은 인물인 필리어스 포그가 바로 영국이 자랑하는 위대한 웅변가가 살았던 집에 그 뒤를 이어 살게 된 것이다.

사람들은 그가 바이런을 닮았다—다리는 멀쩡했으므로 얼굴만—고 하는데, 그는 콧수염을 유난히 좋아하는 바이런, 천 년을 살아도 늙지 않을 만큼 감정에 동요되지 않는 그런 바이런이었다.

물론 필리어스 포그가 영국인인 것은 확실하지만, 런던 토박이는 아닐지도 모르는 일이었다. 은행에도, 증권거래소에도 그는 결코 모습을 드러내지 않았다. 런던의 어느 항구나 부두에도 필리어스 포그 이름으로 된 배가 들어온 적이 없었다. 그의

이름은 변호인협회, 재판소, 링컨즈인이나 그레이즈인 어디에
서고 거론된 적이 한 번도 없었다. 대법원, 왕실, 재무부나 종
교재판소에 소송을 제기한 일도 없었다. 그는 제조업자도, 도
매업자도, 상인도, 농부도 아니었다. 대영제국왕립학회, 런던
학회, 기술학회, 러셀학회, 서부문예학회, 법률학회 그 어느 곳
에도 소속되어 있지 않았으며, 여왕의 직접적인 후원을 받는
예술과학학회에도 소속되어 있지 않았다. 다시 말해, 그는 아
르모니카협회에서부터 해충을 박멸할 목적으로 설립된 곤충학
회에 이르기까지 영국의 수도권에 급속도로 늘어나고 있는 수
많은 단체 중 어느 곳에도 가입되어 있지 않았다.

그는 단지 혁신클럽의 회원이었고, 그것이 전부였다. 수수께
끼 같은 이 신사가 그런 명예로운 단체의 회원이라는 사실에
놀라는 사람들은 이 신사가 베링 형제의 추천을 받아 클럽에
가입했다는 사실에서 그 답변을 찾을 수 있을 것이다. 그는 베
링형제은행에 신용 계좌를 가지고 있었는데, 이를 통해 한 가
지 알 수 있는 단면이 있다면, 그가 발행하는 수표들은 결코 변
함없는 잔액이 들어 있는 그의 예금계좌에서 규칙
적으로 지불된다는 것이었다.

필리어스 포그는 부자였을까? 물론 그랬
다. 하지만 그가 어떻게 갑부가 되었는지
는 아무리 소식에 빠른 사람이라도 설명할
수 없었고, 이를 알릴 수 있는 사람은 오직
포그 씨뿐이었다. 어쨌든 그는 낭비하는 사
람은 아니었지만, 그렇다고 구두쇠도 아니었다. 고귀하거나 유

익하거나 도움이 필요한 일이라면 어느 곳이든 소리 없이 익명으로 보조금을 주었다.

요컨대 이 신사만큼 속을 내보이지 않는 사람도 없었다. 그는 될 수 있는 한 말을 아꼈고, 말이 없는 만큼 더욱 신비로워 보였다. 언제나 계산을 한 것처럼 똑같은 생활을 반복하는 사람이었음에도 불구하고, 보여지는 것 자체에 만족하지 못하고 그 이상의 것을 찾으려는 사람들의 상상력으로 인해 그의 삶은 새롭게 재해석되곤 했다.

그는 여행을 했을까? 어느 누구도 이 사람보다 완벽한 세계 지도를 소유하지 못한 것을 볼 때, 아마도 그랬을 것이다. 그 어떤 외진 장소에 대해서도 그는 특별한 지식을 가지고 있었다. 행방불명이 된 여행객들에 대한 얘기가 클럽 내에 떠돌 때면, 그는 몇 마디의 말로써 간단명료하게 잘못을 바로잡아 주곤 했다. 그는 현실적인 가능성을 제시했고, 매 사건이 결국은 그의 말대로 끝나는 만큼, 그의 의견은 어떤 예지력에 의한 것으로 받아들여졌다. 확실히 세계 도처를 최소한 상상 속에서라도 여행해보았을 사람이었다.

그럼에도 확실한 것은 오래전부터 필리어스 포그가 런던을 떠나본 적이 없다는 사실이었다. 영광스럽게도 다른 사람보다 조금 더 그를 잘 아는 사람들은 어떤 곳에서도—그가 집에서 클럽까지 오기 위해 매일 지나다니는 지름길을 제외하고는—그를 본 적이 없다고 단언했다. 그의 유일한 소일거리는 신문을 읽거나 휘스트 게임을 하는 것이었다. 그의 본질과도 잘 어울리는 침묵을 요구하는 이 놀이에서 그는 자주 이겼지만, 딴 돈을 자기 호주머니에 넣는 일은 결코 없었고, 오히려 상당한 액수의 돈을 자선사업 기금으로 활용했다. 더욱이 주목해야 할 점은, 포그 씨는 돈을 따기 위해서가 아니라 단지 즐기기 위해 카드놀이를 한다는 것이었다. 그에게 있어 카드놀이는 전투, 난관을 헤쳐나가는 투쟁이기도 했지만, 움직임이나 이동과 피로가 없는 싸움이기에 그의 성격과도 잘 맞아떨어지는 것이었다.

필리어스 포그에게는 아내도 자식도 없었고─가장 성실한 사람들에게나 생길 수 있는 일이다─부모나 친구도 없었다. 이건 사실상 불가능한 일이다. 필리어스 포그는 아무도 들어가 본 적이 없는 새빌로의 저택에서 혼자 살고 있었다. 집안일이야 결코 문제 될 게 없었다. 단 한 명의 하인이 그를 시중든다면 그것으로 충분했다. 초를 잰 듯 정해진 시간에, 클럽 내 같은 살롱, 같은 테이블에서 점심과 저녁을 먹었고, 동료들을 접대하거나 외부인을 초대하는 일이 결코 없었기 때문이다. 그는 혁신클럽 회원들을 위해 마련해놓은 편안한 방들을 전혀 이용하지 않고, 정확히 밤 12시가 되면 잠을 자기 위해 자신의 저택으로 돌아왔다. 하루 스물네 시간 중 단지 열 시간만을 잠자거나 몸치장을 하기 위해 자신의 집에서 보냈다. 그가 산책을 할 때면 언제나 규칙적인 발걸음이었고, 그 장소는 변함없이 쪽마루를 깐 홀 입구거나, 붉은 반암으로 된 스무 개의 이오니아식 기둥이 떠받치고 있고 파란 유리로 둥글게 천장을 만든 원형 화랑이었다. 그가 저녁이나 점심을 먹을 때면 클럽의 주방, 식료품 저장실, 식사 준비실, 생선 가게, 유제품 공장 등에서 맛좋은 음식들을 식탁에 선보였고, 까만 예복 차림에 플란넬로 창을 댄 구두를 신은 클럽의 근엄한 하인들이 이 음식을 특별 자기 그릇에 담아 독일의 작센 지방 천으로 만든 멋진 식탁보 위에 차려 주었다. 그가 마실 셰리, 포트나 계피, 카필레르, 시나몬을 섞은 클라레는 클럽의 오래된 크리스털 잔에 채워졌다. 그리고 그가 마실 음료는 적당한 찬기를 유지할 수 있도록 클럽의 얼음—비싼 비용을 들여 미국의 호수에서 가져온—과 함께 제공되었다.

이런 조건에서 살기 때문에 그를 괴짜로 본다면, 그 괴벽에도 좋은 점이 있는 것이 아닌가!

새빌로의 저택은 호화롭지는 않지만 아주 편안하다는 점에서만은 내세울 것이 있었다. 더구나 주인의 변함없는 생활 습관으로 인해 하인은 시중들 일이 거의 없었다. 그렇지만 필리어스 포그는 하나뿐인 하인에게 시간을 정확하게 지키는 것, 특히 규칙을 엄격히 지킬 것만은 요구했다. 10월 2일, 필리어스 포그는 화씨 86도의 면도 물을 가져오는 대신 화씨 84도의 물을 가져오는 잘못을 저지른 하인 제임스 포스터를 해고했다. 그런즉 그는 11시에서 11시 30분 사이에 오기로 되어 있는 새 하인을 기다리고 있었다.

필리어스 포그는 퍼레이드를 하는 병사처럼 두 발을 모으고, 무릎 위에 두 손을 얹고, 몸을 곧추세우고, 고개를 반듯이 든 채로 안락의자에 꼿꼿이 앉아 있었다. 그는 시간, 분, 초, 요일, 날짜와 연도까지 알려주는 복잡한 기계로 된 자신의 추시계가 움직이는 것을 보고 있었다. 11시 30분이 되면 포그 씨는 평소 습관대로 자신의 집을 떠나 혁신클럽에 갈 것이다.

그때 누군가 필리어스 포그가 있는 작은 살롱의 문을 두드렸다.

해고된 제임스 포스터였다.

「새로 온 하인입니다.」

삼십 대로 보이는 사내가 나타나 인사를 했다.

「프랑스 사람이고, 이름은 존이라고?」

필리어스 포그가 물었다.

「실례가 안 된다면, 장입니다.」

새로운 사람이 대답했다.

「장 파스파르투, 곤경에서 잘 빠져나오는 타고난 저의 재주 때문에 붙여진 별명이죠. 저는 스스로를 정직한 사람이라고 생각합니다, 나리. 하지만 솔직하게 말씀드리면, 저는 이 일 저 일 안 해본 일이 없습니다. 떠돌이 가수 생활도 했었고, 서커스단에 곡예사로 있으면서 레오타르처럼 공중 곡예도 해봤고, 블롱댕처럼 줄타기도 해봤습니다. 그 후론 저의 재주를 좀 더 유용하게 써먹고자 체육 선생도 해봤는데요, 제일 마지막에 한 일은 파리에서 소방관을 한 것입니다. 큰 화재 때 세운 공로도 기록에 남아 있습니다. 그러다 프랑스를 떠났는데, 그것도 벌써 5년이나 되었네요. 영국에서는 가정 생활을 맛보고 싶어 하인으로 있습니다. 그런데 그도 자리가 많지 않은 터라 일을 찾던 중에 마침 영국에서 제일 정확하고, 조용히 집에만 계시는 분이 필리어스 포그 선생님이라는 얘기를 듣고, 선생님 댁에서 조용하게 살기를 바라는 마음에서, 또 파스파르투라는 이름을 잊어버리고 싶어서 이렇게 찾아왔습니다.」

「파스파르투라는 별명이 마음에 드는군.」

신사가 대답했다.

「누가 자네를 추천하더군. 자네에 대한 좋은 얘기 많이 들었네. 내 조건은 알고 있나?」

「그럼요, 나리.」

「그럼, 좋네. 지금 몇 시인가?」

「11시 22분입니다.」

파스파르투가 조끼 호주머니 깊숙한 곳에서 큼직한 은시계를 꺼내 보면서 대답했다.

「자네 시계가 좀 늦군.」

「죄송합니다만, 그럴 리가 없는데요.」

「자네 시계가 4분 늦지만, 상관없네. 단지 시간 차이만을 확인하면 되니까. 그러니까 지금, 1872년 10월 2일 수요일 오전 11시 29분부터 자네는 내 시중을 드는 걸세.」

필리어스 포그는 이 말을 남기고 일어나 왼손으로 모자를 집어들더니 기계 같은 동작으로 그것을 머리에 쓰고는 말 한마디 덧붙이지 않고 사라졌다.

파스파르투는 길 쪽으로 난 문이 닫히는 소리를 들었다. 자신의 새 주인이 나가는 소리였다. 그리고 두 번째 문 닫히는 소리가 들렸다. 전에 일하던 제임스 포스터가 자신의 차례가 되어 나간 것이다.

파스파르투는 새빌로의 저택에 혼자 남겨졌다.

2 마침내 이상적인 집을 찾았다고 확신하는 파스파르투

「맞아, 튀소 부인 박물관에서 새 주인처럼 생생한 사람들을 본 적이 있어!」

처음에는 약간 어리둥절해하던 파스파르투가 혼자 중얼거렸다.

여기서 튀소 부인 박물관의 생생한 사람들이란 런던의 명물로, 밀랍으로 만든 인형을 말하는데, 말만 하면 사람과 똑같다는 사실을 밝혀두는 것이 좋겠다.

파스파르투는 조금 전 필리어스 포그와 마주한 짧은 시간 동안, 앞으로 모시게 될 주인을 재빨리, 그러나 세심하게 살펴보았다. 그는 마흔 살 정도 되어 보이는 귀족적인 스타일에, 잘생기고 키가 크며, 황금빛의 머리칼과 구레나룻을 가졌다. 관자놀이에는 주름 하나 없고, 반듯한 이마와 핏기 없는 창백한 얼굴에 가지런한 치아를 가졌으며, 약간 살이 쪘다. 주인은 관상가들이 흔히 행동 속의 휴식이라 부르는, 소리 없이 열심히 일하는 사람들의 공통된 특징이 몸에 잘 밴 것처럼 보였다. 조용하면서 침착하고, 맑은 눈에 굳은 시선을 가진 그는 영국에서 흔히 만날 수 있는 냉철한 영국인의 가장 전형적인 인상으로,

이런 약간의 이지적인 모습은 앙겔리카 카우프만의 붓을 통해서도 훌륭하게 묘사된 바 있다. 이 신사가 보여준 이런저런 행동은 그가 모든 면에서 르루아나 언쇼의 초시계만큼이나 완벽하게 균형이 잡혀 있다는 인상을 던져주었다. 실제로 필리어스 포그는 손과 발의 표현을 정확하게 조정할 수 있는 정확성의 화신이었다. 동물과 마찬가지로 인간에게도 손과 발은 열정을 표현하는 기관이기 때문에 그 점은 쉽게 확인되었다.

필리어스 포그는 결코 서두르지 않고 늘 준비되어 있어, 자신의 걸음걸이나 행동을 최대한 아끼는 수학적인 정확성을 가진 사람이었다. 언제나 가장 짧은 길로만 다녔기 때문에 쓸데없는 걸음은 하지 않았고, 천장으로 시선을 던지는 법도 없었다. 형식적인 행동은 결코 용납하지 않았다. 사람들은 그가 감동하거나 당황하는 모습을 한 번도 본 적이 없었다. 그는 세상에서 가장 서두르지 않는 사람이었지만, 늘 제시간에 도착했다. 우리는 그가 혼자서, 다시 말해 모든 사회적 관계를 떠나서 살고 있는 이유를 이해할 수 있을 것이다. 그는 살아가면서 사람들과의 마찰은 항상 있을 수 있다는 사실을 알고 있었고, 이러한 마찰은 일을 늦어지게 하기 때문에 어떤 사람과도 부딪치려고 하지 않았다.

한편 장, 일명 파스파르투는 진짜 파리 토박이로, 5년 전에 영국으로 와 런던에서 하인 일을 하며, 믿을 수 있는 주인을 찾아 헛된 시간만 보내고 있었다.

파스파르투는 어깨를 으쓱거리며, 코를 벌름거리고, 확신에 찬 시선과 건조한 눈빛을 가진 우스꽝스러우면서도 뻔뻔한 프롱탱이나 마스카리유 같은 사람과는 달랐다. 파스파르투는 호감 가는 인상의 용감한 젊은이였으며, 언제든 맛을 보거나 키스할 준비가 되어 있는 약간 튀어나온 입술에, 친구의 어깨 옆에서나 볼 수 있는 친근감 넘치는 둥근 얼굴을 가진 부드럽고 상냥한 사람이었다. 그는 파란 눈, 건강한 얼굴빛, 스스로도 광대뼈를 볼 수 있을 정도로 꽤 통통한 얼굴, 떡 벌어진 어깨, 건강한 체구, 튼튼해 보이는 근육을 가졌으며, 젊은 시절 운동으로 놀랍게 단련된 헤라클레스 같은 힘을 가지고 있었다. 갈색인 그의 머리칼은 좀 뻣뻣했다. 고대 조각가가 미네르바의 머리 손질 방법을 열여덟 가지 알고 있었다면, 파스파르투는 단 한 가지 방법밖에 몰랐다. 얼레빗으로 세 번 빗질하는 것으로 그의 머리 손질은 끝이 났다.

이 젊은이의 외향적인 성격이 필리어스 포그와 잘 맞을지에 대해서 논하는 것은 신중하지 못한 일이다. 파스파르투는 주인이 필요로 하는 것처럼 정확한 하인일까? 그것은 일을 시켜봐야 알 수 있을 것이다. 알다시피 유랑하면서 젊은 시절을 보낸 그는 지금, 휴식을 원하고 있다. 그는 영국 감리교와 영국 신사들의 냉철함에 대한 평판을 듣고 돈을 벌고자 영국에 건너왔다. 하지만 지금까지는 그에게 운이 따라주지 않았다. 어디에도 뿌리를 내릴 수 없었다. 열 군데의 집을 거쳤지만, 가는 곳마다 주인들은 변덕스러웠고, 불평등했으며, 모험을 좇거나 여행을 자주 했기 때문에 파스파르투에게는 맞지 않았다. 그의 전 주인이자 하원의원인 롱스페리 경은 헤이마켓의 굴 요릿집에서 밤을 보내고 나서, 경찰들의 어깨에 떠메져 집에 들어오기가 일쑤였다. 무엇보다도 존경할 만한 주인을 모시고 싶었던 파스파르투는 위험을 무릅쓰고 몇 가지 의견을 정중하게 제안했으나 받아들여지지 않았고, 그로 인해 주인과는 인연을 끊게 되었다. 그러는 동안, 그는 필리어스 포그 경이 하인을 구한다는 사실을 알게되었다. 이 신사에 대한 정보를 수집한 바, 이 사람은 외박도하지 않고, 여행도 하지 않으며, 단 하루라도 결코 집을 비우는일이 없는 너무도 규칙적인 인물이었기에 자신에게 딱 맞는 사람이었다. 그래서 스스로 포그 씨를 찾아왔고, 앞서 설명한 상황에서 그는 하인으로서 받아들여졌다.

시계가 11시 30분을 알렸을 때, 파스파르투는 새빌로의 저택에 혼자 남겨졌다. 그는 곧바로 저택을 구석구석 살펴보기 시작했다. 깨끗하게 정돈되어 있고, 소박하면서도 엄격해 보이는 저택은 시중들기 좋게 잘 꾸며져 있어 그의 마음에 들었다. 저택은 가스를 통해 밝혀지고 데워지는 예쁜 달팽이 껍질 같은 인상을 주었다. 조명과 난방에 필요한 연료는 탄화수소만으로도 충분했다. 파스파르투는 어렵지 않게 3층에 있는 자기 방을 찾을 수 있었다. 그에게 알맞은 방이었다. 전기 초인종과 이어진 소리관을 통해 2층과 1층의 방과 연락할 수 있게 되어 있었다. 벽난로 위에 놓인 전기 추시계는 필리어스 포그의 침실에 있는 추시계와 연결되어 있었고, 이 두 기계는 같은 순간, 같은 초를 알려주었다.

「마음에 들어, 아주 마음에 들어.」

파스파르투는 혼자 중얼거렸다.

또한 그는 자기 방 벽 시계 위에 붙어 있는 쪽지를 발견했다. 일과표였다. 필리어스 포그가 잠자리에서 일어나는 오전 8시부터 혁신클럽에서 점심 식사를 하기 위해 집을 나서는 11시 30분까지 하인이 챙겨야 할 일들이 상세히 적혀 있었다. 8시 23분에 차와 토스트, 9시 37분에 면도용 물, 9시 40분에 머리 손질. 그리고 오전 11시 30분부터 이 규칙적인 신사가 잠자리에 드는 자정까지 해야 할 모든 일이 예정되고, 기록되고, 규칙화되어 있었다. 파스파르투는 기쁜 마음으로 찬찬히 일과표를 살펴보며 하나하나 머릿속에 새겨 넣었다.

한편, 주인의 옷장에는 많은 옷이 놀랄 만큼 잘 정리되어 있었다. 모든 바지와 옷과 조끼에는 번호가 매겨져 있었고, 옷을 산 날짜와 함께 계절에 따라 입는 순서대로 그 날짜가 적혀 있었다. 구두도 같은 방식으로 정리되어 있었다.

요컨대 이 새빌로의 저택은 유명하지만 방탕했던 세리든이 살던 시절에는 난잡의 전당이었을지 모르지만, 지금은 쾌적하게 꾸며져 사뭇 편안한 안식처로 보였다. 서재나 책은 보이지 않았다. 그런 것은 포그 씨에게는 불필요했을 것이다. 왜냐하면 혁신클럽에 있는 두 개의 도서실인 문학 도서실과 법률 및 정치 도서실을 마음대로 이용할 수 있기 때문이다. 침실에는 화재나 도난에 끄떡없어 보이는 중간 크기의 금고 하나가 놓여 있었다. 집안의 무기 보관고에는 사냥이나 전쟁용 총기도 없었다. 이 모든 것은 주인의 평화로운 기질을 잘 나타내 주고 있었다.

저택을 구석구석 살펴본 다음, 파스파르투는 손을 비볐다. 넓적한 얼굴이 환하게 피어났다. 그는 기쁨에 겨워 중얼거렸다.

「좋았어! 바로 내가 찾던 일이야! 포그 씨와 난 완벽하게 잘 맞을 거야! 돌아다니는 것을 싫어하는 규칙적인 사람! 정말 기계 같은 사람! 그렇지, 기계를 섬기는 것도 나쁘지 않지!」

3 큰 대가를 치를지도 모를 대화에
휘말리는 필리어스 포그

11시 30분, 필리어스 포그는 새빌로의 저택을 떠나, 오른발을 왼발 앞에 575번 내딛고, 왼발을 오른발 앞에 576번 내디뎌, 팰맬 거리에 우뚝 솟아 있는 혁신클럽에 도착했다. 혁신클럽은 3백만 프랑 이상 들여 세운 웅장한 건물이었다.

필리어스 포그는 곧장 식당으로 갔다. 가을을 맞아 벌써 노랗게 물든 나무가 있는 아름다운 정원 쪽으로 아홉 개의 창문이 열려 있었다. 그는 자신의 식기가 이미 차려져 있는 식탁에 자리를 잡았다. 그의 점심 식사로 전채 요리, 일급 리딩 소스로 간을 맞춘 생선찜, 다진 대황 줄기와 녹색 구스베리를 곁들인 선홍색의 로스트비프과 체스터 치즈가 준비되었는데, 이 모든 것은 혁신클럽 식당용으로 특별히 재배한 최고급 차와 함께 대접되었다.

12시 47분에 신사는 일어나 큰 홀 쪽으로 걸어갔다. 값진 그림이 액자로 장식된 화려한 공간이었다. 시중드는 사람이 아직 페이지 사이를 자르지 않은 〈타임즈〉를 가져왔다. 필리어스 포그는 페이지 사이를 꼼꼼하게 잘랐는데, 그 일을 해내는 정확한 솜씨로 보아 이 까다로운 일을 많이 해보았음을 알 수 있었다. 그는 이 신문을 3시 45분까지 읽고, 계속해서 저녁 식사 시간까지 〈스탠더드〉를 읽었다. 저녁은 점심과 같은 조건에서 진행되었는데, 특별히 영국 왕실 소스가 곁들여졌다.

6시 20분 전, 신사는 큰 홀에 다시 나타나 〈모닝 크로니클〉을 탐독했다.

30분이 지나자, 다른 혁신클럽 회원들이 들어와 석탄불이 타오르는 벽난로 가까이로 모여들었다. 필리어스 포그 씨 못지않게 휘스트를 좋아하는 카드놀이 친구들이었다. 기사(技師) 앤드루 스튜어트, 은행가 존 설리번과 새뮤얼 팰런틴, 양조업자 토머스 플래너건, 영국은행 이사 중의 한 사람인 고티에 랠프. 이들은 부유한 자들로 클럽 내에서도 산업계와 금융계의 최고 실력자라 평가받는 사람들이었다.

「한데 랠프, 그 도난 사건은 어떻게 되었나?」

토머스 프래너건이 물었다.

「뭐, 은행이 손해를 보게 되겠지요.」

앤드루 스튜어트가 대답했다.

「난 반대로 범인이 잡힐 것으로 기대하고 있네. 노련한 형사들이 미국이며 유럽, 배가 드나드는 모든 주요 항구에 파견되어 있으니까 그자가 달아나기는 어려울 걸세.」

고티에 랠프가 말했다.

「그렇다면 도둑의 인상착의는 알고 있는 겁니까?」

앤드루 스튜어트가 물었다.

「말하건대, 그자는 도둑이 아닐세.」

고티에 랠프가 진지한 표정으로 대답했다.

「네? 은행에서 5만 5천 파운드나 되는 지폐를 빼낸 작자가 도둑이 아니라고요?」

「그렇다네.」

고티에 랠프가 대답했다.

「그러면 실업간가?」

존 설리번이 물었다.

「〈모닝 크로니클〉은 그 사람을 그저 신사라고 단정하고 있소.」

주위에 수북이 쌓인 신문 더미 위로 고개를 내밀면서 대답을 한 사람은 다름 아닌 필리어스 포그였다. 그는 동료들에게 인사를 했고, 동료들도 인사에 답했다.

영국의 신문들이 열심히 떠들어대고 있는 이 문제의 사건은 사흘 전인 9월 29일에 일어났다. 영국은행 현금 출납원의 책상 위에 있던 5만 5천 파운드라는 막대한 액수의 지폐 뭉치가 사라진 것이다.

이러한 도난 사고가 어떻게 그렇게 쉽게 일어날 수 있었는지 의아해하는 사람들에게 부총재인 고티에 랠프는 현금 출납원이 바로 그 순간, 3실링 6펜스의 수납금을 기입하느라 다른 데 신경 쓸 겨를이 없었다고만 해명했다.

그런데 여기서 주목해야 할 것은―이번 사건을 보다 잘 설명해주는 것인데, 영국은행이라는 이 대단한 기관이 지나칠 정도로 고객의 품위를 배려한다는 사실이다. 영국은행에는 경비원도 전혀 없고, 퇴역군 관리인도 없으며, 쇠창살도 없다. 이것은 금화, 은화, 지폐들이 그대로 방치되어 있어, 누구라도 마음만 먹으면 손을 댈 수 있다는 말이다! 그곳에 오는 사람이 그 어떤 사람일지라도 정직성을 의심해서는 안 된다는 것이 영국은행의 입장인데, 이러한 영국은행의 관례를 잘 아는 한 사람은 이런 이야기를 하기도 했다.

어느 날, 은행의 한 홀에 있던 이 사람은 현금 출납원의 책상 위에 놓여 있는 무게가 7~8파운드 정도 나가는 금괴를 가까이서 보고는 호기심이 발동했다. 그는 그 금괴를 집어 들어 살펴본 다음 옆 사람에게 건넸고, 옆 사람은 또 다른 사람에게 건넸다. 그렇게 금괴는 여러 사람의 손을 거쳐 어두컴컴한 복도 끝까지 갔다가 30분이 지나서야 제자리에 돌아왔는데, 그러는 동안 현금 출납원은 고개조차 들지 않더라는 것이다.

그러나 9월 29일에는 일이 그렇게 진행되지 않았다. 지폐 뭉치가 돌아오지 않았으므로, 객장에 걸린 멋진 벽시계가 은행 문을 닫을 시간인 5시를 알렸을 때, 영국은행은 5만 5천 파운드의 돈을 손실 계좌로 넘길 수밖에 없었다.

도난 사실이 정식으로 인정되자, 꽤 노련한 사람 중에서 선발된 경찰, 형사들이 리버풀, 글래스고, 르아브르, 수에즈, 브린디시, 뉴욕 등 주요 항구에 파견되었고, 경찰 당국은 범인을 체포할 경우 2천 파운드의 포상금과 함께 되찾게 될 금액의 5퍼센트를 주겠다고 약속했다. 곧바로 시작된 수사로 얻어질 정보를 기다리는 동안, 형사들은 각 항구에 드나드는 모든 여행자를 철저히 감시하라는 명령을 받았다.

　그런데 좀 더 상세히 말하자면, 〈모닝 크로니클〉의 보도처럼 사람들이 범인은 영국 상습 절도단 소속이 아닐 거라고 추측하는 데에는 그만한 이유가 있었다. 사건이 벌어진 9월 29일, 점잖게 잘 차려입은 출중한 외모의 한 신사가 은행 출납구에서 하루 종일 서성대는 것을 여러 사람이 목격했던 것이다. 수사를 통해 이 신사의 인상착의가 꽤 정확하게 그려졌고, 그것은 영국과 대륙에 있는 모든 형사에게 즉시 보내졌다. 고티에 랠프를 포함한 의식 있는 몇몇 사람은 범인이 멀리 달아나지 못할 거라고 확신했다.

　여러분이 생각하듯, 이 사건은 런던뿐만 아니라 온 영국의 화젯거리였다. 사람들은 런던 경찰의 범인 체포 성공 가능성을 놓고 서로 다른 의견을 내세우며 논쟁을 벌이는 열정을 보였다. 그런즉 혁신클럽 회원들이 이 문제에 관해 떠들어대는 것은 당연한 일이었고, 특히 은행의 부총재가 클럽 회원 중의 한 사람이었으니 더더욱 그러했다.

　존경할 만한 고티에 랠프는 현상금이 특히 형사들의 열성과 수사력을 자극할 거라 믿으며, 그 성과를 의심치 않았다. 그러나 친구 스튜어트의 생각은 전혀 달랐다. 휘스트 게임 탁자에 플래너건, 스튜어트가 마주보고, 필리어스 포그, 팰런틴이 마주보게끔 둘러앉은 이 신사들은 토론을 계속했다. 게임을 하는 동안에는 조용하다가도, 세 판 승부가 끝나면 멈춰졌던 토론이 다시 그 활기를 되찾았다.

　「난 범인에게 행운이 따를 거라 믿습니다. 그는 틀림없이 능수능란한 사람일 테니까요!」

앤드루 스튜어트가 말했다.

「두고 보세! 하지만 범인이 숨을 나라는 단 한 군데도 없을 거야.」

랠프가 반박했다.

「과연 그럴까요?」

「범인이 어디로 도망간단 말인가?」

「그거야 모르지만, 하여간 세계는 꽤 넓답니다.」

「옛날에는 그랬지요……..」

필리어스 포그가 나직한 목소리로 말했다. 그러고 나서 토머스 플래너건에게 카드를 내밀며 덧붙였다.

「당신이 돌릴 차례입니다.」

세 판 승부를 겨루는 동안 토론은 중단되었다. 하지만 끝난 즉시 앤드루 스튜어트가 다시 말을 이었다.

「아니, '옛날에는' 이라니! 그럼 지구가 작아지기라도 했단 말입니까?」

「물론이네.」

고티에 랠프가 대답했다.

「나도 포그 씨와 같은 생각

이네. 지구는 작아졌어. 현재
는 백 년 전보다 열 배는 빨리
세계일주를 하지 않는가. 그러
니 이번 사건 같은 경우, 수사가 훨씬 빨라질 수 있지.」

「그렇다면 범인 역시 도망가기가 그만큼 쉬워지겠죠!」

「스튜어트 씨, 당신 차례요.」

필리어스 포그가 말했다.

그러나 의심 많은 스튜어트는 동의하지 않았다. 그래서 휘스트 판이 끝나자 다시 말을 이었다.

「랠프 씨, 지구가 작아졌다니 농담이시겠죠! 지금은 지구를 한 바퀴 도는 데 석 달이면 된다고 해도…….」

「80일이면 됩니다.」

필리어스 포그가 말했다.

「사실일세. 인도 횡단 철도 노선 중 로탈과 알라하바드 사이의 구간이 개통된 뒤로는 80일이면 충분해. 자, 여기 〈모닝 크로니클〉에서 뽑은 계산이 있네.」

존 설리번이 덧붙였다.

런던에서 몽스니와 브린디시를 거쳐 수에즈까지, 철도와
정기 여객선……………………………………… 7일

수에즈에서 뭄바이까지, 정기 여객선…………… 13일

뭄바이에서 캘커타까지, 철도………………… 3일

캘커타에서 홍콩(중국)까지, 정기 여객선………… 13일

홍콩에서 요코하마(일본)까지, 정기 여객선………… 6일

요코하마에서 샌프란시스코까지, 정기 여객선…… 22일

샌프란시스코에서 뉴욕까지, 철도………………… 7일

뉴욕에서 런던까지, 정기 여객선과 철도………… 9일

총………………………………………… 80일

「정말 80일이군요!」

앤드루 스튜어트가 소리치면서, 본의 아니게 상대방의 카드를 높은 패로 자르고 말았다.

「하지만 악천후나 역풍, 난파, 열차의 탈선 등은 계산하지 않았겠지요.」

「모두 계산에 넣은 겁니다.」

필리어스 포그가 얘기하느라 잠시 중단된 휘스트를 계속하며 대답했다.

「만약 인도의 힌두교도나 아메리카 인디언이 레일을 제거한다면요?」

앤드루 스튜어트가 소리쳤다.

「기차를 세워 화물칸을 약탈하고 여행자들의 머리 가죽을 벗긴다면요?」

「그것도 계산에 들어가 있습니다.」

필리어스 포그는 이렇게 대답하고
서 자기 패를 보여주며 덧붙였다.

「높은 패 둘.」

자기 차례가 돌아온 앤드루 스튜어트가 카드를 모으며 말했다.

「이론적으로는 포그 씨, 당신 말이 맞습니다. 하지만 실제로는……..」

「스튜어트 씨, 실제로도 그렇습니다.」

「그렇다면 한번 해보시지요.」

「당신이 바란다면야 같이 떠납시다.」

「당치도 않은 소리!」

스튜어트가 소리쳤다.

「대신 어떤 여행이라도 이런 조건에서는 불가능하다는 것에 4천 파운드를 걸겠습니다.」

「당신 생각과 달리 가능성은 아주 높소.」

포그 씨가 대답했다.

「좋아요, 그렇다면 해보세요!」

「80일간의 세계일주를?」

「그래요.」

「해보겠소.」

「언제?」

「지금 당장. 단, 내 여행은 당신의 돈으로 하게 되리라는 사실을 미리 알려두고 싶군요.」

「미친 짓입니다!」

상대방의 끈질긴 대꾸에 화가 난 앤드루 스튜어트는 고함을 쳤다.

「자! 차라리 카드나 합시다.」

「그럼 다시 나누어주시오. 패를 잘못 돌렸으니.」

필리어스 포그가 대답했다.

앤드루 스튜어트가 떨리는 손으로 카드를 쥐었다가 갑자기 그것을 탁자 위에 내려놓으며 말했다.

「좋습니다, 포그 씨. 그렇다면 내가 4천 파운드를 걸겠습니다!」

「여보게 친구, 스튜어트. 진정하게. 농담하지 말게.」

팰런틴이 얘기했다.

「내가 건다고 말할 때는 언제나 진담입니다.」

앤드루 스튜어트가 대답했다.

「좋습니다!」

포그 씨가 말했다. 그러고는 동료들 쪽으로 몸을 기울여 이렇게 덧붙였다.

「나에겐 베링형제은행에 2만 파운드가 있습니다. 기꺼이 그 돈을 걸겠소.」

「2만 파운드!」

존 설리번이 외쳤다.

「당신의 2만 파운드는 뜻하지 않은 일로 늦어지면 잃게 될 수도 있소.」

「뜻하지 않은 일이란 없는 법입니다.」

필리어스 포그가 간단히 대답했다.

「하지만 포그 씨, 신문에서 얘기하는 80일이란 기간은 최소한의 시간으로 계산한 겁니다!」

「최소한의 시간이라도 잘만 쓰면 얼마든지 할 수 있지요.」

「그렇지만 그 기간을 넘지 않으려면 철도에서 여객선으로, 또 여객선에서 철도로 수학적 수치처럼 정확하게 뛰어다녀야 하오!」

「수학적 수치처럼 정확하게 뛰어다녀 보겠소.」

「농담이겠지요!」

「진짜 영국 사람은 내기처럼 심각한 일에서 농담은 절대 하지 않는 법입니다.」

필리어스 포그가 말을 받았다.

「80일, 즉 1,920시간, 다시 말해 11만 5,200분 안에 세계일주를 할 수 있다는 사실에 2만 파운드를 걸겠소. 하시겠습니까?」

「받아들이겠소.」

스튜어트, 팰런틴, 설리번, 플래너건, 그리고 랠프가 서로 의견을 나눈 다음 대답했다.

「됐습니다.」

필리어스 포그가 말했다.

「도버행 기차가 8시 45분에 떠납니다. 그걸 타겠습니다.」

「오늘 밤 당장 떠납니까?」

스튜어트가 물었다.

「바로 오늘 밤.」

필리어스 포그가 대답했다. 그러고 나서 포켓 달력을 꺼내 보며 덧붙였다.

「오늘이 10월 2일 수요일이니까 나는 12월 21일 토요일 저녁 8시 45분까지 런던에 다시 돌아와야 합니다. 아니, 그때까지 혁신클럽의 이 홀로 돌아오겠습니다. 만약 그리 되지 않으면, 현재 베링형제은행 계좌에 있는 2만 파운드의 내 돈은 당신들 몫이 되는 겁니다. 자, 여기 2만 파운드짜리 수표를 받으시오.」

여섯 명의 참가자가 내기 계약서를 만들어 그 자리에서 서명했다. 필리어스 포그는 내내 침착했다. 분명 그는 돈을 따려고 내기를 한 것은 아니었다. 재산의 절반인 2만 파운드만 내기에 건 것도 이 여행이 실현 불가능한 계획이라서가 아니라, 어려운 이 여행을 잘 실행하기 위해서는 나머지 절반을 써야 할지도 모른다고 예감했기 때문이다. 반면, 내기 상대들은 동요하는 기색을 보였다. 내기 금액보다 이러한 조건에서 내기를 한다는 것에 양심의 가책을 느꼈기 때문이다.

그때 시계가 7시를 알렸다. 동료들은 포그 씨에게 출발 준비를 해야 할 테니 휘스트를 그만두자고 했다.

「나는 언제나 준비가 되어 있답니다!」

이 침착한 신사가 대답했다. 그리고 패를 나누어 주며 말했다.

「나는 다이아몬드입니다. 스튜어트 씨, 당신 차례요.」

4 하인 파스파르투를 어리둥절하게 만드는 필리어스 포그

7시 25분, 휘스트에서 20기니 남짓 딴 필리어스 포그는 동료들과 작별 인사를 나눈 후, 혁신클럽을 나왔다. 7시 50분에 그는 저택의 문을 열고 안으로 들어섰다.

주인의 일과표를 꼼꼼하게 살펴본 바 있는 파스파르투는 정해진 시간이 아닌 이런 엉뚱한 때에 나타난 포그 씨를 보고 무척 놀랐다. 일과표에 따르면 주인은 정확히 자정에 돌아오기로 되어 있었던 것이다.

필리어스 포그는 우선 자기 방으로 갔고, 그러고 나서 하인을 불렀다.

「파스파르투.」

파스파르투는 대답하지 않았다. 주인이 자기를 부를 리 없었다. 지금은 그 시간이 아니다.

「파스파르투.」

포그 씨는 목소리를 높이지 않고 다시 그를 불렀다.

그제야 파스파르투가 나타났다.

「두 번이나 불렀네.」

포그 씨가 말했다.

「하지만 아직 자정이 되지 않았는걸요.」

시계를 손에 쥐고 있는 파스파르투가 대답했다.

「알고 있네. 자네를 꾸짖는 게 아닐세. 우리는 10분 뒤에 도버와 칼레로 떠나야 하네.」

필리어스 포그가 말을 받았다.

프랑스인의 둥근 얼굴에 찡그린 표정이 나타났다. 잘못 들은 게 분명했다.

「주인님, 떠나신다고요?」

그가 물었다.

「그래.」

필리어스 포그가 대답했다.

「세계일주를 해야 하네.」

파스파르투는 눈이 휘둥그레지고, 눈꺼풀과 눈썹이 위로 올라가고, 팔이 축 늘어지고, 맥이 탁 풀리는 등 넋이 빠지도록 놀랐을 때 일어나는 신체의 모든 증후군을 보이며 중얼거렸다.

「세계일주라니…….」

「80일 동안에 해야 하네.」

포그가 말했다.

「그러니 단 1초도 지체할 수가 없어.」

「그렇지만 여행 가방은요?」

파스파르투가 저도 모르게 고개를 좌우로 저으며 물었다.

「여행 가방은 필요 없네. 손가방 하나면 되지. 그 안에 모직 셔츠 두 벌, 바지 세 벌을 넣게. 자네 것도 그만큼 넣고. 필요한 것은 여행 중에 사도록 하지. 내 비옷하고 여행용 담요를 가져오게. 튼튼한 신발도 준비하게. 걸을 일은 거의 없을 테지만. 그럼 어서 가보게.」

파스파르투는 무언가 대꾸하고 싶었지만 아무 말도 하지 못했다. 그는 포그 씨의 방에서 나와 자기 방으로 올라갔다. 그리고 자기 나라 말로 상스런 욕을 내뱉으며 의자에 털썩 주저앉았다.

「참 내, 황당하군! 그렇게도 조용히 살고 싶었는데!」

파스파르투는 기계적으로 출발 준비를 했다. 80일간의 세계 일주라! 주인은 어떤 미친 사람과 사업을 하는 걸까? 아니면…… 농담일까? 도버에 간다, 괜찮군. 칼레에 간다, 좋다. 어쨌든 이 갑작스런 여행이 5년 동안 조국 땅을 밟아보지 못한 이 용감한 청년의 신경을 그리 거슬리게 하는 것은 아니었다. 어쩌면 파리까지 갈 수 있을지도 모르고, 그러면 아닌게 아니라 그 큰 도시를 다시 보는 기쁨을 누리게 될지도 모른다. 게다가 걸음을 그렇게 아끼는 신사라면 분명히 거기서 멈추겠지……. 그래, 틀림없이 그럴 거야. 그렇지만 지금까지 그렇게 돌아다니기를 싫어하던 이 신사가 집을 떠나 여행하는 것 역시 사실이 아닌가.

8시, 파스파르투는 자신과 주인의 옷가지를 넣은 크지 않은 가방을 꾸렸다. 그리고 아직은 정신이 혼란스러운 상태에서 자기 방을 나와 실수 없이 문을 잠그고, 포그 씨에게로 갔다.

포그 씨는 벌써 준비가 된 상태였다. 이 여행에 꼭 필요한 지침서가 될 브래드쇼 대륙 열차 시간표와 일

반 안내서를 팔에 끼고 있었다. 그는 파스파르투의 손에서 가방을 받아 열고는 어느 나라에서든지 쓸 수 있는 커다란 지폐 뭉치를 밀어넣었다.

「잊은 물건은 없나?」

「없습니다.」

「비옷과 담요는?」

「여기 있습니다.」

「됐네, 가방을 들게.」

포그 씨가 가방을 파스파르투에게 다시 건네며 덧붙였다.

「조심하게. 그 안에 2만 파운드가 들어 있어.」

파스파르투는 마치 2만 파운드가 금화로 돼 있어서 엄청나게 무겁기라도 한 듯 손에서 가방을 떨어뜨릴 뻔했다.

주인과 하인은 그렇게 아래층으로 내려갔고, 길 쪽으로 난 문을 열쇠로 두 번이나 잠갔다.

새빌로 거리 끝에 마차 정류장이 하나 있었다. 필리어스 포그와 하인은 이륜마차에 올라탄 후, 남동부 철도 회사의 지선을 탈 수 있는 채링크로스 역으로 빠르게 향했다.

8시 20분에 마차가 역 앞에 멈춰 섰다. 파스파르투가 뛰어내렸고, 뒤이어 그의 주인이 내리면서 마차 삯을 치렀다.

그 순간, 누더기 옷에 걸레 조각 같은 숄을 두르고 진흙탕 속을 맨발로 걸어 다니는 여자 거지 한 명이 한 손엔 아이를 붙들고 포그 씨 곁으로 다가와 구걸을 했다. 그녀의 다 헤진 모자에는 비참해 보이는 깃털 하나가 달려 있었다.

포그 씨가 휘스트 게임에서 딴 20여 기니를 주머니에서 꺼내

거지에게 건네주며 말했다.

「아주머니, 자, 받으시오! 만나서 반가웠소.」

그러고는 지나쳐 버렸다. 파스파르투는 눈시울이 젖어드는 것 같았다. 주인이 마음속에 한 걸음 다가왔다. 포그 씨와 파스파르투는 곧장 넓은 대합실로 들어갔다. 거기서 필리어스 포그는 파스파르투에게 파리행 일등석 기차표 두 장을 끊어 오라고 시켰다. 그리고 뒤를 돌아보니, 혁신클럽의 동료 다섯 명이 있었다.

「여러분, 그럼 다녀오겠소. 방문하는 나라의 비자를 받기 위해 여권을 가져가니 돌아오면 이를 통해 내 여정을 확인해볼 수 있을 겁니다.」

그가 말했다.

「오! 포그 씨, 그럴 필요까지는 없소. 우리는 신사로서 당신의 명예를 믿소!」

고티에 랠프가 정중히 대답했다.

「그렇게 해준다면 더할 나위가 없겠군요.」

포그 씨가 말했다.

「언제 돌아와야 하는지 잊지 않았겠지요?」

앤드루 스튜어트가 확인했다.

「80일 뒤, 그러니까 1872년 12월 21일 토요일 저녁 8시 45분까지죠. 그럼 안녕히들 계십시오.」

8시 40분, 필리어스 포그와 그의 하인은 기차의 같은 칸에 자리를 잡았다. 8시 45분, 기적 소리가 한 번 울리자 기차가 움직이기 시작했다.

그날 밤은 유난히 어두웠다. 이슬비가 내리고 있었다. 필리어스 포그는 의자 구석에 몸을 기댄 채 아무 말이 없었다. 여전히 얼이 빠져 있는 파스파르투는 지폐가 든 가방을 무의식적으로 꽉 끌어안았다.

기차가 시드넘을 지날 무렵, 갑자기 파스파르투가 절망에 찬 비명을 질렀다!

「왜 그러나?」

포그 씨가 물었다.

「저기…… 그게…… 제가 서두르는 바람에…… 당황해서…… 잊었는데…….」

「뭘?」

「제 방 가스등 끄는 거요!」

「그럼 이 사람, 가스 값을 자네가 내면 되지 않나!」

포그 씨가 차갑게 대답했다.

5 런던 증권시장에 새로이 등장한 주식

필리어스 포그는 런던을 떠날 때, 자신의 출발이 그렇게 엄청난 반향을 일으킬 것이라고는 거의, 아니 전혀 짐작하지 못했다. 내기 소식은 제일 먼저 혁신클럽 안에 퍼졌고, 이 명망 높은 클럽의 회원들을 흥분시켰다. 이어서 이 흥분은 기자들을 통해 신문에 전해지면서 모든 영국을 열광시켰다.

사람들은 이 '세계일주 문제'가 마치 '앨라배마'호 사건이나 되는 것처럼 열정을 보이며 논평하고, 토론하고, 분석했다. 필리어스 포그 편을 드는 이도 있었고, 그에게 반기를 드는 이-이들이 곧 엄청난 대다수가 되기는 하지만-도 있었다. 이론상의 여행이나 지도상의 여행이 아니라면, 실제로 그 짧은 시간에 현재 가능한 교통수단을 이용하면서 세계일주를 한다는 것은 단순히 불가능할 뿐 아니라, 어리석은 짓이었다!

〈타임즈〉, 〈스탠더드〉, 〈이브닝 스타〉, 〈모닝 크로니클〉과 20여 종의 주요 신문은 포그의 여행이 불가능하다는 의견을 냈다. 〈데일리 텔레그래프〉만이 유일하게 포그의 여행이 성공할 수도 있다는 입장을 취했다. 대개의 신문에서 필리어스 포그는 편집광이나 미치광이로 취급되었고, 그의 혁신클럽 동료

들은 상식에서 벗어나는 당치 않은 내기를 했다는 이유로 비난
받았다.

 이 문제에 관해 극도로 열광적이면서도 논리적인 기사가 쏟
아져 나왔다. 잘 알려져 있듯이 영국 사람들은 지리에 관한 것
이라면 무엇에나 관심을 가진다. 그런 이유로, 사회적 지위의
고하를 막론하고 필리어스 포그에 관한 기사라면 먹어치울 듯
이 열심히 읽지 않는 독자가 한 명도 없었다.

 처음 며칠 동안은 몇몇 대담한 사람, 주로 여자들이
포그 편을 들었는데, 특히 〈그림으로 보는 런던 뉴
스〉에서 혁신클럽에 보관되어 있는 포그의
사진을 바탕으로 초상화를 실었을 때는 그
열정이 대단했다. 몇몇 신사는 「까짓것,
안 될 건 또 뭐야? 더 기상천외한 일도 있
었잖아!」라고 대범하게 말하기도 했다.
그들은 주로 〈데일리 텔레그래프〉의 독자들이었다. 그러나 곧
이 신문의 논조도 약해지기 시작했다.

 10월 7일, 〈왕립지리학회〉에 한 편의 긴 글이 실린 것이다.
이 기사는 세계일주 문제를 여러 각도에서 다루어 포그의 행동
이 터무니없다는 것을 확실히 증명해 보였다. 우선 인적 장애
물, 자연적 장애물로 인한 모든 여건이 여행자에게 불리하다는
것이었다. 이 계획이 성공하려면 출발과 도착 시간이 기적적으
로 잘 맞아주어야 하는데, 그런 일치는 존재하지도 않고, 존재
할 수도 없다고 했다. 엄밀히 말해, 유럽에서야 주행거리가 비
교적 짧으므로 기차가 정시에 도착하는 것을 기대할 수 있다.

그러나 인도 횡단에 3일, 미국 횡단에 7일이 걸린다는 이 계산은 발생할 수 있는 모든 문제를 고려한 것일까? 기계 고장, 기차의 탈선, 충돌, 악천후, 폭설 등 이 모든 것이 필리어스 포그를 불리하게 만들 수 있지 않은가? 겨울에는 정기 여객선도 바람이나 짙은 안개에 쉽게 부딪치지 않는가? 대양을 횡단하는 가장 타고난 교통수단도 3일씩 연착되는 것이 흔한 일이 아닌가? 쇠사슬처럼 연결된 교통 일정이 돌이킬 수 없을 정도로 어긋나기에는 단 한 번의 연착만으로도 충분하다. 필리어스 포그가 단 몇 시간 차이로 여객선을 놓쳐버린다면, 다음 여객선을 기다리는 수밖에 없을 것이고, 그것만으로도 예정된 그의 여행은 돌이킬 수 없는 타격을 받을 것이다.

이 기사는 엄청난 파장을 불러일으켰다. 거의 모든 신문이 그 기사를 다시 실었고, 그로 인해 필리어스 포그의 인기는 급격히 떨어졌다.

포그 씨가 출발한 뒤 며칠 동안, 이 여행의 성공 여부를 둘러싼 내기는 중요 사업이 되었다. 영국 내기꾼들의 세계는 잘 알려진 바와 같이 노름꾼들의 세계보다 훨씬 현명하고 수준이 높은 세계다. 내기는 곧 영국인의 기질이다. 그렇기에 혁신클럽의 회원들뿐만 아니라 일반 대중까지도 필리어스 포그의 성패에 큰돈을 내걸어 이 기류에 합류했다. 필리어스 포그의 이름은 마치 경주마처럼 일종의 혈통서에 기재되었다. 증권 가치까지 얻어, 즉각 런던 증권거래소에 등록되었다. '필리어스 포그' 주는 실물이나 프리미엄으로 거래되었고, 그 거래량 또한 엄청났다. 하지만 그가 출발한 지 닷새째 되는 날, 〈왕립지리학회〉

에 그 기사가 발표된 후, 팔려는 물량이 물밀듯 쏟아져 나오기 시작했다. 필리어스 포그의 주가는 떨어졌다. 사람들은 무더기로 그 주식을 내다 팔았다. 처음에는 5 대 1, 그리고 10 대 1, 나중에는 20 대 1, 50 대 1, 100 대 1에 가서야 팔릴 지경이었다.

그때까지 포그 씨의 지지자로 남아 있던 앨버메일 경은 연로한 신체 마비 환자였다. 이 존경받는 신사는 못에 박힌 듯 안락의자에 의존하고 있지만, 10년이 걸린다 해도 세계일주를 할 수만 있다면 자신의 전 재산을 바쳤을 것이다. 그래서 그는 필리어스 포그에게 5천 파운드를 걸었다. 사람들이 그 여행이 얼마나 어리석은 계획인지, 얼마나 부질없는지를 설명해주어도 그는 그저 이렇게 대답하는 것으로 만족했다.

「만일 가능한 일이라면 그것을 처음으로 해내는 사람이 영국인인 게 좋지 않겠는가!」

하지만 사정은 더욱 나빠져, 필리어스 포그의 지지자들은 점점 눈에 띄게 줄어들었다. 많은 사람이 각자의 근거를 가지고 필리어스 포그에게서 등을 돌렸고, 그의 주식은 150 대 1, 나아가 200 대 1로 떨어졌다. 그러다 그가 떠난 지 7일째 되던 날, 전혀 예기치 않은 한 사건으로 그를 지지하는 사람은 이제 한 명도 없게 되었다.

그날 밤 9시, 경찰국장은 급보를 하나 받았다.

수에즈에서 런던으로.

스코틀랜드 야드, 중앙 행정부 로언 경찰국장 귀하.

본인은 은행 절도범 필리어스 포그를 미행하고 있습니다. 지체

없이 뭄바이로 체포 영장을 보내주십시오.

　—픽스 형사

　이 전보의 효과는 곧바로 나타났다. 점잖은 신사가 한순간에
은행 절도범이 되어버렸다. 경찰은 다른 회원들의 사진과 함께
혁신클럽에 보관된 필리어스 포그의 사진을 검토해보았다. 사
진의 얼굴이 수사 당국에서 배포한 범인의 인상착의와 얼굴선
하나 다르지 않았다. 사람들은 필리어스 포그의 생활이 비밀에
싸여 있었으며 고립되어 있었던 점, 갑작스런 그의 여행 등을
떠올리며, 80일간의 세계일주라는 엉뚱한 내기를
한 것은 단지 영국 경찰의 추적에서 벗어나려는
속셈이었다고 확신하게 되었다.

6 초조해하는 픽스 형사

필리어스 포그에 관한 전보가 띄워진 상황은 다음과 같다.

10월 9일 수요일, 사람들은 수에즈에서 오전 11시에 들어올 '몽골리아' 호를 기다리고 있었다. 프로펠러식 철제 증기선으로 경갑판을 갖추고, 배수량 2,800톤, 출력 500마력을 자랑하는 반도-동방 선박 회사 소유의 '몽골리아' 호는 수에즈 운하를 경유, 브린디시와 뭄바이를 연결하는 정기 운항선이었다. 이 여객선은 회사 소속 선박 가운데 가장 빠른 배로, 브린디시에서 수에즈까지는 시속 10마일, 수에즈에서 뭄바이까지는 9.53마일이라는 규정 속도가 있음에도 불구하고 항상 이보다 빠른 속도로 운항했다.

두 남자가 '몽골리아' 호의 도착을 기다리면서, 그곳을 드나드는 토착민과 외국인이 북적대는 부둣가를 거닐고 있었다. 최근까지만 해도 작은 마을이었던 이 도시는 레셉스 씨의 거대한 사업으로 그 미래가 보장되어 있었다.

두 남자 가운데 한 사람은 수에즈 주재 영국 영사관이었다. 그는 영국 배들-영국 정부의 악의에 찬 예측과 스티븐슨의 불길한 예언에도 아랑곳없이 날마다 이 운하를 지나는-을 바라

보았다. 이 운하는 희망봉을 거쳐 영국에서 인도로 가는 옛 뱃
길을 절반으로 줄여놓았다.

다른 한 사람은 똑똑해 보이면서도 신경질적인 얼굴을 가진
키가 작고 마른 남자였는데, 쉬지 않고 미간을 찡그리고 있었
다. 긴 속눈썹 사이로 매우 예리한 눈을 번뜩이고 있었지만, 마
음먹기에 따라 그 매서움도 누그러뜨릴 줄 아는 사람이었다.
하지만 이 순간에는 초조함을 감추지 못하여, 제자리에 서 있
지 않고 이리저리 왔다 갔다 하고 있었다. 이 남자의 이름은 픽
스. 영국은행에서 벌어진 절도 사건으로 여러 항구에 파견된
영국 형사들 가운데 한 명이었다. 픽스의 임무는 수에즈 항로
를 지나는 모든 여행자를 철저히 감시하면서, 만일 용의자처럼
보이는 사람이 나타나면 체포 영장을 받을 때까지 그 사람을
미행하는 것이었다.

정확히 말해 바로 이틀 전, 픽스는 런던 경찰국장으로부터
이번 절도 사건 용의자의 인상서를 받았다. 그것은 은행 출납
구에서 목격된 기품 있고 잘 차려입은 인물의 인상서였다.

범인을 체포했을 경우 받기로 되어 있는 거액의 포상
금에 매혹된 형사는 '몽골리아' 호가 도착하기를 초
조하게 기다리고 있었다.

「영사님, 배가 연착할 리는 없다고 하셨지
요?」

형사는 벌써 열 번째 같은 질문을 하고 있었다.

「그렇소, 픽스 씨.」

영사가 대답했다.

「어제 포트사이드 앞바다를 지났다고 연락받았소. 이런 쾌속 선한테 운하 160킬로미터쯤은 아무것도 아니오. 다시 말하지만, 정부는 규정 시간보다 24시간 먼저 도착하는 배에 대해 25파운드의 상금을 주고 있는데, '몽골리아' 호는 언제나 그 상금을 탄다오.」

「이 배는 브린디시에서 곧장 오는 겁니까?」

픽스가 물었다.

「그렇지요. 브린디시에서 인도행 짐을 싣고 토요일 저녁 5시에 출발했소. 그러니 침착하게 기다리시오. 도착이 늦어지지는 않을 거요. 하지만 범인이 '몽골리아' 호에 탔다고 해도 당신이 받은 인상서만으로 어떻게 그 사람을 알아볼 수 있을지 난 잘 모르겠소.」

「영사님, 우리는 범인을 알아본다기보다 느끼는 겁니다. 우리가 가져야 할 것은 직감이지요. 직감은 청각, 시각, 그리고 후각을 통합한 특별한 감각입니다. 형사 활동 중 저는 신사로 가장한 범인을 여러 명 체포했습니다. 도둑놈이 배에 타고 있기만 하다면, 확신컨대 제 손을 빠져나가지는 못할 겁니다.」

「픽스 씨, 큰 절도 사건인 만큼 꼭 그러기를 바라오.」

「엄청난 도둑질이지요.」

형사가 열의에 차서 말을 받았다.

「5만 5천 파운드! 우리에게도 이 같은 행운이 자주 오는 것은 아니랍니다! 요즘엔 좀도둑들뿐이니까요! 셰퍼드 일당 같은 큰 도둑은 사라지고 있습니다! 지금은 단 몇 실링을 훔쳐 붙잡히고들 있다니까요!」

「픽스 씨, 당신은 마치 내가 당신이 성공하기를 열렬히 바라는 것처럼 말하고 있군요. 다시 말하지만, 지금 당신이 처한 상황에선 힘들지 않을까 염려되오. 당신도 잘 알다시피 당신이 받은 인상서를 보면 그 도둑은 정말로 청렴한 신사처럼 보이지 않소?」

「영사님, 큰 도둑들은 항상 정직한 사람처럼 보입니다. 영사님도 이해하시겠지만 악당들이 취할 방도는 단 하나, 청렴한 사람처럼 꾸미는 것이죠. 그러지 않으면 잡히거든요. 인상이 정직해 보이는 사람들, 그들을 특히 잘 살펴봐야 합니다. 어려운 일이라는 거 저도 압니다만, 그렇기에 일이 아니라 기술이지요.」

형사가 단정적인 어조로 말했다.

보다시피 픽스라는 인물은 자부심이 꽤 강한 사람이었다. 그동안 부두는 조금씩 활기를 띠었다. 다양한 나라의 선원, 상인, 중개인, 짐꾼, 이집트의 막노동자들이 몰려들었다. 곧 배가 도착하는 것이 틀림없었다.

날씨는 꽤 맑았지만 동풍으로 인해 공기는 차가웠다. 회교 사원의 첨탑들이 엷은 햇빛을 받으며 도시 위를 수놓았다. 남쪽으로는 2,000미터 길이의 방파제가 수에즈 정박지 위로 팔처럼 길게 늘어져 있었다. 홍해에는 몇몇 고깃배와 연안 항해선들이 지나고 있었는데, 어떤 배는 나름대로 고대 노예선의 우아한 형태를 간직하고 있었다.

직업적인 버릇인 듯 픽스는 사람들 사이를 돌아다니며, 지나치는 사람들을 재빨리 살펴보았다. 그때 시각이 10시 30분이었다.

「배가 아직도 도착을 안 했습니다!」

픽스가 항구에 있는 큰 시계의 종소리를 들으며 소리쳤다.

「멀리 있지 않을 거요.」

영사가 대답했다.

「얼마 동안 수에즈에 머뭅니까?」

픽스가 물었다.

「네 시간. 석탄을 싣는 시간이오. 수에즈에서 홍해 끝에 있는 아덴까지는 1,310마일이니 연료를 미리 준비해두어야 하지요.」

「이 배는 수에즈에서 뭄바이까지 직항합니까?」

픽스가 물었다.

「짐도 내리지 않고 곧장 갑니다.」

「음, 도둑이 이 길을 택해 이 배를 탔다면, 다른 길을 통해 아시아의 네덜란드령이나 프랑스령으로 가기 위해 틀림없이 수에즈에서 내릴 겁니다. 영국령인 인도는 안전하지 못하다는 것을 그도 잘 알고 있을 테니까요.」

픽스가 말했다.

「대담한 녀석이라면 그렇게 하지 않을 것이오. 당신도 알다시피 영국 범죄자에게는 외국보다 런던이 더 숨기 좋은 곳이니 말이오.」

영사는 근처에 있는 자신의 사무실로 되돌아갔고, 영사의 이러한 관점은 형사에게 많은 생각을 던져주었다. 홀로 남은 형사는 도둑이 확실히 '몽골리아' 호에 있을 거라는 심상치 않은 예감으로 더욱 초조해졌다. 사실상 그 악당이 신세계에 갈 목적으로 영국을 떠났다면 대서양보다는 경계가 허술한, 아니 더 삼엄한 인도 항로를 택하는 것은 당연한 이치인지도 모른다.

픽스는 오랫동안 생각에 잠겨 있지 않았다. 날카로운 기적 소리가 여객선의 도착을 알렸다. 짐꾼과 이집트 막노동자들이 떼지어 부두로 몰려가면서 북새통을 이루는 것이, 승객들이 다치거나 옷에 손상이 가지 않을까 걱정될 정도였다. 드디어 '몽골리아' 호의 거대한 선체가 운하 기슭을 지나면서 그 모습을 드러냈다. 커다란 소리를 내며 배기관에서 증기가 뿜어져 나왔다. 기선이 정박지에 닻을 내렸을 때, 시계는 11시를 알렸다.

배에는 승객이 꽤 많이 있었다. 몇몇은 갑판에 머물며 정취 있는 도시의 정경을 감상했지만, 대부분의 사람은 '몽골리아' 호에 댄 보트로 옮겨 탔다.

픽스는 뭍으로 내려서는 모든 사람을 살폈다. 그때 한 사람이 일을 시켜달라고 성가시게 따라붙는 막노동자들을 거세게 밀치며 픽스 형사에게 다가왔다. 그는 영국 영사관이 어디에 있는지 가르쳐달라고 정중하게 요구했다. 그러면서 영국 비자를 받고 싶다며 여권을 내밀었다. 픽스는 본능적으로 여권을 집어 들었고, 재빨리 기술되어 있는 인상서를 훑었다.

그는 하마터면 소리를 지르는 실수를 할 뻔했다. 손에 쥐고 있는 여권이 떨렸다. 여권에 적혀 있는 인상서가 런던 경찰국장으로부터 받은 그것과 똑같았던 것이다.

「이 여권은 당신 것이 아니지요?」
그가 물었다.
「예, 주인님 것입니다.」
「그러면 당신 주인은?」
「배에 남아 계세요.」
「신원 확인을 위해서 본인이 직접 영사관에 가야 합니다.」
형사가 다시 말했다.
「아니! 그럴 필요가 있습니까?」
「꼭 그래야 합니다.」
「사무실은 어디 있는데요?」
「저기, 광장 모퉁이에 있습니다.」
형사가 이백 걸음쯤 떨어져 있는 한 건물을 가리키며 대답
했다.
「그럼, 주인님을 모시러 가야겠군요. 번거로운 일을 좋아하
지 않으실 텐데.」
승객은 픽스에게 인사를 한 뒤 배로 돌아갔다.

7 경찰에게 도움이 되지 않은 여권

형사는 부두를 떠나 급히 영사관으로 향했다. 다급히 면회를 청해, 바로 영사를 만날 수 있었다.

「영사님, 용의자가 '몽골리아' 호에 타고 있다는 강력한 단서를 잡았습니다.」

그는 서론 없이 본론부터 얘기했다. 그리고 여권과 관련하여 용의자의 하인과 주고받은 이야기를 들려주었다.

「픽스 씨, 잘됐군요.」

영사가 대답했다.

「나도 그 악당의 얼굴을 한번 보고 싶소. 하지만 그가 당신이 생각하는 그자가 맞다면 내 사무실에 나타나지 않을 것 같군요. 도둑은 자신이 지나간 흔적을 남기는 것을 좋아하지 않는 법이니까. 더구나 이제는 여권 절차도 필수적인 것이 아니잖소.」

「하지만 영사님, 우리가 생각하는 것처럼 대담한 놈이라면 반드시 나타날 겁니다.」

「여권에 비자를 받으려고 말이오?」

「그렇습니다. 정직한 사람들한테는 여권이 귀찮을 뿐이지만 악당들은 도주를 위해 여권을 이용합니다. 그의 여권에는 분명 이상이 없겠지만, 영사님께서 비자 발급을 해주지 않으셨으면 합니다.」

「어떻게 안 해주겠소? 여권에 문제가 없다면 나는 비자 발급을 거부할 권리가 없소.」

「그렇지만 영사님, 제가 런던으로부터 체포 영장을 받을 때까지는 용의자를 여기에 묶어두어야 합니다.」

「아! 픽스 씨, 그거야 당신 사정이고, 나는 그럴 수가 없단……」

영사는 말을 끝낼 수가 없었다. 그 순간 사무실 문을 두드리는 소리가 들렸고, 직원이 낯선 두 사람을 안내했기 때문이다. 그중 한 사람은 앞서 형사와 이야기를 나눈 그 하인이었다. 바로 주인과 하인이 나타난 것이다. 주인은 영사에게 비자를 발급해달라고 간단히 요청하면서 여권을 내밀었다.

영사가 여권을 집어 들고 주의 깊게 살펴보는 동안, 픽스는 사무실 한구석에서 낯선 그 사람을 관찰했다. 아니, 집어삼킬 듯이 쳐다보았다.

영사가 여권에 기록된 사항을 다 읽은 뒤 물었다.

「필리어스 포그 경이십니까?」

「그렇습니다.」

신사가 대답했다.

「그럼 이 사람은 당신 하인입니까?」

「그렇습니다. 파스파르투라 불리는 프랑스 사람입니다.」

「런던에서 오시는 길입니까?」

「그렇습니다.」

「어디로 가십니까?」

「뭄바이로 갑니다.」

「알겠습니다. 그런데 이제는 이런 비자 절차가 필요 없게 되었고, 여권을 제시하라는 요구도 하지 않는데, 알고 계십니까?」

「압니다만, 수에즈에 들렀다는 증거로 비자를 받고 싶습니다.」

필리어스 포그가 대답했다.

「좋습니다.」

영사는 여권에 날짜를 적고 서명을 한 다음 관인을 찍었다. 포그 씨는 비자 수수료를 내고 차갑게 인사를 한 후, 하인을 거느리고 밖으로 나갔다.

「어떻습니까?」

형사가 물었다.

「음, 완벽하게 정직한 신사 같군요!」

영사가 대답했다.

「그럴 수도 있습니다. 하지만 문제는 그게 아닙니다. 영사님, 그 침착한 신사가 제가 받은 인상서의 용의자와 얼굴선 하나까지 쏙 빼닮았다고 생각되지 않습니까?」

「그건 인정하지만, 당신도 알다시피 인상서라는 것이…….」

「제가 그 점에 대해서는 확실히 밝힐 겁니다.」

픽스가 대답했다.

「주인보다는 그 하인을 파헤쳐 보는 것이 더 쉬울 것 같습니다. 게다가 프랑스 사람이니 말이 많을 겁니다. 영사님, 또 뵙지요.」

이렇게 말한 다음, 형사는 밖으로 나와 파스파르투를 찾기 시작했다.

그 사이 포그 씨는 영사관을 나와 부두로 향했다. 거기서 하인에게 몇 가지 심부름을 시키고 난 후 보트를 타고 '몽골리아' 호로 돌아와 자기 선실로 들어갔다. 그러고는 수첩을 꺼냈다. 수첩에는 다음과 같이 씌어 있었다.

10월 2일 수요일 오후 8시 45분, 런던 출발
10월 3일 목요일 오전 7시 20분, 파리 도착
　　　　　　　　오전 8시 40분, 파리 출발
10월 4일 금요일 오전 6시 35분, 몽스니를 거쳐 토리노 도착
　　　　　　　　오전 7시 20분, 토리노 출발
10월 5일 토요일 오후 4시, 브린디시 도착
　　　　　　　　오후 5시, '몽골리아' 호 승선
10월 9일 수요일 오전 11시, 수에즈 도착
총 소요 시간 : 158시간 30분, 날짜 수 : 6일 반나절

포그 씨는 여행 일지에 이 날짜들을 기입했다. 여행 일지에는 10월 2일부터 12월 21일까지의 달, 날짜, 요일을 세로줄로 구분해놓았으며, 파리, 브린디시, 수에즈, 뭄바이, 캘커타, 싱가

포르, 홍콩, 요코하마, 샌프란시스코, 뉴욕, 리버풀, 런던 등 주요 지점의 도착 예정 시간과 실제 도착 시간도 적도록 해놓았다. 그렇게 함으로써 지나가는 장소마다 시간을 얼마나 벌고 잃었는지 계산할 수 있었다. 수학적인 이 여행 일지에는 모든 것이 기록되어, 포그 씨는 일정의 늦고 빠름을 쉽게 파악할 수 있었다. 10월 9일 수요일에는 수에즈 도착 시간과 예정 시간이 일치하여 그는 시간을 벌지도 잃지도 않았다.

　포그 씨는 선실로 점심을 가져오게 했다. 영국인이란 여행하는 나라를 하인들로 하여금 둘러보게 하는 사람들이기 때문에 도시를 구경할 생각은 애당초 하지도 않았다.

8 지나치게 말을 많이 하는 파스파르투

픽스는 곧 부둣가에서 파스파르투를 다시 만났다. 파스파르투라고 구경하지 말라는 법도 없었기에, 그는 어슬렁거리며 여기저기를 기웃거리고 있었다.

「여보시오, 친구. 여권에 비자는 받았소?」

픽스가 훌쩍 다가서며 말을 건넸다.

「아! 당신이군요. 아까는 고마웠습니다. 일은 완벽하게 규정대로 처리됐어요.」

프랑스 사람이 대답했다.

「이제 구경을 하시는가 보군요?」

「그렇습니다만, 너무 빨리 지나쳐 마치 꿈속에서 여행하는 것 같습니다. 그러니까 여기가 수에즈 맞지요?」

「네, 수에즈입니다.」

「이집트인가요?」

「의심의 여지없이 이집트입니다.」

「그러면 아프리카입니까?」

「네, 아프리카죠.」

「아프리카라!」

파스파르투가 말을 되뇌었다.

「믿을 수가 없군요. 저는 파리보다 더 멀리 오리라고는 생각 지도 못했거든요. 그런데 그 유명한 프랑스의 수도를, 정확히 오전 7시 20분부터 8시 40분까지 북역에서 리옹 역으로 가는 동안에만, 마차의 창을 통해 보았을 뿐입니다! 그것도 억수같 이 내리치는 빗발 사이로 말이죠. 어찌나 아쉽던지!」

「무척 바쁜 모양이시군요?」

형사가 물었다.

「제가 아니라, 주인님이 바쁘세요. 그건 그렇고, 양말과 셔츠 를 사야 하는데……. 짐도 제대로 꾸리지 못하고 손가방 하나 만 달랑 들고 떠나왔거든요.」

「당신이 필요한 것들을 살 수 있는 시장으로 데려다 드리지 요.」

「당신은 정말 친절하시군요!」

파스파르투가 대꾸했다.

두 사람은 함께 길을 걸었다. 파스파르투는 쉬지 않고 떠들 어댔다.

「무엇보다 배를 놓치지 않도록 주의해야 합니다!」

「시간은 충분합니다. 아직 정오밖에 안 됐으니까요!」

픽스가 말을 받았다.

파스파르투는 자신의 커다란 시계를 꺼내며 말을 이었다.

「정오라고요? 그럴 리가! 9시 52분인데요!」

「당신 시계가 늦은 겁니다.」

픽스가 대답했다.

「제 시계가요? 이것은 증조부 때부터 집안 대대로 물려받은 시계입니다! 1년에 5분도 틀리지 않는 아주 정확한 시계라고요!」

「어찌 된 일인지 알겠습니다. 시계가 수에즈보다 약 두 시간 가량 늦은 런던 시간에 맞춰져 있군요. 가는 나라마다 그곳의 정오에 시계를 맞춰야 합니다.」

픽스가 대답했다.

「시계에 손을 대라고요? 절대로 안 되죠!」

파스파르투가 소리를 질러댔다.

「그러면 당신 시계는 더는 태양과 맞지 않을 겁니다.」

「태양한테는 안된 말이지만, 틀린 건 태양입니다!」

이 순박한 남자는 화려한 동작으로 시계를 다시 호주머니에 집어넣었다.

잠시 뒤 픽스가 입을 열었다.

「서둘러서 런던을 떠났다고요?」

「그래요! 지난 수요일, 포그 씨는 평소와 달리 클럽에서 저녁 8시에 돌아왔고, 그로부터 45분 뒤에 떠났지요.」

「그런데 당신 주인은 도대체 어딜 가는 겁니까?」

「계속 전진! 세계일주를 해야 하거든요!」

「세계일주요?」

픽스가 경악했다.

「그렇습니다. 그것도 80일 만에! 내기를 했다고 하는데, 우리끼리 이야기지만 저는 믿지 않습니다. 상식을 벗어난 일이잖아요. 뭔가 다른 일이 있겠지요.」

「아! 포그 씨란 분은 괴짜군요?」

「제 생각에도 그렇습니다.」

「그 사람 부자겠네요?」

「물론이죠. 상당한 금액의 돈을 새 지폐로 가지고 있어요! 여행에는 돈을 아끼지 않죠! 보세요! '몽골리아' 호 기관사에게 뭄바이에 예정보다 훨씬 빨리 도착할 경우 엄청난 사례금을 주겠다고 약속까지 했어요!」

「주인과는 오래전부터 아는 사이입니까?」

「아뇨! 떠나오던 바로 그날부터 모시기 시작했는걸요.」

이런 대답이 이미 극도로 흥분해 있는 형사에게 어떤 영향을 주었을지는 쉽게 상상할 수 있을 것이다. 도난 사건이 일어난 직후 부랴부랴 런던을 떠난 점, 상당 액수의 돈을 가져온 점, 서둘러 먼 나라에 가려고 하는 점, 엉뚱한 내기를 핑계로 삼고 있는 점—이 모든 것이 픽스의 의심을 확신으로 바꾸었다. 또한 그는 프랑스인을 통해 이 하인은 자기 주인을 전혀 모르고 있다는 사실과 주인은 런던에서 홀로 살며, 그 출처는 모르지

만 많은 재산을 가지고 있는 부자라고 사람들이 숙덕인다는 것, 속을 알 수 없는 사람이라는 것 등 여러 사실을 확인했다. 이와 동시에 픽스는 필리어스 포그가 수에즈에서 내리지 않고 뭄바이로 간다는 사실도 알 수 있었다.

「뭄바이라는 데는 멉니까?」

파스파르투가 물었다.

「꽤 멀지요. 배로 열흘은 가야 합니다.」

형사가 대답했다.

「뭄바이는 어디에 있죠?」

「인도에 있습니다.」

「빌어먹을! 사실을 말씀드리자면…… 걱정이 하나 있는데…… 꼭지 때문에 말입니다!」

「꼭지라니요?」

「제 방 가스등 꼭지 잠그는 것을 깜빡 잊었는데, 가스 값은 제가 치러야 하거든요. 그래 계산해보니까 제 일당보다 정확히 6펜스 더 많은 2실링이 매일 가스 값으로 나가겠더라고요. 당신도 이해하시겠지만, 여행이 조금이라도 길어지면…….」

픽스가 그 가스 이야기를 알아들었을까? 별로 그랬을 것 같지 않다. 그는 파스파르투의 말을 귀담아 듣지 않고, 자신의 행동 방침에 대해 생각했다. 형사와 프랑스인은 시장에 도착했다. 픽스는 프랑스인이 물건을 사도록 남겨두고, '몽골리아' 호 출발 시간을 놓치지 말라고 당부한 후, 급히 영사관으로 되돌아왔다. 확신에 찬 픽스는 어느새 냉정을 되찾았다.

「영사님, 이제 의심의 여지가 없습니다. 용의자는 제 손안에 있습니다. 그는 자신을 80일 동안 세계일주를 하고자 하는 기발한 사람으로 가장하고 있습니다.」

픽스가 말했다.

「그렇다면 그는 정말 교활한 사람이군요. 양 대륙의 경찰을 모두 따돌리고 나서 런던으로 되돌아갈 생각이라!」

영사가 답했다.

「두고 보십시오.」

「하지만 당신이 잘못 알고 있는 것은 아니겠지요?」

영사가 다시 한 번 물었다.

「확실합니다.」

「그러면 왜 이 도둑은 수에즈에 들렀다는 증거로 비자를 받고 싶어했을까요?」

「글쎄요. 그건 저도 모르겠습니다. 하지만 영사님, 제 말 좀 들어보십시오.」

픽스는 포그라는 사람의 하인과 나눈 이야기를 요점만 짤막하게 보고했다.

「사실상 모든 가정이 그에게 좀 불리하군요. 그래서 어떻게 할 겁니까?」

영사가 물었다.

「런던에 전보를 쳐 뭄바이로 체포 영장을 보내 달라고 긴급 요청을 한 다음, 저도 '몽골리아' 호를 타고 그 도둑을 인도까지 미행할 겁니다. 그리고 영국령인 그곳에서 그에게 정중히 다가가 한 손으로는 그의 어깨를 잡고 다른 한 손으로는 체포 영장을 보일 겁니다.」

15분 뒤, 픽스는 가볍지만 넉넉하게 돈이 든 가방을 손에 들고 '몽골리아' 호에 올랐다. 잠시 뒤 쾌속 증기선이 홍해의 물 위로 연기를 남기며 출발했다.

필리어스 포그의 계획에
호의적인 홍해와 인도양

수에즈와 아덴 사이의 거리는 정확히 1,310마일이다. 회사 계약 규정서에서는 여객선이 이 거리를 항해하는 데 138시간을 쓰도록 하고 있다. 그러나 '몽골리아' 호는 맹렬하게 불을 지펴 정해진 시간보다 더 빨리 도착하도록 쏜살같이 달렸다.

브린디시에서 탑승한 승객들은 대부분 인도를 그 목적지로 하고 있었다. 몇몇 승객은 뭄바이로, 또 다른 승객들은 캘커타로 가지만, 철도가 인도 반도를 완전히 횡단하게 되면서부터 이제는 실론을 거칠 필요가 없어졌기 때문이다.

'몽골리아' 호의 승객 가운데는 각 분야의 공무원이나 다양한 계급의 장교들이 있었다. 장교 중에는 정규 영국군 소속도 있었고 후한 봉급을 받는 인도 현지인 용병 부대 지휘관도 있었다.

이 공무원들은 '몽골리아' 호에서 풍족하게 지냈는데, 그중에는 100만 프랑의 돈을 들고 멀리 해외 지점을 설립하러 가는 젊은 영국인도 몇 있었다. 사무장은 회사에서 신임하는 사람으로 여객선의 선장과 같은 지위였는데, 호화로운 것을 즐겼다. 아침 식사에서부터 2시의 점심 식사, 5시 30분의 저녁 식사, 8

시의 밤참에 이르기까지 그의 식탁은 여객선의 고깃간과 주방에서 제공하는 신선한 고기와 각종 요리로 상다리가 휠 정도였다. 승객들은-여자 승객도 몇 명 있었다-하루에 두 번씩 옷차림을 바꾸었으며, 바다가 허락할 때에는 음악을 연주하거나 춤을 췄다.

하지만 좁고 긴 만이 그러하듯, 홍해는 변덕스럽고 사나울 때가 많았다. 바람이 아시아 해안이나 아프리카 해안에서 불어올 때면, 추진기가 달린 긴 방추형의 '몽골리아' 호는 기우뚱거리며 힘겹게 항해했다. 그럴 때면 부인들은 모습을 보이지 않았고, 피아노 소리와 함께 노래와 춤도 동시에 멈췄다. 그러나 '몽골리아' 호는 돌풍이나 거친 파도에도 아랑곳없이 엔진의 강력한 추진력을 앞세워 바브엘만데브 해협을 향해 힘차게 달렸다.

그때 필리어스 포그는 무엇을 하고 있었을까? 바람의 전환으로 배의 운항에 지장이 있지 않을까, 거센 파도가 기관 고장 사고를 일으키지는 않을까 하는 등 '몽골리아' 호가 아무 항구에나 기항할 수밖에 없다고 예상되는 모든 손해에 대해 걱정하며 불안해하고 있었을 것이라 생각해볼 수도 있다.

그러나 전혀 그렇지 않았다. 속으로는 뜻밖의 돌발 사태를 생각했을지 모르지만, 적어도 겉으로는 표시하지 않았다. 그는 혁신클럽 회원에 걸맞게 언제나 침착했기에, 어떤 사건이나 사고에도 놀라지 않았다. 마치 배 안의 초시계처럼 감정을 드러내지 않았다. 그의 모습은 갑판에서도 볼 수 없었다. 수많은 과거의 자취가 남아 있는 인류 역사의 첫 무대였던 이 홍해를 음미하는 데도 그다지 관심이 없었다. 해안을 따라 자리 잡은 진귀한 도시들, 그 그윽한 자태가 때로 저 수평선 너머로 나타나도 별 흥미를 느끼지 못했다.

스트라본, 아리아노스, 아르테미도로스, 이드리시 같은 고대 역사가들은 이 만의 위험에 대해 무시무시한 말을 했고, 뱃사람들은 평화로운 운항 기원을 위해 제물을 바치지 않고는 결코 아라비아 만을 무사히 지나갈 수 없다고 했지만, 포그는 그 공포에 대해 상상조차 하지 않았다.

그렇다면 이 괴상한 사람은 '몽골리아' 호 안에 틀어박혀 무엇을 하고 있었을까? 우선 그는 배가 좌우로 흔들리건 앞뒤로 요동치건 간에 기계처럼 잘 조직된 그의 일정 속에서 하루 네 끼 식사를 거르지 않았다. 그리고 휘스트 게임을 했다. 그렇다! 그는 자기만큼이나 카드놀이에 몰입하는 상대들을 만났다. 고아에 있는 세무서로 부임하는 세무관, 뭄바이로 귀환하는 데시머스 스미스 신부, 그리고 베나레스에 있는 부대로 돌아가는 영국군 준장이 그들이었다. 이 세 명의 승객은 포그 씨만큼이나 열정적이어서 몇 시간이고 계속해서 게임을 했다.

파스파르투로 말하자면 그는 뱃멀미를 하지 않았다. 배 앞쪽 선실에 자리 잡은 그는 주인과 마찬가지로 열심히 먹어댔다. 밝히건대, 이런 조건에서 이루어지는 여행이 그도 이제는 싫지 않았다. 그는 이 여행을 운명으로 받아들였다. 잘 먹고 잘 자면서 여러 나라를 돌아다녔다. 어쨌든 그는 이러한 호강도 뭄바이에서 끝날 것이라 확신하고 있었다.

수에즈를 떠난 다음 날인 10월 10일, 파스파르투는 이집트에서 말을 걸었을 때 호의적이었던 그 사람을 갑판 위에서 다시 만났다.

반가운 마음에 그는 다정스레 웃으며 다가가 말을 건넸다.

「제가 잘못 보지 않았다면, 당신은 수에즈에서 저를 친절하게 안내해주셨던 그분이 아니신가요?」

「그렇습니다. 저도 당신을 기억합니다! 그 괴짜 영국인의 시중을 드는 분이시죠?」

「맞아요. 그런데 성함이…….」

「픽스라고 합니다.」

「픽스 씨, 배에서 다시 보게 되어 반갑습니다. 그런데 어딜 가세요?」

「당신처럼 저도 뭄바이에 갑니다.」

「그거 정말 잘됐군요! 전에도 이런 여행을 하신 적이 있습니까?」

「여러 번 했지요. 저는 이 선박 회사의 직원이거든요.」

「그러면 인도를 잘 아시겠네요?」

「글쎄요……. 그렇지요…….」

픽스는 너무 깊이 들어가지 않으려고 얼버무렸다.

「인도라는 데는 볼 것이 많나요?」

「아주 많지요! 회교 사원, 사원의 첨탑, 절, 탁발승, 탑, 호랑이, 뱀, 무희들! 하지만 둘러볼 시간이 있어야지요.」

「저도 보고 싶네요, 픽스 씨. 당신도 잘 아시겠지만, 정신이

제대로 된 사람이라면 80일 동안에 세계일주를 한다는 구실로 배에서 기차로, 그리고 다시 기차에서 배로 뛰어다니느라 세월을 보내지 않을 거예요! 아무렴요. 이 고된 운동도 틀림없이 뭄바이에서 끝날 겁니다. 두고 보세요.」

「포그 씨는 잘 지내고 계십니까?」

픽스가 아주 자연스런 말투로 물었다.

「그럼요, 픽스 씨. 저와 마찬가지입니다. 저는 며칠 굶은 아귀처럼 먹어요. 바다 공기 때문이겠지요.」

「그런데 당신 주인은 갑판에서 통 볼 수가 없더군요.」

「결코 못 보실 겁니다. 그분은 호기심이 없거든요.」

「파스파르투 씨, 그 80일간의 여행이라고 하는 것에 뭔가 은밀한 임무가 숨겨져 있는 것은 아닐까요? 가령, 외교상의 임무라든가!」

「픽스 씨, 맹세코 저는 아무것도 모릅니다. 솔직히 말하자면 그걸 알고 싶지도 않아요.」

이 만남 이후, 파스파르투와 픽스는 자주 대화를 나누었다. 형사는 포그 씨의 하인과 가까워지려고 했다. 필요한 경우 도움이 될 수 있을 것이다. 그래서 '몽골리아' 호의 선상 술집에서 위스키나 맥주를 몇 차례 사주었다. 그때마다 이 착한 남자는 기꺼이 응했고, 픽스가 정직한 신사라 생각하여 빚지지 않기 위해 자기가 사기도 했다.

그러는 동안 여객선은 빠르게 달렸다. 13일, 허물어진 벽으로 둘러싸인 성 위로 푸르스름한 몇 그루의 대추야자가 인상적인 모카가 보였다. 멀리 떨어진 산에는 드넓은 커피 밭이 펼쳐져 있었다. 파스파르투는 이 유명한 도시를 감상할 수 있다는 사실에 매료되었다. 빙 둘러쳐진 성벽과 손잡이 모양을 한 부서진 요새를 발견했을 때는 도시가 마치 거대한 커피잔 같다는 생각이 들었다.

그날 밤, '몽골리아' 호는 아랍어로 '눈물의 문'을 의미하는 바브엘만데브 해협을 넘었고, 다음 날인 14일에는 아덴 항구 북서쪽, 스티머 포인트에 정박했다. 바로 여기서 연료를 공급받는다.

석탄 산지로부터 멀리 떨어진 곳에서 배에 연료를 대는 것은 중요한 문제였다. 이 반도 회사만 해도 이 일에 드는 연간 비용이 80만 파운드에 달했다. 사실상 여러 항구에 보관고를 세워야 했는데, 이렇게 멀리 떨어진 해안에서는 석탄 값이 톤당 80프랑이나 나갔다.

'몽골리아' 호가 뭄바이에 도착하기까지는 아직 1,650마일이 남아 있었고, 연료를 채우기 위해 스티머 포인트에 네 시간은 머물러야 했다.

하지만 이런 지연이 필리어스 포그의 계획에 지장을 주진 않았다. 이것은 예상된 일이었다. 더구나 '몽골리아' 호는 아덴에 10월 15일 아침에 도착하는 대신, 14일 저녁에 도착했다. 열다섯 시간을 번 셈이었다.

포그 씨와 하인은 뭍에 내렸다. 이 신사는 여권에 비자를 받고 싶어했다. 픽스는 눈치 채지 않게 이들을 미행했다. 비자 수속이 끝나자, 필리어스 포그는 배로 돌아와 중단했던 게임을 다시 시작했다.

파스파르투는 평소처럼 소말리아인, 바니아족, 파르시인, 유대인, 아랍인, 유럽인 등 2만 5천 명이 살고 있는 아덴의 주민들 사이를 어슬렁거렸다. 그는 이 도시를 인도양의 지브롤터로 만든 요새와, 2천 년 전 솔로몬 왕 시대의 기술자들에 이어 지금도 영국 기술자들이 작업하고 있는 찬란한 저수지를 보고 감탄했다.

「신기해. 정말 신기해! 새로운 것이 보고 싶은 사람에겐 여행을 하는 것도 쓸데없는 짓이 아니군.」

파스파르투가 배로 돌아오며 혼자 중얼거렸다.

오후 6시, '몽골리아' 호는 추진기의 날개로 아덴 항구의 물살을 헤치고 인도양으로 달리기 시작했다. 아덴에서 뭄바이까지 건너는 데는 168시간이 필요했다. 인도양은 운항하기에 더없이 좋았다. 바람은 북서쪽에서 불었고, 바람을 탄 돛은 증기 기관을 도왔다. 중심이 잘 잡혀 배의 흔들림도 덜했다. 승객들은 시원하게 차려입고 다시 갑판 위에 나타났다. 노래와 춤도 다시 시작되었다. 여행은 최상의 조건에서 이루어지고 있었다. 파스파르투는 우연히 알게 된 친절한 동행자, 픽스라는 사람을 만나 기뻤다.

10월 20일 일요일 정오 무렵, 인도 해안이 눈에 들어왔다. 두 시간 뒤 안내인이 '몽골리아' 호에 올라왔다. 지평선에는 잘 어우러진 언덕들이 아련하게 윤곽을 드러내며 하늘을 덮고 있었다. 잠시 후 열을 지어 도시를 뒤덮은 종려나무들이 뚜렷하게 드러났다. 여객선은 살세트 섬, 콜라바 섬, 엘레판타 섬, 부처 섬으로 둘러싸인 항구에 들어섰고, 4시 30분에는 뭄바이 부두에 이르렀다.

이때 필리어스 포그는 그날의 서른세 번째 게임을 끝냈는데, 그와 그의 파트너는 과감한 전술로 열세 장을 거두어들이는 경이로운 완승을 거두면서 이 멋진 항해의 마지막을 장식했다.

'몽골리아' 호는 10월 22일에 뭄바이에 도착할 예정이었다. 그런데 20일에 도착했다. 그러니 런던을 떠난 이래 이틀을 번 것이다. 필리어스 포그는 이를 자신의 여행 일지의 이익란에 반듯하게 적어놓았다.

신발만 잃고 무사히 빠져나온 것을
다행으로 생각하는 파스파르투

인도는 거대한 역삼각형 모양의 국토에, 면적이 140만 평방 마일이고, 1억 8천만 명의 인구가 불균등하게 흩어져 살고 있는 나라다. 이것을 모르는 사람은 없을 것이다. 영국 정부는 캘커타에 대총독을, 마드라스, 뭄바이, 벵골에 총독을, 아그라에 부총독을 두어 이 광대한 나라의 일부분을 실제로 지배하고 있었다.

그러나 엄밀히 말하면 영국령 인도의 면적은 70만 평방 마일, 인구는 1억 내지 1억 1천만 명에 불과해 인도 영토의 상당 부분은 아직까지 영국 여왕의 통치에서 벗어나 있었다. 사실은 사납고 무시무시한 내륙의 군주들이 여전히 인도의 완벽한 독립을 지키고 있었다.

영국의 첫 건물이 오늘날의 마드라스 시 자리에 세워진 1756년부터 인도인 용병들의 대반란이 일어난 올해까지, 저 유명한 동인도회사는 막강한 권력을 자랑하고 있었다. 이 회사는 금리식으로 형편없는 가격을 제시하거나 아예 돈을 지불하지 않고 군주에게서 땅을 매입하여 조금씩 인도의 여러 지방을 합병해 나갔다. 그리고 그곳에 대총독을 비롯하여 민간, 군 관리들을

영입했다. 하지만 지금 이 회사는 존재하지 않고, 인도의 영국령 땅은 왕실의 직접적인 지배를 받고 있었다.

　한편, 인도의 겉모습이나 관습, 민족 구분은 나날이 그 형태가 바뀌어가고 있었다. 예전에는 걷거나 말, 짐수레, 손수레, 가마, 마차를 타거나 사람 등에 업히는 등 온갖 구식 교통수단을 이용하여 여행을 했다. 하지만 오늘날은 증기선이 인더스 강과 갠지스 강을 빠른 속도로 달리고, 철도가 보다 세분화되면서 인도 전체를 넘나들게 되어, 캘커타에서 뭄바이까지 불과 사흘이면 갈 수 있게 되었다.

　이 철도 노선은 인도를 직선으로 횡단하는 것이 아니었다. 직선 거리는 1,000 내지 1,100마일밖에 안 되어, 기차로 인도를 횡단한다면 중간 속로만으로도 사흘 정도밖에 걸리지 않는다. 그러나 반도 북쪽, 알라하바드까지 철길이 줄처럼 늘어져 있어 이 거리는 적어도 3분의 1이 늘어난 상태였다.

　'대인도 반도 철도'가 지나는 주요 지점을 중심으로 그 노선을 요약하면 다음과 같다. 뭄바이 섬을 출발, 살세트를 지나, 타나 앞 대륙을 건너 뛰어 고츠 산맥을 넘은 뒤, 부르한푸르가 있는 북동쪽으로 달린다. 거의 독립국에 가까운 분델칸드의 영토를 가로질러 알라하바드에 오르면 동쪽으로 꺾어져 베나레스에서 갠지스 강을 만난 후, 강줄기에서 약간 벗어나면서 부르드완을 거쳐 남동쪽으로 내려가, 프랑스령 찬데르나고르를 지나 출발역인 캘커타에 다다른다.

'몽골리아' 호의 승객들이 뭄바이에 도착한 것은 오후 4시 30분이었고, 캘커타행 기차는 8시 정각에 떠나기로 되어 있었다.

따라서 포그 씨는 카드놀이 친구들과 작별 인사를 한 후 여객선에서 내렸고, 하인에게 사야 할 물건을 몇 가지 상세히 일러주면서 8시 전에 역으로 돌아와야 한다고 당부했다. 그리고 째깍째깍 초를 알리는 천문대의 시계추처럼 규칙적인 발걸음으로 여권국을 향해 걸어갔다.

시청, 도서관, 요새, 뱃도랑, 면화 시장, 잡동사니 시장, 회교 사원, 유대인 교회, 아르메니아 교회, 두 개의 다변형 탑으로 장식된 눈부신 말라바르힐 사원 등 그처럼 멋들어진 뭄바이에서도 그는 구경할 생각을 하지 않았다. 엘레판타의 걸작들, 정박지 남동쪽에 숨겨져 있는 신비로운 지하 납골당, 빼어난 불교 건축 유적인 살세트 섬의 칸헤리 둥굴조차도 감상하려 들지 않았다!

그 어떤 곳도 말이다. 여권국을 나온 필리어스 포그는 조용히 역으로 갔고, 그곳에서 저녁 식사를 했다. 호텔 지배인은 여러 요리 중에서도 맛이 뛰어난 인도 토끼로 만든 지블로트 요리를 권했다.

필리어스 포그는 지블로트를 주문하고는 그 맛을 음미해보았지만, 강한 향료를 넣은 소스에도 불구하고 그 맛이 고약했다.

그는 지배인을 불렀다.

「여보시오, 이거 토끼고기요?」

그는 지배인을 뚫어지게 바라보며 물었다.

「그렇습니다, 나리. 밀림의 토끼입니다.」

지배인이 뻔뻔스럽게 대답했다.

「그러면 이 토끼는 죽을 때 '야옹' 하며 울지 않았소?」

「야옹이라니요! 오! 나리! 토끼입니다! 맹세코…….」

포그 씨가 차갑게 말을 이었다.

「지배인, 맹세할 것이 아니라 이걸 상기하시오. 옛날 인도에서는 고양이를 신성한 동물로 여겼다오. 그때가 좋은 때였지.」

「고양이를요, 나리?」

「아마 여행하는 사람들에게도 그랬을 거요!」

이렇게 주의를 준 다음, 포그 씨는 다시 조용히 식사를 했다.

포그 씨가 내린 후 얼마 안 되어 픽스 형사도 '몽골리아' 호에서 내렸다. 그리고 뭄바이 경찰국장에게 달려갔다. 자신의 신분이 형사라는 것과 맡은 임무, 절도범으로 추정되는 장본인과 맞부딪친 상황을 설명했다. 체포 영장은 도착했을까? 아직 아무것도 도착하지 않았다. 사실 체포 영장은 포그 씨가 출발한 뒤 보내졌으므로 벌써 도착했을 리가 없었다.

픽스는 몹시 당황했다. 그는 국장으로부터 포그 씨에 대한 체포 명령을 받고자 했지만 국장은 거절했다. 그 사건은 런던 경찰 관할이므로 거기서만 합법적으로 체포 영장을 발부할 수 있다는 것이었다. 이런 엄격한 원칙, 법의 엄정한 준수는 개인의 자유와 관련해서는 어떤 침해도 허용하지 않는 영국의 도덕관념에 비춰 볼 때 당연한 것이었다.

체포 영장을 기다릴 수밖에 없다는 것을 깨달은 픽스는 더 우기지 않았다. 그러나 손안에 넣을 수 없는 이 악당이 뭄바이

에 머무는 동안은 그에게서 절대 눈을 떼지 않겠다고 결심했
다. 그는 필리어스 포그가 뭄바이에 체류하리라고 믿었고—이
는 여러분도 알다시피 파스파르투의 확신이기도 했다—그렇게
되면 체포 영장이 도착할 때까지 시간을 벌 수 있을 것이었다.

하지만 파스파르투는 주인이 '몽골리아' 호를 떠나면서 자신
에게 시킨 일을 통해 뭄바이에서도 수에즈나 파리에서와 마찬
가지일 것이라는 것, 이곳에서도 여행은 끝나지 않을 것이라는
것, 적어도 캘커타, 아니 어쩌면 더 먼 곳까지 여행은 계속되리
라는 것을 분명히 알아차렸다. 그리고 그는 스스로에게 질문을
던졌다. 포그 씨의 내기가 정말로 진지한 것은 아닌지, 편안히
쉬면서 살고 싶어했던 그가 운명에 이끌려 어쩔 수 없이 80일
간의 세계일주를 완성해야 되는 것은 아닌지!

파스파르투는 몇 벌의 셔츠와 양말을 산 후, 남은 시간 동안
뭄바이 거리를 산책했다. 다양한 나라의 유럽인 사이에 뾰족
모자를 쓴 페르시아인, 둥근 터번을 쓴 바니아족, 각진 모자를
쓴 파키스탄인, 긴 옷을 걸친 아르메니아인, 검은 승모를 쓴 파
르시인 등이 붐비는 그곳은 마치 인종 경연장 같았다. 그날은
마침 조로아스터교도의 직계 후손인 파르시인 혹은 게브르인
의 축제 날이었다. 이들은 인도인 가운데 가장 부지런하고 문
명화되었으며, 현명하고, 생활 규율이 엄격한, 현재 뭄바이의
부유한 토착 상인층의 한 부류였다. 그날은 금실, 은실로 수놓
은 얇은 장밋빛 옷을 입은 무희들이 비올라 소리와 북소리에
맞춰 멋들어지면서도 최고의 품위를 갖춘 춤을 추면서 거리 행
렬을 하는 일종의 종교 축제의 날이었다.

파스파르투는 이 신기한 의식을 보고 듣느라 눈을 동그랗게 뜨고 귀를 쫑긋 세웠는데, 그의 태도나 모습이 우리가 상상할 수 있는 최신판 얼간이 같았다는 사실은 여기서 새삼 말할 필요도 없을 것이다.

그러다가 파스파르투의 지나친 호기심으로 인해 여행을 망칠지도 모를, 그와 주인에게 불행한 일이 닥칠 뻔한 사태가 발생했다. 사실 파스파르투는 파르시인의 축제를 보고 나서 역으로 향했는데, 빼어난 말라바르힐 사원 앞을 지나칠 즈음, 공교롭게 그 안에 들어가 보고 싶은 생각이 들었다.

하지만 그는 두 가지 사실을 모르고 있었다. 하나는 몇몇 인도 사원은 기독교인의 출입을 엄격히 금하고 있다는 것이었고, 다른 하나는 신자라도 문에 신발을 벗어두지 않고는 사원에 들어갈 수 없다는 것이었다. 영국 정부는 건전한 정책을 내세워 인도 종교의 아주 세세한 부분까지도 존중하고 또 존중하도록 했는데, 누구라도 이를 실천하지 않으면 엄벌을 받게 되어 있었다.

파스파르투는 아무런 악의 없이 단지 관광객으로서, 사원 안으로 들어가 말라바르힐 사원 내부의 브라만교의 금빛 찬란한 장식에 감탄했다. 그런데 갑자기 누군가 그를 사원의 포석 위에 내동댕이쳤다. 승려 세 명이 노기 어린 눈으로 그에게 달려들어 신발과 양말을 벗기고 괴상한 소리를 지르며 마구 때리기 시작했다.

힘이 세고 민첩한 이 프랑스인은 재빨

리 일어났다. 그러고는 긴 옷 때문에 몸을 제대로 가누지 못하는 승려 두 명을 주먹과 발길질로 넘어뜨린 뒤, 온 힘을 다해 밖으로 뛰쳐나왔다. 그리하여 군중의 도움으로 그의 자취를 쫓아온 나머지 한 명도 곧 멀리 떼어놓았다.

8시 5분 전, 기차가 출발하기 직전에 파스파르투는 장에서 산 물건 꾸러미도 난리 통에 잃어버리고, 모자도 없이, 맨발로 기차역에 도착했다.

픽스는 그곳, 탑승 플랫폼에 있었다. 포그를 역까지 미행하면서, 그는 이 악당이 뭄바이를 떠나리라는 것을 알게 되었다. 그는 즉각 캘커타까지, 필요하다면 더 멀리까지라도 그를 따라가기로 마음먹었다. 파스파르투는 어두운 곳에 서 있는 픽스를 보지 못했지만, 픽스는 파스파르투가 주인에게 전하는 몇 마디 말을 통해 그가 겪은 모험담을 들을 수 있었다.

「다시는 그런 일이 없었으면 하네.」

필리어스 포그가 기차 칸에 자리를 잡으며 말했다.

그 가엾은 남자는 몹시 당황한 채, 맨발로 말없이 주인의 뒤를 따랐다.

픽스는 다른 칸에 오르려다 한 가지 생각이 떠올라 돌연 계획을 변경했다.

'아니, 나는 여기 남아야겠군. 인도 영토에서 불법 행위를 저질렀다면……. 용의자는 내 손안에 있다.'

그때 우렁찬 기적 소리를 내면서 열차가 어둠 속으로 사라졌다.

11 교통수단용 동물을 엄청난 값에 사는
필리어스 포그

기차는 정시에 출발했다. 기차 안에는
일반 여행객들과 몇몇 장교, 관리, 그리고
아편 상인과 염료 상인이 있었다. 파스파르투
는 주인과 같은 칸에 타고 있었다. 건너편 구석에 한 사람이 있
었다. 그 사람은 수에즈에서 뭄바이로 오는 동안 포그 씨의 휘
스트 게임 파트너였던 준장 프랜시스 크로마티 경이었다. 그는
베나레스 근처에 있는 부대로 돌아가는 길이었다.

프랜시스 크로마티 경은 키가 크고 금발에 나이는 50세쯤 되
어 보였다. 최근 용병 반란 진압에 큰 공을 세웠지만, 사실 그
는 인도 원주민에 가까웠다. 젊었을 때부터 인도에서 살았으
며, 본국에는 좀처럼 가지 않았다. 필리어스 포그가 이것저것
묻기를 좋아하는 사람이었다면, 박식한 그는 기꺼이 인도라는
나라의 풍습, 역사, 그리고 사회 구성에 대해 정보를 주었을 것
이다. 하지만 포그 씨는 아무것도 묻지 않았다. 그는 여행을 하
는 것이 아니라, 지구의 원주를 그리고 있었다. 마치 역학의 법
칙에 따라 지구 둘레의 궤도를 도는 무거운 육체 같았다. 그때
그는 머릿속으로 런던 출발 이래 그가 소요한 시간을 계산하고

있었는데, 쓸데없는 움직임을 습관적으로 하는 사람이었다면 손이라도 비벼댔을 것이다.

프랜시스 크로마티 경이 포그 씨를 살펴볼 때라고는 카드놀이를 할 때와 그 사이 잠시 쉬는 동안뿐이었지만, 그 길동무가 특이한 사람이라는 것을 모르고 있지는 않았다. 그는 저런 차가운 겉모습 속에서도 인간의 심장이 뛸까, 자연의 아름다움이나 도덕적인 갈망을 느낄 수 있는 감성이 있을까 하는 궁금증이 생겼다. 그래서 스스로에게 질문을 던지기도 했다. 준장이 만났던 특이한 사람 가운데 이처럼 정밀 과학의 산물 같은 사람은 없었다.

필리어스 포그는 자신의 세계일주 계획과 그것이 어떤 연유로 시작되었는지 프랜시스 크로마티 경에게 조금도 숨기지 않았다. 준장에게 있어 이 내기는 이성적인 사람이 행동의 지침으로 삼는 유용성이 결여된 아무 가치 없는 엉뚱한 짓일 뿐이었다. 준장은 그를 스스로나 남을 위해서 아무것도 하지 않는 이상한 신사라고 생각했다.

뭄바이를 떠난 지 한 시간이 지나자, 기차는 고가교를 건너 살세트 섬을 지나 대륙을 향해 달렸다. 칼리안 역에서 칸달라와 푸나를 거쳐, 인도 남동쪽으로 내려가는 오른편 철도 지선을 무시하고 직진한 기차는 파우웰 역에 닿았다. 이곳은 화성암과 현무암이 빽빽이 들어서 있고, 산 정상은 굵은 나무들로 뒤덮여 있는 서고츠 산맥의 첩첩산중에 들어서는 지점이다. 프랜시스 크로마티 경과 필리어스 포그는 이따금 몇 마디 말을 나누었다. 그런 중 준장이 자주 끊기던 대화를 잇고자 한마디 던졌다.

「포그 씨, 당신이 몇 년 전에 이 부근을 지났더라면, 당신의 일정에 큰 차질이 있었을 겁니다.」

「프랜시스 경, 어째서 그렇죠?」

「철도가 이 산기슭에서 끊겨버려 건너편 비탈에 있는 칸달라 역까지는 가마나 조랑말을 타고 건너가야 했기 때문입니다.」

「그런 일로 늦어진다 해도 제 일정에는 전혀 지장이 없었을 겁니다. 그런 정도의 장애는 이미 예상했으니까요.」

포그 씨가 대답했다.

「그렇지만 포그 씨, 당신은 이 젊은이가 저지른 뜻밖의 사고 때문에 대단히 난처한 지경에 빠질 뻔하지 않았습니까?」

준장이 다시 말을 받았다.

여행용 담요로 발을 휘감은 채 깊은 잠에 빠져 있던 파스파르투는 옆에서 자기 얘기를 하고 있는 것을 꿈에도 모르고 있었다.

프랜시스 크로마티 경이 계속 말을 이었다.

「영국 정부는 이 같은 불법행위에 대해 극도로 엄격합니다. 무엇보다도 인도의 종교적 관습을 존중해야 하는데, 만일 당신의 하인이 체포되었더라면……」

「프랜시스 경, 그가 잡혔더라면 처벌을 받고 형을 치른 다음 조용히 유럽으로 돌아갔을 겁니다. 어떤 점에서 이번 일이 주인의 여행을 지체시킬 수 있다는 건지 모르겠습니다!」

포그 씨가 말했다.

여기서 대화가 끊겼다. 기차는 밤새 고츠 산맥을 넘어 나시크를 지났다. 다음 날인 10월 21일, 기차는 칸데시 지역의 비교적 평탄한 지방을 달렸다. 잘 경작된 들판 곳곳에 작은 마을이 있었고, 그 위로 솟은 사원의 뾰족한 탑이 유럽의 교회를 대신했다. 고다바리 강 지류에서 뻗어 나온 수많은 작은 물줄기가 이곳을 기름지게 적셔주고 있었다.

잠에서 깨어난 파스파르투는 주위를 둘러보며 자신이 '대인도 반도 철도' 의 기차를 타고 힌두교도의 나라를 횡단하고 있다는 사실을 믿지 못했다. 그것은 있을 수 없는 일처럼 보였다. 그렇지만 분명한 사실이었다! 영국 기관사가 조종하고 영국 석탄으로 가열되는 기차가 목화, 커피, 육두구, 정향, 붉은 후추 등을 재배하는 대농장 위로 연기를 뿜어내고 있었다. 연기는 종려나무 숲 주위에서 달팽이 모양으로 퍼져나갔다. 그 숲 사이로 그림 같은 방갈로와 버려진 수도원 같은 몇몇 승방, 그리고 인도 건축 특유의 장식이 돋보이는 멋진 사원들이 보였다.

그리고 끝없이 펼쳐진 넓은 들판 저 멀리에는 기적 소리에 놀란 뱀과 호랑이가 사는 밀림과, 생각에 잠긴 듯한 눈빛으로 내뿜어진 기차 연기를 바라보는 코끼리들로 우글거리는, 철길로 인해 끊어진 숲이 수놓아져 있었다.

그날 아침, 여행자들은 말레가온 역을 지나 칼리 여신을 섬기는 신도들이 곧잘 유혈 사태를 일으키는 불길한 영토를 통과했다. 근처에는 엘로라와 빼어난 사원들이 높이 자리 잡고 있었고, 난폭한 아우랑제브의 수도, 지금은 니잠 왕국에서 분리된 일개 지방 도시에 불과한 그 유명한 아우랑가바드도 눈에 띄었다. 그곳은 한때 투그스의 우두머리며 암살자들의 왕이었던 페링게아가 지배했던 지방이기도 했다. 이 암살자들은 죽음의 여신을 기리기 위하여 비밀 단체를 만들어 어른 아이 할 것 없이 희생자들을 피 한 방울 안 나도록 목 졸라 죽였다. 그 당시 이 지역에서는 어떤 곳을 파헤쳐도 시체를 발견할 수 있었다고 한다. 영국 정부는 이런 살해를 막는 데 상당한 성공을 거두었지만, 무시무시한 이 단체는 여전히 남아 활동하고 있었다.

낮 12시 30분, 기차가 부르한푸르 역에 정차했다. 파스파르투는 가짜 진주가 박힌 신발을 비싼 값에 사 신고는 한껏 폼을 잡았다.

승객들은 서둘러 점심을 먹었고, 기차는 수라트 근처 캄베이 만으로 흘러드는 탑티 강가를 끼고 돌면서, 아수르구르 역으로 향했다.

이쯤에서 파스파르투가 마음속으로 어떤 생각을 하고 있었는지 밝히는 것이 좋을 듯하다. 뭄바이에 도착할 때까지만 해도 그는 모든 것이 거기서 멈출 거라 믿었고, 그렇게 믿을 수 있었다. 그러나 인도 전역을 가로질러 기차 연기가 뿜어지는 지금은 생각이 완전히 바뀌었다. 그의 천성이 되살아난 것이다. 젊은 시절의 기상천외한 생각들이 떠올랐고, 주인의 계획을 진지하게 받아들이게 되었다. 그리고 내기의 현실을, 세계일주를, 주어진 최대 시간을 초과해서는 안 된다는 사실을 믿게 되었다. 오히려 여행 중 일어날 수 있는 돌발 사고나 지연 사태에 대해 걱정을 해대기 시작했다.

그는 자신이 내기를 하고 있는 것처럼 느껴져, 전날 저지른 용서할 수 없는 짓 때문에 내기를 망칠 뻔했다는 생각을 하자, 온몸에 전율이 흘렀다. 그는 포그 씨보다 침착하지 못했으므로 훨씬 더 안절부절못했다. 이미 지나가 버린 날짜를 세고 또 세어보고는, 기차가 일시 정지할 때면 욕설을 퍼붓고, 늦게 가면 나무라기까지 했으며, 기관사에게 사례금을 주겠다고 약속하지 않은 포그 씨를 마음속으로 원망하기도 했다. 이 순진한 젊은이는 여객선과 달리 속도가 정해져 있는 철도에서는 그것이 불가능하다는 사실을 몰랐던 것이다.

저녁 무렵, 기차는 칸데시 지역과 분델칸드 지역의 경계를 이루고 있는 수트푸르 산중의 좁은 길로 접어들었다. 이튿날인 10월 22일, 프랜시스 크로마티 경의 질문에 파스파르투는 시계를 본 후, 새벽 3시라고 대답했다. 사실 이 저명한 시계는 서쪽으로 77도 떨어진 그리니치 자오선에 늘 맞추어져 있어, 네 시간이 늦을 수밖에 없었다.

따라서 프랜시스 경은 파스파르투가 말한 시간을 바로잡아주면서 픽스가 전에 했던 것과 같은 지적을 했다. 동쪽을 향해 계속 가고 있는 것은 곧 해를 향해 가는 것이므로 경도 1도를 넘을 때마다 낮의 길이가 4분씩 짧아진다, 그렇기 때문에 장소를 옮길 때마다 그곳의 정오에 맞춰 시계를 조정해야 한다고 이해시키려 했으나 아무 소용이 없었다. 이 고집 센 젊은이는 준장의 말을 알아들었는지 어쨌는지 끝내 시곗바늘을 앞당기지 않고 런던 시간을 간직했다. 아무에게도 해를 끼치지 않는 순진무구한 고집이었다.

오전 8시, 로탈 역을 15마일 앞두고 기차는 몇 채의 방갈로와 노동자들의 오두막집이 있는 숲 속의 넓은 빈 터 한가운데에 멈춰 섰다. 기관사가 객차 앞을 지나며 말했다.

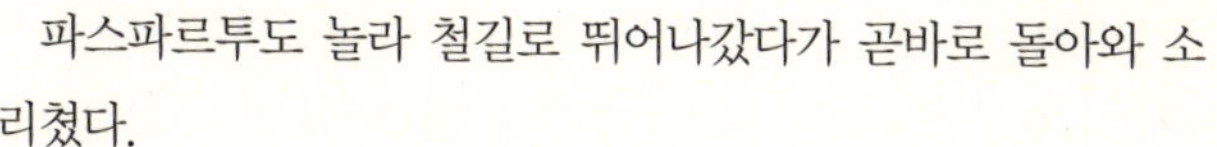

「승객 여러분, 여기서 내려주십시오.」

필리어스 포그는 프랜시스 크로마티 경을 쳐다보았다. 그 역시 타마린드와 카주르 숲 한 가운데에서 기차가 왜 정차한 건지 전혀 이해하지 못한 눈치였다.

파스파르투도 놀라 철길로 뛰어나갔다가 곧바로 돌아와 소리쳤다.

「철길이 끊겼습니다!」

「대체 무슨 말인가?」

프랜시스 크로마티 경이 물었다.

「제 말은 기차가 이 이상 못 간다는 겁니다!」

준장은 곧바로 기차에서 내렸다. 필리어스 포그도 천천히 그의 뒤를 따랐다. 두 사람은 기관사에게 말을 걸었다.

「여기가 어딥니까?」

프랜시스 크로마티 경이 물었다.

「콜비 마을입니다.」

기관사가 대답했다.

「여기서 멈추는 거요?」

「그래야지요. 철길이 아직 완성되지 않았으니까요.」

「뭐라고? 철길이 아직 완성되지 않았다니?」

「그렇습니다. 여기서부터 철길이 다시 시작되는 알라하바드까지 약 50마일 정도의 구간에 아직 철길이 놓이지 않았습니다.」

「그렇지만 신문에서는 인도 횡단 철도가 완전히 개통되었다고 하던데!」

「어쩔 수 없습니다, 장군님. 신문 보도가 잘못된 겁니다.」

「하지만 당신들은 뭄바이에서 캘커타까지 가는 표를 팔았잖소!」

프랜시스 크로마티 경이 흥분하기 시작했다.

「그렇습니다만, 승객들은 콜비에서 알라하바드까지 다른 수단을 이용해야 한다는 사실을 잘 알고 있습니다.」

프랜시스 크로마티 경은 화가 났다. 파스파르투도 기관사를 때려눕히고 싶은 심정이었다. 차마 주인을 쳐다볼 수가 없었다.

「프랜시스 경, 괜찮으시다면 알라하바드로 갈 수 있는 다른 수단을 찾아봅시다.」

포그 씨가 담담하게 말했다.

「포그 씨, 당신에게는 절대적으로 불리한 지연 아닙니까?」

「아닙니다, 프랜시스 경. 예상했던 일입니다.」

「뭐라고요! 아셨다고요? 철길이 중간에…….」

「그건 아닙니다만, 여행 중에 어떤 장애든 나타날 수 있을 거라 생각했습니다. 그런데 지금까지 아무 일도 없었습니다. 이틀 앞서가고 있으니 시간이 있습니다. 25일 12시에 캘커타를 떠나 홍콩으로 가는 기선이 있습니다. 아직 22일이니 캘커타에는 제시간에 도착할 수 있을 겁니다.」

그토록 확신에 찬 대답에는 더 할 말이 없었다. 철도 공사가 이 지점에서 중단된 것은 사실이었다. 신문은 빨리 가는 시계와 같아서 철길의 완성을 미리 보도했던 것이다. 대부분의 승객은 철길이 끊겨 있다는 사실을 알고 있었으므로 기차에서 내리자마자 앞다투어 작은 마을에 있는 팔키가리 사륜마차, 혹소가 끄는 짐수레, 움직이는 탑 모양의 여행용 수레, 가마, 조랑말 등 모든 종류의 교통수단을 차지했다. 포그 씨와 프랜시스 크로마티 경 역시 마을을 샅샅이 뒤지고 다녔다. 그러나 아무것도 찾지 못하고 되돌아왔다.

「저는 걸어가겠습니다.」

필리어스 포그가 말했다.

그때 주인에게로 돌아온 파스파르투가 멋지긴 하지만 실용적이지 못한 신발을 내려다보며 의미 있는 찡그린 표정을 지었다. 그나마 다행히 교통수단을 찾은 그는 조금 머뭇거리며 말했다.

「주인님, 제가 타고 갈 만한 것을 찾았는데요.」

「어떤 건가?」

「코끼리입니다! 여기서 백 걸음 정도 떨어진 곳에 사는 인도인이 키우고 있습니다.」

「그럼 보러 가세.」

포그 씨가 대답했다.

5분 뒤, 필리어스 포그와 프랜시스 크로마티 경, 그리고 파스

파르투는 높은 울타리로 둘러싸인 우리 옆에 있는 오두막에 도
착했다. 오두막에는 인도인이 한 명 있었고, 우리 안에는 코끼
리가 있었다. 인도인은 포그 씨와 두 동행자를 우리 안으로 안
내했다.

　거기서 그들은 짐 운반용이 아니라 싸
움용으로 키우고 있는 반쯤 길들여진
한 동물을 발견했다. 인도인은 그런
목적으로 석 달 동안 설탕과 버터만 먹
이면서 코끼리의 타고난 온순한 성격을
바꾸고 있었다. 인도어로 '무트쉬'라 하
는 광폭한 발작 단계에 점차적으로 다다르게 하는 것이었다.
부적합해 보이는 방법이지만, 사육사들은 그 방법으로 성공을
거두곤 했다. 포그 씨에게는 다행히도 코끼리가 이제 막 그 식
이요법에 들어갔기 때문에 '무트쉬'는 아직 나타나지 않은 상
태였다. 키우니 ─코끼리의 이름이었다─는 다른 코끼리들처럼
오랜 시간 빨리 걸을 수 있었고, 어차피 다른 탈것도 없었기에
필리어스 포그는 코끼리를 이용하기로 했다.

　그러나 인도에서 코끼리가 점점 희귀해지기 시작하면서 그
가격도 비싸졌다. 서커스단 싸움용으로는 수컷만이 적합했으
므로 사람들은 수컷을 많이 찾았다. 이 동물이 사육될 때는 거
의 새끼를 낳지 않기 때문에, 결국 사냥을 해서 구할 수밖에 없
었다. 그렇기 때문에 인도인들은 코끼리에게 지극 정성을 다했
는데, 포그 씨가 인도인에게 코끼리를 빌려줄 수 있는지 묻자,
인도인은 단호히 거절했다.

포그 씨는 포기하지 않고 시간당 10파운드라는 엄청난 가격을 제시했다. 그런데도 그는 거절했다. 20파운드? 또 거절. 40파운드? 역시 거절. 더 비싼 값을 부를 때마다 파스파르투는 펄쩍 뛰었다. 하지만 인도인은 꿈쩍도 하지 않았다. 사실 포그 씨가 제시한 돈은 엄청난 액수였다. 알라하바드까지 가는 데 열다섯 시간 걸린다고 했을 때, 코끼리가 주인에게 벌어다주게 될 돈은 6백 파운드였다.

필리어스 포그는 조금도 흥분하지 않고, 인도인에게 아예 그 코끼리를 천 파운드에 사겠다고 제안했다.

그러나 인도인은 팔려고 하지 않았다! 그 괴상한 사람은 아마도 굉장한 돈 냄새를 맡은 모양이었다. 프랜시스 크로마티 경은 포그 씨를 한쪽으로 데리고 가서 값을 더 올리기 전에 신중히 고민하라고 충고했다. 필리어스 포그는 자기는 생각 없이 행동하지 않으며, 2만 파운드를 건 내기가 관건이고, 코끼리가 필요하기 때문에 제값의 스무 배를 주고서라도 꼭 살 것이라고 말했다.

포그 씨가 돌아와 인도인을 찾았다. 탐욕으로 반짝이는 그의 작은 두 눈을 보니, 그에게 중요한 것은 가격인 것이 분명했다. 필리어스 포그는 1,200파운드, 1,500파운드, 1,800파운드로 차츰 가격을 올리다가 마침내 2천 파운드를 제시했다. 평소에는 그렇게 불그스름하던 파스파르투의 얼굴이 하얗게 변했다.

2천 파운드에 인도인은 손을 들었다.

「내 신발을 걸고 말하건대, 이렇게 비싼 코끼리 고기는 없을 겁니다!」

파스파르투가 외쳤다.

거래가 끝났으니, 이제는 안내인을 찾아야 했다. 그것은 어려운 일이 아니었다. 영리해 보이는 한 젊은 파르시인이 나섰다. 포그 씨가 승낙하면서 보수를 두둑이 주겠다고 약속하자, 파르시인은 한층 더 총기를 발했다.

코끼리가 끌려 나오고 곧 필요한 장비가 갖추어졌다. 파르시인은 코끼리 조련사가 해야 할 일을 완벽하게 알고 있었다. 그는 코끼리 등을 모포로 덮고, 양쪽 옆구리에 좀 불편해 보이는 의자 달린 안장을 매달았다.

필리어스 포그는 가방에서 지폐 뭉치를 꺼내 인도인에게 건넸다. 파스파르투는 마치 자기 뱃속에서 그 돈을 끄집어내는 것 같았다. 포그 씨는 프랜시스 크로마티 경에게 알라하바드 역까지 데려다 주겠다고 했다. 준장은 그의 호의를 받아들였다.

그들은 콜비에서 식료품을 샀다. 프랜시스 크로마티 경이 안장 한쪽 의자에, 필리어스 포그가 다른 한쪽 의자에 자리를 잡았다. 파스파르투는 주인과 준장 사이의 모포 위에 걸터앉았고, 파르시인은 코끼리의 목 위에 올라탔다. 9시, 코끼리는 마을을 떠나 라타니아가 울창한 숲 속의 가장 빠른 길로 들어섰다.

12 필리어스 포그 일행이
인도 밀림을 지나며 겪는 모험

안내인은 지름길로 가기 위해 한참 공사 중인 철길 방향 대신 왼쪽 길을 택했다. 철길은 복잡하게 뻗은 빈디아 산맥 자락 때문에 필리어스 포그가 가기에 그렇게 짧은 지름길이 아니었다. 이 지역의 도로와 모든 길을 잘 파악하고 있는 파르시인은 밀림을 가로지르면 20여 마일이 단축된다고 했고, 일행은 안내인의 말에 따르기로 했다.

의자가 달린 안장에 목까지 파묻고 앉아 있던 필리어스 포그와 프랜시스 크로마티 경은 세차게 내딛는 코끼리의 발걸음에 몹시 흔들렸다. 그래도 그들은 영국인다운 침착한 태도로, 말도 없이 서로를 거의 쳐다보지도 않고 이 상황을 견디고 있었다.

한편, 코끼리의 등에 올라탄 파스파르투는 코끼리가 움직이는 대로 몸이 흔들리면서도, 혀가 잘리지 않도록 이를 꼭 다물고 있으라는 주인의 충고대로 잘 버티고 있었다. 이 선량한 젊은이는 때론 코끼리의 목 쪽으로 퉁겨졌다가, 또다시 엉덩이 쪽으로 퉁겨지는 등 마치 점프대 위의 광대처럼 공중 곡예를 하고 있었다. 그는 몸이 이리저리 뒤집히는 와중에도 농담을 하며 웃어댔고, 그가 가끔씩 가방에서 각설탕을 꺼낼 때면, 영

리한 키우니는 규칙적인 발걸음을 멈추지 않고 코끝으로 받아
먹었다.

두 시간 정도 지나자, 안내인은 코끼리를 멈추고 한 시간 동
안 쉬게 했다. 코끼리는 먼저 근처 늪에서 목을 축인 다음, 나
뭇가지와 관목들을 덥석덥석 삼켰다. 프랜시스 크로마티 경은
이러한 일시적인 정지에 대해 불평하지 않았다. 그는 기진맥진
한 상태였다. 반면에 포그 씨는 마치 방금 자고 일어난 사람처
럼 원기가 넘쳤다.

「저 사람은 무쇠로 만들어진 모양이야!」

준장이 감탄하는 눈빛으로 그를 바라보며 말했다.

「아주 잘 단련된 무쇠죠.」

간단한 점심을 준비하던 파스파르투가 말을 받았다.

정오가 되자, 안내인은 출발 신호를 보냈다. 이 지역의 경치
는 매우 야생적인 모습을 하고 있었다. 거대한 숲에 이어, 타마
린드와 키 작은 종려나무 덤불, 그리고 앙상한 관목들이 비죽
비죽 솟아 있고, 커다란 섬장암 덩어리가 듬성듬성 박혀 있는
드넓은 황무지가 펼쳐졌다. 여행객들이 거의 찾지 않는 이 분
델칸드 고지대 전역에는 힌두교도 중에서도 가장 무시무시한
의식을 치르는 광신도들이 살고 있었다. 빈디아 산 속의 접근
하기 힘든 곳에 은신하고 있는 이들은 군주들의 영향권 내에
있었으며, 그것마저 영국 정부가 공식적으로 지배하기란 매우
어려운 일이었다.

코끼리가 빠르게 지나가는 것을 보고 분노의 몸짓을 하는 사
나운 인도인 무리가 여러 번 눈에 띄었다. 하지만 그들과 마주

쳐 이로울 것이 없다고 생각한 파르시인은 가능한 한 그들을 피해 갔다. 그 한나절 동안 동물들은 거의 눈에 띄지 않았다. 잔뜩 얼굴을 찌푸리고 달아나는 원숭이 몇 마리만을 볼 수 있었는데, 파스파르투는 그 광경을 아주 재미있어 했다. 이 젊은이에게는 많은 걱정거리 가운데 특히 마음에 걸리는 것이 하나 있었다. 알라하바드 역에 도착한 다음, 포그 씨는 코끼리를 어떻게 할 것인가? 코끼리를 데려갈 것인가? 그건 말도 안 된다! 비싼 돈을 주고 샀는데 거기에 운반 비용까지 댄다면 이 동물은 포그 씨에게 파산을 안겨줄 것이다. 팔거나 풀어줄 것인가? 이 귀중한 동물은 소중히 여길 만한 가치가 있었다. 혹시라도 포그 씨가 파스파르투에게 선물을 한다면, 그는 무척 난처해질 것이다. 이 문제는 파스파르투에게 여간 걱정거리가 아니었다.

오후 8시에 일행은 빈디아 산맥의 가장 큰 줄기를 넘어섰고, 북쪽 산기슭에 있는 무너진 방갈로에서 가던 길을 멈췄다.

이날 하루 동안 약 25마일을 행진했지만, 알라하바드 역에 도착하려면 온 만큼 더 가야 했다.

밤이 되자 추워졌다. 파르시인이 마른 나뭇가지로 방갈로에 불을 지폈고, 방은 이내 따뜻해졌다. 콜비에서 사 온 식량으로 밤늦은 식사가 준비되었다. 모두 지친 몸으로 저녁을 먹었다. 띄엄띄엄 몇 마디 말이 오가는가 싶더니, 곧 그 말소리는 드르렁드르렁 코 고는 소리로 바뀌었다. 안내인은 키우니 곁에서 커다란 나무 기둥에 기대어 선 채로 잠이 들었다.

그날 밤에는 아무 일도 없었다. 이따금 치타와 표범의 울음 소리가 원숭이의 날카로운 그것과 섞이면서 밤의 정적을 깨뜨렸다. 하지만 맹수들은 으르렁거리기만 할 뿐 방갈로의 손님들에게 적대감을 표시하지는 않았다. 프랜시스 크로마티 경은 싸움에 지친 용감한 군인처럼 깊은 잠을 잤다. 파스파르투는 전날의 공중 곡예 꿈을 꾸는지 자는 내내 엎치락뒤치락했다. 포그 씨는 마치 조용한 자기 집에라도 있는 것처럼 편안하게 잠을 잤다. 새벽 6시에 일행은 다시 출발했다. 안내인이 그날 저녁에 알라하바드 역에 도착할 것이라고 알렸다. 그렇게 된다면 포그 씨는 여행을 시작한 이래 벌어둔 48시간 중에서 조금밖에 잃지 않는 것이다.

일행은 빈디아 산맥의 마지막 비탈을 내려갔다. 키우니는 다시 빨리 걷기 시작했다. 정오 즈음 안내인은 갠지스 강의 지류인 카니 강가에 있는 칼링가 마을을 우회했다. 갠지스 강 유역의 함몰지 입구가 더 안전하다고 느낀 안내인은 사람이 사는 곳을 계속 피해 다녔다. 이제 알라하바드 역까지 북동쪽으로 12마일도 채 남지 않았다. 일행은 바나나 나무 숲에서 잠깐 쉬면서 '빵처럼 건강에 좋고, 크림처럼 달콤하다'는 바나나를 맛있게 먹었다.

2시, 안내인은 수 마일이나 되는 밀림을 가로지르기 위해 울창한 숲 속으로 들어갔다.

안내인은 이렇게 숲길을 안식처로 삼으며 여행했다. 아무튼 그때까지는 어떤 난처한 일도 일어나지 않았고, 여행은 아무 사고 없이 끝나려는 듯했다. 그런데 코끼리가 약간 불안한 기색을 보이며 갑자기 멈춰 섰다.

그때가 4시였다.

「무슨 일인가?」

프랜시스 크로마티 경이 의자 위로 고개를 내밀며 물었다.

「글쎄요, 장군님.」

파르시인은 울창한 숲 속에서 들려오는 웅성거리는 소리에 귀를 기울이며 대답했다. 잠시 후, 이 웅성거리는 소리가 좀 더 또렷해졌다. 아직도 상당히 멀리서 들려오기는 하지만, 그 소리는 사람의 목소리와 금속 악기가 어우러진 합주 같았다.

파스파르투는 눈을 크게 뜨고, 귀를 쫑긋 세웠다. 포그 씨는 한마디도 하지 않은 채 참을성 있게 기다렸다.

파르시인이 땅으로 뛰어내리더니 코끼리를 나무에 붙들어 매놓고 빽빽한 덤불 속으로 들어갔다. 그리고 몇 분 뒤에 돌아와 말했다.

「브라만교도의 행렬이 이쪽으로 오고 있습니다. 가능하면 눈에 띄지 않도록 해야 합니다.」

안내인은 일행에게 코끼리에서 절대로 내리지 말라고 당부하며 코끼리를 숲 속으로 이끌었다. 도망가야 할 경우를 생각해 자신도 재빨리 코끼리에 올라탈 수 있도록 준비를 했다. 그러면서도 그는 무성한 잎에 가려, 브라만교도 무리가 자신들을 알아보지 못하고 지나갈 것이라 생각했다.

사람 소리와 악기 소리가 점점 가까워지고 있었다. 단조로운 노랫소리에 북과 심벌즈 소리가 합해졌다. 곧 행렬의 선두가 포그 씨 일행이 있는 자리에서 오십여 걸음 떨어진 나무 아래 나타났다. 일행은 종교의식을 치르고 있는 야릇한 이 사람들을 나뭇가지 사이로 쉽게 알아볼 수 있었다.

맨 앞줄에는 머리에 승모를 쓰고, 화려하고 긴 옷을 입은 승려들이 있었다. 그리고 남자, 여자, 아이들이 장례식 노래 같은 것을 부르며 그 주위를 둘러싸고 있었다. 이 노래는 북과 심벌즈 소리 때문에 일정한 간격으로 중단되었다. 이들에 뒤이어 뱀이 바퀴 테와 살에 뒤엉킨 모습으로 새겨진 수레가 나타났다. 갑옷을 두른 두 쌍의 혹소가 끄는 이 수레 위로 흉악한 조각상이 보였다. 네개의 팔, 검붉은 몸, 험상궂은 눈, 뒤엉킨 머리, 길게 늘어진 혀, 헤나와 구장으로 물들어 있는 입술을 가진 동상이었다. 목에는 죽은 사람의 머리 여러 개를 목걸이처럼 휘감고, 옆구리에는 잘린 손들을 허리띠처럼 두르고 있었다. 그리고 목이 잘려 쓰러져 있는 거인을 밟고 서 있었다.

프랜시스 크로마티 경이 이 조각상을 알아보고 중얼거렸다.

「사랑과 죽음의 여신 칼리로군.」

「죽음의 여신이라면 모를까, 사랑의 여신은 전혀 아닌데요! 흉측한 여자 아닙니까!」

파스파르투가 말했다.

파르시인은 그에게 조용히 하라는 신호를 보냈다.

큰 종교의식 때면 아직도 자거노트의 수레바퀴 아래로 몸을 던지는 어리석은 광신도들이었다. 고행승 무리가 여신의 조각상 주위에 모여 흥분으로 날뛰고 있었다. 황토색 띠를 줄무늬처럼 몸에 감고 온몸에 십자형으로 상처를 내 피를 뚝뚝 흘리고 있는 이들의 뒤를 이어, 호화로운 의상을 입은 브라만교도 몇 명이 간신히 몸을 가누고 있는 한 여인을 질질 끌고 가고 있었다.

유럽 여자처럼 살갗이 흰 젊은 여자였다. 머리, 목, 어깨, 귀, 손, 발가락에는 보석, 목걸이, 팔찌, 귀고리, 반지 등이 주렁주렁 매달려 있었다. 얇은 모슬린으로 덧입힌 금박의 긴 옷이 이 여자의 몸매를 드러내 보였다. 젊은 여자 뒤로, 허리에 칼을 차고 금은이 박힌 긴 총으로 무장한—보기에도 난폭한—호위병들이 가마 위에 시체를 얹고 따랐다. 살아 있는 것처럼 머리에 진주 장식을 한 터번을 두르고, 비단과 금으로 짠 옷에 다이아몬드가 박힌 캐시미어 허리띠를 매고, 인도 제후의 멋진 무기를 차고, 화려한 군주의 옷을 입은 노인의 시체였다.

그리고 음악 연주가와 광신도들이 행렬의 후위를 구성했는데, 이들이 지르는 소리는 귀가 먹먹할 정도로 울리는 악기들의 격렬한 소리를 압도하곤 했다.

프랜시스 크로마티 경은 이 화려한 행렬을 몹시 슬픈 듯 바라보다가 안내인 쪽으로 몸을 돌리며 말했다.

「수티인가?」

파르시인은 고개를 끄덕이며 손가락을 입에 갖다 댔다. 긴 행렬은 나무 아래로 느릿느릿 지나갔고, 곧 행렬의 끝이 울창한 숲 속으로 사라졌다.

노랫소리도 조금씩 잦아들었다. 아직도 멀리서 요란스런 소리가 잠깐씩 들리긴 했지만, 이 모든 소란은 마침내 깊은 정적으로 이어졌다.

필리어스 포그는 프랜시스 크로마티 경이 말한 그 단어를 들었다.

「수티가 무엇입니까?」

행렬이 사라지자마자, 필리어스 포그가 물었다.

「수티란 사람을 제물로 삼는 것인데, 자발적인 희생입니다. 방금 본 여자는 내일 해가 뜨는 대로 불태워질 겁니다.」

「아! 나쁜 놈들!」

파스파르투가 터져 나오는 분노를 참지 못하고 소리쳤다.

「그러면 그 시체는?」

포그 씨가 물었다.

「그 여자의 남편인 군주의 시체입니다. 분델칸드의 독립 군주지요.」

「그렇군요. 그런 야만스런 관습이 지금까지 인도에 남아 있다니, 영국은 아직 그것을 없애지 못했습니까?」

필리어스 포그는 감정을 싣지 않고 말했다.

「인도 대부분의 지역에서 사람을 제물로 바치는 의식은 이제 사라졌습니다. 하지만 이 미개한 지역, 특히 분델칸드 지역에는 우리의 힘이 전혀 미치지 못하고 있습니다. 빈디아 산맥의 북쪽 뒤편 전체가 끊임없는 살인과 약탈의 무대입니다.」

「가엾은 여자! 산 채로 불에 태워지다니!」

파스파르투가 중얼거렸다.

「그렇습니다. 불에 태워지는 겁니다.」

준장이 말을 이었다.

「수티를 따르지 않을 경우, 그 여자가 친척들로부터 받게 되는 수난은 믿기 어려울 정도입니다. 머리를 빡빡 깎이고 먹을 것이라고는 고작 몇 줌의 쌀이 주어질 뿐이죠. 그리고 쫓겨나 더러운 여자 취급을 받다가 결국, 옴에 걸린 개처럼 어느 한구석에서 죽을 겁니다. 그렇기에 이 불행한 여자들은 종종 사랑이나 종교적 광신 때문이 아니라 고통스런 삶을 피하기 위해 이 무서운 형벌을 택합니다. 가끔은 스스로가 진심으로 제물이 되기를 자청하기도 하지만, 이를 막으려면 정부의 힘있는 개입이 필요합니다. 몇 년 전 제가 뭄바이에 있을 때, 한 젊은 과부가 총독에게 와서 남편의 시체와 함께 불태워지는 것을 허락해 달라고 하더군요. 당신도 짐작하시겠지만 총독은 거절했습니다. 그러자 과부는 그 도시를 떠나 다른 독립 군주에게로 갔고, 거기서 자신을 제물로 바쳤답니다.」

안내인은 준장이 이야기하는 동안 머리를 가로젓다가 이야기가 끝나자 입을 열었다.

「내일 동이 트면 행해질 제물 의식은 본인의 뜻에 따른 것이 아닙니다.」

「자네가 어떻게 아나?」

「분델칸드에서는 삼척동자도 다 아는 얘기입니다.」

안내인이 대답했다.

「그렇지만 그 불행한 여자는 아무런 저항도 하지 않는 것 같던데.」

프랜시스 크로마티 경이 지적했다.

「대마와 아편 연기에 취했기 때문이죠.」

「그럼 어디로 데려가나?」

「여기서 2마일 떨어진 필라지 사원입니다. 거기서 여자는 제물로 바쳐질 시간을 기다리며 밤을 보내게 됩니다.」

「그러면 그 제물 의식이 치러지는 건…….」

「내일 동이 트는 대로입니다.」

이렇게 대답하고 나서 안내인은 숲 속에서 코끼리를 끌어내 목에 올라탔다. 그리고 특유의 휘파람을 불어 코끼리를 출발시키려 할 때, 포그 씨는 그를 가로막으며 프랜시스 크로마티 경에게 이렇게 얘기했다.

「우리가 그 여자를 구해주는 건 어떻겠습니까?」

「그 여자를 구해주자고요, 포그 씨?」

준장이 외쳤다.

「저는 아직 열두 시간을 앞서가고 있습니다. 그 여자를 구하는 데 그 시간을 쓸 수 있습니다.」

「당신도 인정이 있는 사람이었군요!」

프랜시스 크로마티 경이 말했다.

「가끔, 시간이 있으면요.」

포그 씨가 간단히 대답했다.

13 행운의 여신은 용기 있는 자에게 미소 짓는다는 사실을 입증하는 파스파르투

이 계획은 무모하고도 어려워 실행에 옮기기가 힘들어 보였다. 포그 씨는 생명에 위협을 받게 되거나, 그렇게까지는 안 되더라도 자유를 빼앗길 우려가 있었다. 그렇게 되면 세계일주 계획은 성공에서 멀어지는 것이다. 하지만 그는 망설이지 않았다. 게다가 확실하게 도움을 줄 프랜시스 크로마티 경이 있었다.

파스파르투도 무엇이든 할 마음의 준비가 되어 있었다. 그는 주인의 계획에 몹시 감동했다. 얼음장 같은 주인의 겉모습 속에 담긴 따뜻한 영혼과 마음을 느끼니 주인이 좋아지기 시작했다.

남은 것은 안내인뿐이었다. 그는 이 일에서 누구 편에 설까? 인도인 편에 서지 않을까? 도움은 받지 못하더라도 최소한 중립은 보장받아야 했다.

프랜시스 크로마티 경이 안내인에게 솔직하게 물었다. 그러자 안내인이 대답했다.

「장군님, 저도 파르시인이고 그 여자도 파르시인입니다. 분부만 내려주십시오.」

「좋아.」

포그 씨가 말했다.

「그러나 명심해야 할 것은, 잡히면 생명이 위험해질 뿐 아니라 무시무시한 형벌을 받게 된다는 것입니다. 그러니 잘 생각하십시오.」

「알았네. 내 생각으로는 밤이 되길 기다렸다가 행동을 개시해야 할 것 같은데.」

포그 씨가 말했다.

「제 생각도 그렇습니다.」

안내인이 대답했다.

이 용감한 인도인은 제물이 될 여자에 대해 몇 가지 이야기를 자세히 들려주었다. 파르시인인 그 여자는 아름답기로 소문난 인도 여자로 부유한 뭄바이 상인의 딸이었다. 뭄바이에서 철저한 영국식 교육을 받아, 태도나 교양으로 보면 유럽 여자로 믿을 정도였다. 그녀의 이름은 아우다였다.

일찍 부모를 여읜 그녀는 어린 나이에도 불구하고 분델칸드의 나이 든 군주와 결혼했다. 그리고 석 달 뒤 과부가 되었다. 앞으로 다가올 운명을 예감한 그녀는 도망쳤으나 곧 다시 붙잡혔다. 그녀의 죽음으로 얻게 될 행복만을 생각하는 군주의 친척들은 그녀를 빠져나올 수 없는 형벌에 처하기로 마음먹었다.

이 이야기는 포그 씨 일행의 의협심을 북돋아주었다. 그리하여 안내인이 코끼리를 필라지 사원 쪽으로 몰아, 될 수 있는 한 사원에 가까이 접근하기로 결정했다.

반 시간 뒤 일행은 사원에서 오백 걸음 정도 떨어진 덤불 숲 아래서 잠시 멈췄다. 사원은 보이지 않았고 광신도들의 괴성만

이 또렷이 들려왔다. 일행은 어떤 방법으로 희생자에게 접근할 것인지 의논했다. 사원을 잘 알고 있는 안내인은 필라지 사원 안에 젊은 여자가 갇혀 있을 거라 확신했다. 이 집단이 마약에 취해 곯아떨어졌을 때, 입구 중의 하나로 들어갈까? 아니면 벽에 구멍이라도 뚫어야 하나? 그것은 그때 거기에 가봐야 알 일이다. 분명한 것은 그날 밤 안으로 그 여인을 구출해야 한다는 것이었다. 날이 밝으면 희생자는 형벌에 처해질 것이고, 그때는 인간의 힘으로는 도저히 희생자를 구할 수 없게 된다.

포그 씨 일행은 밤이 되기를 기다렸다. 저녁 6시쯤 날이 어두워지자, 그들은 사원 주위를 살펴보기로 했다. 그제야 고행승들의 마지막 외침 소리가 그쳤다. 이 인도인들은 분명히 관습에 따라 대마 우린 물에 아편을 섞어 만든 '항'이라는 것에 깊이 취해 있을 것이다. 그동안 그들 사이로 슬쩍 들어가, 사원까지 접근하면 된다.

파르시인은 포그 씨, 프랜시스 크로마티 경, 파스파르투를 인도하여 소리 없이 숲 속을 가로질러 갔다. 나뭇가지 밑으로 10분 정도 기어가니 작은 강가가 나왔다. 거기서 그들은 철사 끝에 송진이 타도록 만든 횃불의 어렴풋한 빛이 비추는 장작더미를 발견했다. 그것은 귀한 백단향으로 만든 화형대로, 벌써 향내 나는 기름이 배어 있었다. 윗부분에는 부인과 함께 불에 태워질 군주의 시체가 썩지 않도록 처리되어 있었다. 사원은 화형대에서 백 걸음쯤 떨어진 곳에 있었는데, 어둠 속에서도 나무 위로 솟아 있는 사원의 첨탑이 보였다.

「이쪽입니다!」

안내인이 낮은 목소리로 말했다.

그는 일행을 뒤따르게 하면서, 아주 조심스럽게 키가 큰 풀 숲을 헤치며 소리 없이 미끄러져 나갔다. 나뭇가지 사이로 부는 실바람만이 정적을 깨고 있었다.

안내인은 곧 숲 속의 빈 터 가장자리에서 멈췄다. 그리고 송진으로 빈 터를 밝혔다. 약에 잔뜩 취해 잠자는 사람들이 군데군데 무리 지어 있었다. 그곳은 마치 시체로 뒤덮인 전쟁터 같았다. 남자, 여자, 아이 할 것 없이 모두 뒤섞여 있었다. 몇몇 사람은 아직까지 여기저기서 해롱거리고 있었다.

빈 터 뒤쪽, 빽빽한 나무 사이로 필라지 사원이 희미하게 보였다. 그러나 연기를 내뿜는 횃불 아래, 칼을 뽑아 든 군주의 호위병들이 문을 지키며 왔다 갔다 하는 것을 보고 안내인은 몹시 실망했다. 사원 안에는 승려들이 지키고 있을 것이었다.

파르시인은 앞으로 더 나가지 않았다. 사원 입구로는 들어갈 수 없다는 것을 알아차렸기에 일행을 데리고 뒤로 물러났다.

필리어스 포그와 프랜시스 크로마티 경도 입구 쪽으로 들어가는 것은 도저히 불가능하다는 것을 깨달았다.

그들은 멈춰 서서 작은 목소리로 의견을 나누었다.

「아직 8시밖에 안 됐으니 기다려봅시다. 호위병들이 잠에 곯아떨어질지도 모릅니다.」

준장이 말했다.

「그럴 수도 있겠군요.」

파르시인이 대답했다.

그래서 필리어스 포그 일행은 나무 밑에 누워 기다렸다.

시간이 얼마나 길게 느껴졌는지! 안내인은 가끔 일행을 떠나 숲 속 상황을 살펴보았다. 군주의 호위병들은 여전히 횃불 아래서 지키고 있었고, 사원 창가로 어렴풋한 빛이 새어 나왔다.

그렇게 자정까지 기다렸지만 상황은 변하지 않았고, 외부 감시는 계속되었다. 호위병들이 잠들기를 기대하는 것은 무리였다. 그들은 '항'에 취하지 않은 것 같았다. 따라서 다른 방법을 찾아야 했다. 이제는 사원 벽에 구멍을 내고 침투할 수밖에 없었다. 문제는 승려들이 사원 입구를 지키는 병사들만큼이나 희생자를 엄중하게 감시하고 있는가 하는 것이었다.

마지막 의논이 끝나자, 안내인은 출발할 준비가 됐다고 말했다. 포그 씨, 프랜시스 경, 그리고 파스파르투가 안내인의 뒤를 따랐다. 사원의 뒤쪽으로 가기 위해 그들은 꽤 멀리 우회했다.

밤 12시 30분쯤, 그들은 아무에게도 들키지 않고 벽 밑에 이르렀다. 이쪽은 창문이고 출입문이고 문이 하나도 없었기 때문에 감시가 전혀 없었다.

밤은 어두웠다. 하현달이 커다란 구름에 가린 채 지평선으로 막 지고 있었다. 나무들이 높이 솟아 한층 어두웠다.

벽을 뚫어야 했으므로 벽 밑에 이르렀다고 끝난 것이 아니었다. 필리어스 포그 일행은 주머니칼밖에 가지고 있지 않았다. 하지만 다행히도 사원 벽은 어렵지 않게 뚫을 수 있는 벽돌과 나무로 되어 있었다. 일단 벽돌 하나만 들어내면 나머지는 쉬운 일이었다.

일행은 되도록 소리를 내지 않고 작업을 시작했다. 한쪽에서는 파르시인이, 다른 쪽에서는 파스파르투가 두 발이 들어갈 정도의 구멍을 내려고 벽돌을 뜯어내고 있었다.

한참을 그러고 있는데 사원 안에서 고함 소리가 터져 나왔다. 거의 동시에 밖에서도 고함 소리가 들려왔다.

파스파르투와 안내인은 하던 작업을 멈췄다. 발각된 걸까? 경계가 강화된 걸까? 일단 피하지 않을 수 없었다. 필리어스 포그와 프랜시스 크로마티 경도 함께 피했다. 일행은 다시 나무 아래에 웅크리고 앉아 위험이 사라지기를 기다렸다. 잠잠해지면 작업은 다시 시작될 것이었다.

그런데 하필이면 호위병들이 사원 뒤쪽에 나타나 일체의 접근을 막기 위해 그곳에 자리를 잡았다.

작업을 멈추고 있던 네 사람의 실망은 이루 말할 수 없었다. 희생자가 있는 곳까지 갈 수도 없는데 어떻게 구해낸단 말인가? 프랜시스 크로마티 경은 자기 주먹을 물어뜯었다. 파스파르투는 제정신이 아니었고, 안내인은 타는 속을 가까스로 참고 있었다. 냉정한 포그 씨는 감정을 드러내지 않은 채 기다렸다.

「떠나는 수밖에 없지 않겠나?」

준장이 나직이 물었다.

「떠나는 수밖에 없습니다.」

안내인이 대답했다.

「기다려봅시다. 알라하바드에는 내일 정오 안으로만 도착하면 되니까요.」

포그 씨가 말했다.

「하지만 무엇을 기대할 수 있단 말입니까? 몇 시간만 있으면 날이 밝을 텐데…….」

프랜시스 크로마티 경이 말을 받았다.

「잃어버린 행운이 마지막 순간에 다시 찾아올지도 모르지요.」

준장은 필리어스 포그의 눈에서 그의 마음을 읽어보려 했다.

이 냉정한 영국인은 도대체 무슨 생각을 하고 있는 걸까? 화형에 처해지는 순간, 그 여자에게 달려가 놈들이 보는 앞에서 구해내기라도 하려는 걸까? 그것은 미친 짓이다. 이렇게 무모한 사람을 어떻게 받아들여야 할까?

어쨌든 프랜시스 크로마티 경은 이 끔찍한 장면의 끝을 볼 때까지 기다리는 데 동의했다. 안내인은 일행을 피신한 장소에 내버려두지 않고, 숲 속 빈 터 앞쪽으로 데려갔다. 그곳에서는 덤불 뒤에 몸을 숨기고 잠든 무리를 지켜볼 수 있었다.

그동안 파스파르투는 나뭇가지에 올라앉아 번개처럼 머릿속에 갑자기 떠오른 생각에 골몰하고 있었다.

처음에는 「그건 미친 짓이야!」 하고 혼잣말로 지껄이더니 나중에는 「안 될 것도 없잖아? 아마 멍청한 짓을 할 수 있는 단 한 번의 기회일 거야!」라고 반복해서 떠들었다.

어쨌든 파스파르투는 자신의 생각을 바꾸지 않고, 유연한 뱀처럼 땅으로 끝이 굽어져 있는 나뭇가지를 타고 내려왔다.

사방은 아직 캄캄했지만, 시간이 흐르면서 옅어진 어둠은 곧 동이 트리라는 것을 알렸다.

바로 그 순간이었다. 잠들어 있던 사람들이 마치 부활한 것처럼 깨어나기 시작했다. 무리는 활기를 되찾았고, 북소리가 다시 울려 퍼졌다. 노래와 고함 소리도 다시 터져 나왔다. 불쌍한 여자가 죽을 시간이 다가온 것이다.

사원 문이 열리면서 강렬한 불빛이 안에서 새어 나왔다. 포그 씨와 프랜시스 크로마티 경은 환한 불빛으로 두 사제가 밖으로 끌어내는 희생자를 알아볼 수 있었다. 그 불행한 여자는 마지막 생존 본능으로, 마약으로 인한 혼수상태를 떨치며 집행인의 손에서 벗어나려고 안간힘을 쓰는 것 같았다. 프랜시스 크로마티 경은 심장이 쿵쾅거려 순간적으로 필리어스 포그의 손을 잡았는데, 그 손에는 칼이 쥐어 있었다.

사람들이 술렁이기 시작했다. 젊은 여자가 다시 대마 연기에 취해 쓰러졌다. 고행승들은 광적인 고함을 지르며 여인을 이끌었다.

필리어스 포그 일행은 행렬의 마지막 줄에 섞여 뒤따라갔다.

2분 뒤, 그들은 강가에 이르러 군주의 시신이 놓여 있는 화형대로부터 오십 걸음도 채 안 떨어진 곳에 멈춰 섰다. 어스름한 새벽녘, 남편의 시신 옆에 꼼짝 않고 누워 있는 희생자가 보였다.

이윽고 횃불이 왔고, 기름 먹은 장작더미가 활활 타올랐다.

바로 그때, 프랜시스 크로마티 경과 안내인은 의협심에 달해 화형대로 뛰어들려는 필리어스 포그를 붙잡았다.

필리어스 포그가 막아선 두 사람을 뿌리치는 순

간, 갑자기 상황이 바뀌었다. 공포에 찬 비명 소리가 들렸다. 사람들은 모두 겁에 질려 땅에 엎드렸다.

늙은 군주는 죽지 않았던 것인가! 군주가 갑자기 유령처럼 벌떡 일어나더니 젊은 여자를 팔에 안고, 연기가 소용돌이치는 화형대에서 내려왔다.

고행승, 호위대, 사제들은 갑작스런 두려움에 휩싸여 땅만 내려다볼 뿐, 감히 고개를 들어 이 기적을 바라볼 엄두도 못 내고 있었다!

의식을 잃은 희생자는 건장한 팔에 안겨 너무도 가볍게 보였다. 포그 씨와 프랜시스 크로마티 경은 움직이지 않고 그저 서 있었다. 파르시인은 고개를 숙였고, 파스파르투도 틀림없이 그 못지않게 놀란 채로…….

되살아난 그 사람은 포그 씨와 프랜시스 크로마티 경이 있는 곳으로 다가오더니 간단하게 말했다.

「달아나요!」

자욱한 연기를 헤치고 화형대 쪽으로 미끄러져 들어간 사람은 파스파르투였다! 파스파르투가 아직 컴컴한 어둠을 틈타 젊은 여자를 죽음에서 구한 것이다! 바로 파스파르투가 공포의 무리를 지나, 대담하면서도 성공적으로 자기 역할을 해낸 것이다!

잠시 후 네 사람은 숲으로 사라졌고, 코끼리는 빠른 걸음으로 그들을 싣고 갔다. 그러나 바로 뒤따라 울부짖는 소리, 고함치는 소리가 들려왔고, 총알까지 날아와 필리어스 포그의 모자를 뚫었다. 속임수가 탄로 난 것이 틀림없었다.

이윽고 불붙은 화형대에서 늙은 군주의 시신이 드러났다. 승

려들은 공포에서 깨어나 여자가 납치되었다는 사실을 알아차
렸다.

　그들은 곧장 숲으로 뛰어들었다. 호위대도 이들의 뒤를 쫓았
다. 일제사격이 벌어졌지만 납치자들은 빠르게 도망쳤고, 얼마
뒤 일행은 총알과 화살의 위협에서 벗어났다.

대담한 구출 작전은 성공을 거두었다. 한 시간이 지났는데도 파스파르투는 자신의 성공을 생각하며 실실거리고 있었다. 프랜시스 크로마티 경은 이 용감한 젊은이의 손을 굳게 잡았다. 주인은 「잘했네!」라고 했는데, 이 신사의 입에서 이런 말이 나왔다면 그것은 대단한 칭찬이었다. 파스파르투는 이번 일의 모든 영광은 주인의 것이라며 그는 단지 우스꽝스런 생각을 해낸 것뿐이라고 대답했다. 과거에 체육 교사였고, 소방관이었던 자신이 한순간이나마 매력적인 여인의 남편이자, 이미 죽어 몸에 방부 처리까지 된 늙은 군주가 되었다는 생각을 하니 웃음이 났다.

젊은 인도 여인은 무슨 일이 일어났는지도 모르고 있었다. 여행용 담요를 덮은 채 안장 위의 의자에서 쉬고 있을 뿐이었다.

그동안 코끼리는 파르시인의 능숙한 솜씨에 이끌려 아직 어두컴컴한 밀림을 쏜살같이 달렸다. 필라지 사원을 떠난 지 한 시간이 지난 현재, 그들은 끝없이 너른 평원을 가로지르고 있었다. 7시가 되어 일행은 잠시 휴식을 취했다.

젊은 여인은 여전히 실신한 상태였다. 안내인이 물과 브랜디

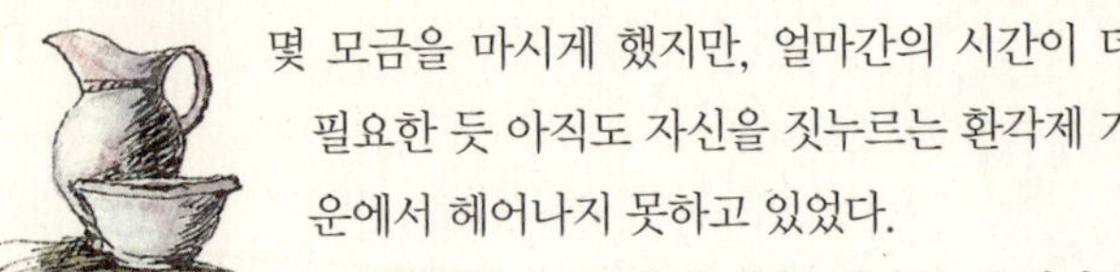

몇 모금을 마시게 했지만, 얼마간의 시간이 더 필요한 듯 아직도 자신을 짓누르는 환각제 기운에서 헤어나지 못하고 있었다.

프랜시스 크로마티 경은 대마를 들이마신 후의 취기 효과를 알고 있었으므로 전혀 걱정하지 않았다.

준장의 생각에 젊은 인도 여인에게는 회복보다 그녀의 미래가 더 큰 문제였다. 그래서 곧바로 필리어스 포그에게 만일 아우다 부인이 인도에 남게 되면 사형 집행인들의 손에 반드시 다시 잡히게 될 것이라고 말했다. 이 광신도들은 인도 반도 어디에나 있으므로 영국 경찰이 있다 해도 마드라스, 뭄바이, 캘커타 어디서든지 희생자를 다시 잡으려 하리라는 것이었다. 이 말을 뒷받침하기 위해 그는 최근에 일어난 비슷한 사건을 예로 들었다. 그의 의견인즉, 젊은 부인은 인도를 떠나야만 정말로 안전할 수 있었다.

필리어스 포그는 그러한 의견을 참고하여 깊이 생각해보겠다고 대답했다.

10시쯤, 안내인은 일행에게 알라하바드 역에 도착했다고 알렸다. 중단되었던 철도는 여기서 다시 시작되고, 알라하바드에서 캘커타까지는 기차로 하루도 채 걸리지 않는다.

따라서 필리어스 포그는 다음날인 10월 25일 정오, 홍콩으로 가는 정기 여객선 시간에 맞춰 캘커타에 도착할 것이었다.

일행은 젊은 부인을 역 구내의 한 방에서 쉬게 했다. 파스파르투는 옷, 숄, 모피 등 부인에게 필요한, 찾을 수 있는 모든 용품을 사러 나갔다. 주인은 비용을 아끼지 말라고 했다.

파스파르투는 곧 밖으로 나가 시내 거리를 돌아다녔다. 알라하바드는 신의 도시로, 인도 반도 곳곳의 순례자들을 끌어들이는 갠지스와 자무나라는 두 개의 신성한 강이 합류하는 곳이기 때문에 인도에서도 가장 숭배받는 도시다. 아는 바와 같이 라마야나의 전설에 따르면 갠지스 강의 물줄기는 하늘이 그 원천이고, 브라만의 은총으로 땅으로 떨어져 내리는 것이라고 한다.

파스파르투는 도시를 대충 둘러보았다. 예전에 도시를 지켜주었던 멋진 성채가 지금은 국사범 감옥이 되어 있었다. 옛날에는 산업과 상업이 성행했던 이 도시에 지금은 산업도 상업도 없었다. 파스파르투는 마치 파머 회사에서 몇 걸음 안 되는 레전트 거리에라도 와 있는 것처럼 신상품 가게를 찾았지만 헛수고였고, 단지 깐깐한 유태 노인의 고물상만을 발견할 수 있었다. 그곳에서 그는 스코틀랜드 직물로 된 원피스, 큰 망토, 그리고 바다표범 가죽으로 안감을 댄 멋들어진 외투를 구입했다. 그리고 75파운드를 망설임 없이 그 대가로 지불했다. 그런 다음 의기양양하게 역으로 돌아왔다.

아우다 부인은 정신이 들기 시작했다. 필라지의 승려들이 마시게 한 마약 기운이 조금씩 가시자 아름다운 여인의 눈이 빛나며 인도인의 부드러운 모습이 드러났다.

왕이자 시인이었던 유수프 아딜은 왕비 아마드나가르의 아름다움을 기리고자 다음과 같이 읊었다고 한다.

두 갈래로 늘어뜨린 빛나는 머리칼은
뽀얗고 섬세하며 윤기 있고 생기 넘치는

양 볼을 따라 조화로운 윤곽을 그리네.
새까만 눈썹은 사랑의 신 카마가 지닌
활 모양으로 그 힘이 넘쳐흐르고
비단결 같은 긴 속눈썹 아래
그녀의 크고 맑은 두 눈동자에는
히말라야 산의 성스러운 호수처럼
하늘의 가장 순수한 빛깔이 어리네.
섬세하고 고르며 새하얀 이는
반쯤 닫힌 석류꽃 속에 맺힌 이슬방울처럼
미소 띤 그녀의 입술 속에서 반짝이네.
균형 있게 굴곡진 그녀의 귀여운 두 귀,
발그레한 손,
연꽃 봉오리처럼 봉긋하고 부드러운 자그마한 발은
실론의 가장 아름다운 진주와
골콘다의 가장 아름다운 다이아몬드가 발하는
빛으로 반짝이네.
한 손으로도 충분히 껴안을 수 있을
그녀의 가늘고 유연한 허리는
둥근 가슴의 우아한 곡선과
꽃피는 젊음이 가장 고귀하게 펼쳐지는 풍만한 흉상을
한껏 강조하네.
긴 옷의 윤기 나는 주름 아래 그녀는
영원한 조각가 비슈바카르만의 신들린 손이
은으로 빚어놓는 것 같구나.

이렇게 화려한 시구를 전부 빌리지 않더라도, 분델칸드 군주의 아내인 아우다 부인은 유럽인의 눈에도 아름다운 여자였다. 게다가 흠잡을 데 없는 영어를 구사했다. 이 젊은 파르시 여인이 철저한 교육을 통해 영국인처럼 되었다는 안내인의 말은 전혀 과장된 것이 아니었다.

이제 곧 기차는 알라하바드 역을 떠날 것이다. 포그 씨는 기다리고 있던 파르시인에게 약속한 금액을 정확하게 지불했다. 주인이 안내인의 헌신성에 보다 더 보답해야 한다고 생각했던 파스파르투는 이를 보고 약간 놀랐다. 사실 파르시인은 필라지 사원 사건에 자진해서 목숨을 걸었고, 만일 나중에라도 인도인들이 그 사실을 알게 된다면 그들의 복수를 피하기 어려울 것이었다.

키우니 문제도 남아 있었다. 그렇게 비싼 값에 산 코끼리를 어떻게 처리할 것인가? 필리어스 포그는 이미 그 방법을 결정해놓은 상태였다. 그가 안내인에게 말했다.

「여보게, 자네는 일을 잘해냈고 헌신적이었네. 자네의 일에 대해서는 값을 치렀지만, 자네의 헌신에 대해서는 아직 사례하지 않았네. 이 코끼리 어떤가? 자네 몫일세.」

안내인이 눈을 반짝이며 외쳤다.

「나리, 이렇게 값비싼 것을 주시다니요!」

「받게. 아직도 자네한테 빚이 있는 사람은 날세.」

포그 씨가 대답했다.

「좋은 생각이에요!」

파스파르투가 외쳤다.

「받아둬, 친구! 키우니는 충실하고 용감한 코끼리잖아!」

그리고 코끼리 쪽으로 가서 각설탕 몇 조각을 건네며 말했다.

「자, 키우니. 먹어!」

코끼리는 만족한 듯 울음소리를 몇 번 냈다. 그런 다음 파스파르투의 허리를 코로 감아 자기 머리까지 번쩍 들어올렸다. 전혀 두려워하지 않는 파스파르투는 자신을 천천히 내려놓는 코끼리를 쓰다듬었다. 충직한 키우니가 코를 길게 늘어뜨리며 인사를 하자, 성실한 젊은이는 강직한 손으로 답례했다.

필리어스 포그와 프랜시스 크로마티 경, 그리고 파스파르투는 편안한 기차 칸에 자리를 잡았고, 아우다 부인은 제일 좋은 자리에 앉았다. 잠시 뒤 기차는 전속력으로 베나레스를 향해 달렸다.

베나레스는 알라하바드에서 80마일 정도 떨어져 있으므로 두 시간 뒤면 도착할 것이다.

기차가 달리는 동안 젊은 부인은 정신을 완전히 되찾았다. '향'의 마취 기운이 사라진 것이다. 유럽식 옷을 입고 전혀 모르는 사람들과 인도 횡단 열차를 타고 있다는 사실에 얼마나 놀랐을까! 포그 씨 일행은 그녀를 보살폈다. 제일 먼저 술 몇 모금을 주어 원기를 되찾게 했다. 그런 다음 준장은 그녀가 겪은 일을 이야기해주었다. 그녀를 구하기 위해 서슴없이 자신의 목숨을 건 필리어스 포그의 헌신과 대담한 상상력으로 모험을 마다하지 않은 파스파르투의 행동력을 특히 강조했다. 포그 씨는 말없이 듣고 있었다. 파스파르투는 몹시 부끄러워하며 연달아 「그렇게 칭찬받을 일은 못 됩니다」 하고 말했다.

아우다 부인은 목숨을 구해준 사람들에게 말이 아닌 눈물로 그 감사를 표시했다. 입술보다도 눈에서 그런 그녀의 마음을 읽을 수 있었다. 그 여인은 수티 장면을 떠올리며, 아직도 많은 위험이 도사리고 있는 인도 땅을 보고 공포에 몸을 떨었다.

필리어스 포그는 아우다 부인의 마음을 알아차리고, 그녀를 안심시키기 위해 이 사건이 잠잠해질 때까지 머물 수 있는 홍콩으로 데려다 주겠다고 담담하게 말했다.

아우다 부인은 이 제안을 고마워하며 받아들였다. 홍콩이다. 중국 연안에 있지만 전적으로 영국 영토인 홍콩. 그곳에는 마침 그녀처럼 파르시인이고, 그 도시의 부유한 상인인 그녀의 친척이 살고 있었다.

낮 12시 30분에 기차는 베나레스 역에 닿았다. 브라만교의 전설에 따르면, 예전에는 이곳에 마호메트의 무덤처럼 하늘과 땅 사이에 고대 도시 카시가 떠 있었다고 한다. 하지만 지금은 좀 더 현실적인 시대라, 동양학자들이 인도의 아테네라고 말하는 베나레스는 지극히 평범한 모습으로 땅 위에 붙어 있을 뿐이었다. 파스파르투는 언뜻 벽돌집과 나뭇가지로 울타리가 처진 오두막을 보았는데 그것은 어떤 지역적 특색도 없이 황량하게만 느껴졌다.

바로 이곳에서 프랜시스 크로마티 경은 여행을 멈춰야 했다. 그가 돌아가야 할 군대가 이 도시에서 북쪽으로 몇 마일 떨어진 곳에 있었기 때문이다. 준장은 필리어스 포그에게 작별 인사를 하면서 모든 일이 잘 성사되길 빌며, 이제부터는 괴상한 여행이 아니라 유익한 여행이 되길 바란다고 말했다. 포그 씨는 길동무의 손을 가볍게 쥐었다. 아우다 부인은 좀 더 애정 어린 인사를 했다. 프랜시스 크로마티 경의 은혜를 결코 잊지 못할 거라는 말과 함께. 파스파르투는 영광스럽게도 준장과 악수를 나눌 수 있었다. 그는 몹시 감격하여 이런 호의를 언제, 어디서 갚을 수 있을까 하고 생각했다. 그렇게 그들은 헤어졌다.

철길은 베나레스에서부터 갠지스 강 계곡을 따라 놓여 있었다. 날씨가 꽤 맑아 차창으로 비하르의 다양한 풍경, 녹음이 울창한 산과 보리, 옥수수, 밀밭, 그리고 강, 푸르스름한 악어들의 소굴인 저수지, 잘 정돈된 마을, 아직 초록이 가시지 않은 숲 등을 볼 수 있었다. 코끼리와 등에 커다란 혹이 달린 혹소가 신성한 강물에 와서 몸을 적시고 있었고, 계절에 앞서 벌써 기온이 떨어졌는데도 인도인 남녀가 경건하게 성스러운 목욕재계를 하고 있었다. 불교에 적대적인 이 신자들은 태양신 비슈누, 자연의 힘을 상징하는 신 시바, 승려와 입법자들의 우두머리인 브라마의 삼위일체를 믿는 브라만교 숭배자들이었다. 그런데 증기선이 지나며 갠지스 강의 신성한 물을 흔들어놓는 이 시대에 영국화된 인도를 브라마와 시바, 비슈누는 어떤 눈으로 바라보고 있을까?

이 모든 경치는 번개처럼 스쳐 지나갔고, 기차가 뿜어내는 하얀 연기가 세세한 풍경을 가렸다. 여행자들은 베나레스 남동쪽 20마일 지점에 있는 옛 비하르 군주의 상징인 추나르 성채, 대규모의 장미 향수 공장이 있는 가지푸르, 인도의 주요 아편 시장인 파트나, 맨체스터나 버밍엄만큼 유럽적이고 영국적인 도시 몽기르 등을 스치듯 봤을 뿐이다. 몽기르는 제철과 날붙이, 총검 제조 공장으로 유명한데, 공장의 높은 굴뚝에서 뿜어내는 검은 연기가 꿈의 나라를 한방 후려치듯 브라마의 하늘을 더럽히고 있었다.

이윽고 밤이 되었다. 기차는 울부짖는 호랑이, 곰, 늑대 앞을 지나치며 쏜살같이 달렸다. 승객들은 벵골의 아름다움은 둘째 치고, 골콘다, 폐허가 된 구르, 옛 수도였던 무르시다바드, 부르드완, 후글리, 찬데르나고르 중 어느 곳도 볼 수 없었다. 파스파르투가 프랑스령 인도 영토인 찬데르나고르에서 펄럭이는 자국의 국기를 봤다면 얼마나 자랑스러워했을까!

오전 7시, 드디어 일행은 캘커타에 도착했다. 홍콩으로 떠나는 배는 정오가 되어야 닻을 올린다. 고로 필리어스 포그에게는 다섯 시간의 여유가 있었다. 그의 여행 일지에 따르면 이 신사는 10월 25일, 다시 말해 런던을 떠난 지 23일 뒤에 인도의 수도에 도착해야 했는데, 바로 정확한 날짜에 도착한 것이다. 예정보다 늦지도 빠르지도 않았다. 여러분도 알다시피 불행하게도 그는 런던과 뭄바이 여행에서 벌어놓은 이틀을 인도 반도를 횡단하는 데 모두 써버렸다. 그래도 필리어스 포그는 그것을 아쉬워하지 않았다.

15 다시 몇 천 파운드 가벼워지는 돈 가방

기차가 역에 닿았다. 파스파르투가 먼저 객차에서 내리고, 뒤이어 포그 씨가 같이 온 젊은 여자를 부축하며 플랫폼에 내렸다. 필리어스 포그는 아우다 부인이 위험한 인도 땅에 있는 한 그녀 곁을 떠날 수 없었다. 그는 부인을 좀 더 편안히 쉬게 해주기 위해 홍콩 여객선으로 바로 향할 생각이었다.

포그 씨가 역 밖으로 나서려 하는 순간, 한 경찰관이 다가와 물었다.

「필리어스 포그 씨입니까?」

「그렇소.」

「이 사람은 당신 하인입니까?」

파스파르투를 가리키며 경찰이 덧붙였다.

「그렇습니다.」

「두 분 다 저를 따라와 주십시오.」

포그 씨는 놀라움을 표시하는 그 어떤 몸짓도 하지 않았다. 경찰관은 법을 대표하는 사람이고, 법은 모든 영국인에게 신성한 것이었다. 프랑스 습관이 배어 있는 파스파르투가 따지려 했지만, 경찰관이 곤봉으로 그를 가볍게 내리쳤다. 필리어스 포그는 파스파르투에게 조용히 따르라는 눈짓을 했다.

「이 젊은 부인도 같이 가도 되겠소?」

포그 씨가 물었다.

「좋을 대로 하십시오.」

경찰관이 대답했다.

경찰관은 포그 씨, 아우다 부인, 파스파르투를 두 마리의 말이 끄는 일종의 4인승 사륜마차인 팔키가리로 안내했다. 그리고 출발했다. 아무도 말을 하지 않았다.

마차는 먼저 판잣집이 늘어서 있는 좁은 길의 빈민굴을 지났다. 이곳에는 여러 인종이 뒤섞여 더럽고 추악한 빈민들이 우글거리고 있었다. 그리고 화려한 벽돌 저택과 야자나무가 그늘을 드리우는 유럽풍의 동네를 지났다. 사람들은 아침인데도 벌써 맵시 있게 차려입고 말을 타고 있었다.

팔키가리는 평범해 보이지만 가정집은 아닌 듯한 건물 앞에 멈췄다. 경찰관은 죄수들—그렇게 부를 만했다—을 내리게 한 다음, 쇠창살이 있는 방으로 데려가더니 말했다.

「8시 30분에 오바디야 판사 앞에 출두할 것입니다.」

그리고 문을 닫고 나갔다.

「아! 결국 우리는 붙잡히고 말았군요!」

파스파르투가 의자에 털썩 주저앉으며 소리쳤다.

아우다 부인은 감정을 억누르지 못하며 포그 씨를 향해 얘기했다.

「저를 떠나세요! 저 때문에 추적을 당하고 계신 거예요! 저를 구해주셨기 때문에요!」

필리어스 포그는 그렇게 할 수 없다고 대답했다. 그 수티 사건으로 추적을 당하다니! 말도 안 된다! 그들이 감히 어떻게 법원에 출두할 수 있단 말인가? 오해가 있을 것이다. 포그 씨는 어떤 경우에도 젊은 부인 곁을 떠나지 않고, 홍콩까지 데려다 주겠다고 말했다.

「그렇지만 배는 정오에 떠나는걸요!」

파스파르투가 다시 한 번 확인시켰다.

「정오 이전에 배에 타고 있을 걸세.」

침착한 신사는 담담하게 대답했다.

그 말이 너무나 확신에 차 있어서, 파스파르투는 이렇게 중얼거리지 않을 수 없었다.

「아무렴! 확실하지! 정오 이전에 우리는 배에 타고 있을 거야!」

그러나 그는 안심이 되지 않았다.

8시 30분에 문이 열렸다. 경찰관이 다시 나타나, 수감자들을 옆방으로 데리고 갔다. 그곳은 재판소였고, 유럽인과 현지인이 섞인 꽤 많은 방청객이 법정을 메우고 있었다.

포그 씨, 아우다 부인, 그리고 파스파르투는 재판관과 서기 앞에 있는 긴 의자에 앉았다.

곧바로 재판관인 오바디야 판사가 서기를 거느리고 들어왔다. 둥글둥글하게 생긴 뚱뚱한 남자였다. 그는 못에 걸려 있는 가발을 집어 재빨리 머리에 썼다.

「첫 번째 소송 사건.」

그가 말하면서 머리를 만졌다.

「이런! 내 가발이 아니잖아!」

「그렇습니다. 제 것입니다.」

서기가 대답했다.

「친애하는 오이스터푸프 씨, 판사가 서기 가발을 쓰고 어떻게 훌륭한 판결을 내릴 수 있겠습니까!」

이렇게 해서 가발은 교환되었다. 그러는 동안 파스파르투는 법정의 커다란 괘종시계를 바라보았다. 그의 눈에 시곗바늘이 무섭도록 빨리 움직이는 것처럼 보였기 때문에 그는 초조해서 어쩔 줄 몰랐다.

「첫 번째 소송 사건.」

오바디야 판사가 다시 말했다.

「필리어스 포그?」

서기가 불렀다.

「접니다.」

포그 씨가 대답했다.

「파스파르투?」

「예!」

파스파르투가 대답했다.

「됐군!」

오바디야 판사가 말을 이었다.

「피고, 당신들을 잡으려고 뭄바이에서 오는 기차를 이틀째 샅샅이 뒤지고 있었소.」

「그런데 저희 죄가 무엇입니까?」

조급해진 파스파르투가 외쳤다.

「곧 알게 될 거요.」

판사가 대답했다.

그러자 필리어스 포그가 말을 받았다.

「재판장님, 저는 영국 시민이고 저의 권리를…….」

「당신에게 실례되는 일이라도 있었소?」

오바디야 판사가 물었다.

「전혀 없었습니다.」

「좋소! 고소인들을 들여보내시오!」

판사가 명령을 내리자 한쪽 문이 열리고, 집행관 한 사람이 인도 승려 세 명을 데리고 들어왔다.

「역시! 우리 젊은 부인을 불태워 죽이려 한 놈들이었어!」

파스파르투가 중얼거렸다.

승려들이 재판관 앞에 섰고, 서기는 필리어스 포그와 그의  하인이 브라만교의 신성한 장소를 침범했다는 죄목이 적힌 고소장을 큰 소리로 읽었다.

「인정하십니까?」

판사가 필리어스 포그에게 물었다.

포그 씨는 자신의 회중시계를 보며 인정한다고 대답했다.

「아하! 인정한다고요?」

「인정합니다. 그러나 이 세 승려도 필라지 사원에서 하려고 했던 짓을 인정하기 바랍니다.」

승려들은 서로 쳐다보았다. 그들은 피고가 하는 말을 전혀 이해하지 못하는 것 같았다.

「틀림없어요! 저들은 필라지 사원 앞에서 희생자를 불태워

죽이려 했습니다!」

파스파르투가 격렬하게 소리를 질렀다.

승려들은 기막혀 했고, 오바디야 판사는 놀라서 어리둥절했다.

「무슨 희생자? 누구를 불태웠단 말이오? 뭄바이 시내 한복판에서?」

판사가 물었다.

「뭄바이라고 하셨습니까?」

파스파르투가 외쳤다.

「그렇소. 필라지 사원이 아니라, 뭄바이에 있는 말라바르힐 사원이오.」

「증거물로 신을 모독한 사람의 구두가 여기 있습니다.」

서기가 구두 할 켤레를 자기 책상 위에 올려놓으며 덧붙였다.

「내 구두!」

예기치 않았던 일에 너무 놀란 파스파르투가 자신도 모르게 소리쳤다.

주인과 하인이 착각을 했다는 것은 짐작이 가고도 남을 것이다. 그들은 뭄바이 사원 사건을 까맣게 잊어버리고 있었는데, 바로 그 사건 때문에 캘커타의 재판관 앞에 서게 된 것이었다.

사실 픽스 형사는 이 공교로운 사건에서 얻을 수 있는 이익을 처음부터 계산해두고 있었다. 그래서 출발을 열두 시간이나 미루면서 말라바르힐의 승려들을 찾아가 조언자 역할을 자처한 것이다. 영국 정부가 이런 종류의 불법행위에 대해 아주 엄격하다는 것을 알고 있는 그는 승려들에게 상당한 액수의 손해

배상을 약속했다. 그리고 승려들로 하여금 다음 기차를 타고
신성 모독자를 추적하도록 하는 한편 그들이 기차에서 내리면
체포하라고 재판관들에게 전보까지 쳐두었다. 그러나 포그 일
행이 젊은 부인을 구출하는 데 걸린 시간 때문에 픽스와 인도
인들은 그들보다 먼저 캘커타에 도착했다. 필리어스 포그가 아
직 인도의 수도에 도착하지 않았다는 것을 알고 픽스가 얼마나
실망했을지 여러분은 짐작이 갈 것이다. 픽스는 도둑이 인도
반도 철도의 한 역에서 내려 북쪽 지방으로 피신했다고 믿지
않을 수 없었다. 픽스는 24시간 동안 미칠 듯이 초조해하며 역
을 지켰다. 그러니 그날 아침, 어찌 된 일인지는 알 수 없지만
포그 씨가 젊은 여자와 함께 기차에서 내리는 것을 보고 그가
얼마나 기뻤겠는가! 그는 즉시 경찰을 불렀다. 바로 이것이 포
그 씨, 파스파르투, 그리고 분델칸드 군주의 부인이 오바디야
판사 앞에 서게 된 사연이다.

만일 파스파르투가 재판 일에만 몰두하지 않았더라면, 법정
한구석에서 관심 있게 재판을 지켜보고 있던 형사를 발견했을
지도 모른다. 형사의 이런 관심은 쉽게 이해될 수 있다. 뭄바이
나 수에즈에서처럼, 캘커타에서도 아직 체포 영장을 받지 못한
것이다!

오바디야 판사는 파스파르투의 입에서 얼떨결에 새어 나온
자백을 법적으로 인정했다. 파스파르투는 자기도 모르게 내뱉은
말을 주워 담을 수만 있다면 가진 모든 것을 내놓았을 것이다.

「사건을 인정합니까?」

판사가 물었다.

「인정합니다.」

포그 씨가 차갑게 대답했다.

「영국 법은 인도인의 모든 종교를 평등하고 엄정하게 보호하고자 한다. 10월 20일, 뭄바이 말라바르힐 사원의 경내를 불경한 발로 모독한 파스파르투는 자신의 죄를 인정했다. 그 벌로 파스파르투를 구류 15일, 벌금 3백 파운드에 처한다.」

판사가 판결을 내렸다.

「3백 파운드요?」

구류보다 벌금에 놀란 파스파르투가 외쳤다.

「정숙!」

집행관이 날카롭게 소리를 질렀다.

오바디야 판사가 말을 계속 이었다.

「그리고 하인과 주인 사이에 공모가 없었다는 증거가 없고, 어쨌든 주인은 고용한 하인의 일이나 행동에 당연히 책임이 있으므로, 필리어스 포그를 구류 8일, 벌금 150파운드에 처한다. 서기, 다음 소송 관계자를 부르시오!」

픽스는 이루 말할 수 없이 만족스러웠다. 필리어스 포그를 캘커타에 8일간 잡아둔다면 체포 영장은 도착하고도 남을 것이다.

파스파르투는 얼이 빠져 있었다. 이번 판결로 주인은 파산할 것이다. 2만 파운드를 건 내기에 질 테니까. 이 모든 것이 구경거리 쫓아다니기를 좋아하는 자기가 그 고약한 사원에 들어갔기 때문이다!

필리어스 포그는 이 판결이 자기와는 관계없다는 듯, 눈썹

하나 찌푸리지 않았다. 서기가 다음 소송 관계자를 부르려는
순간, 그가 일어서서 말했다.

「보석금을 내겠습니다.」

「그건 당신 권리지요.」

판사가 대답했다.

픽스는 등골이 오싹했지만, 판사가 필리어
스 포그와 그의 하인은 외국인이기 때문에 각
자 1천 파운드라는 엄청난 금액을 내야 한다는 판결을 내리자,
안심했다.

형벌을 치르지 않으려면 포그 씨는 자그마치 2천 파운드라
는 거금을 치러야 한다.

이 신사는 「내겠습니다」 하고 말했다.

그리고 파스파르투가 들고 있던 가방에서 지폐 한 뭉치를 꺼
내 서기의 책상 위에 올려놓았다.

「이 돈은 당신들의 형이 끝날 때 다시 반환될 거요. 그때까지
보석금 아래 당신들을 풀어주겠소.」

판사가 말했다.

「가세.」

필리어스 포그가 하인에게 말했다.

「구두는 돌려주세요!」

화가 난 목소리로 파스파르투가 소리쳤다.

그들은 구두를 돌려주었다.

「값비싼 구두로군! 한 짝에 천 파운드라니! 이것 때문에 생긴
곤란은 제쳐 두고라도!」

파스파르투가 중얼거렸다.

파스파르투는 참담한 모습으로 포그 씨를 뒤따랐고, 포그 씨는 젊은 부인에게 팔을 내밀었다. 픽스는 범인이 2천 파운드의 돈을 포기하느니, 8일 동안 감옥에 갇히는 것을 택하리라는 기대를 아직 버리지 않았다. 그래서 그는 포그 씨의 뒤를 밟았다.

포그 씨는 마차를 불러 아우다 부인, 파스파르투와 함께 올라탔다. 픽스는 마차를 뒤쫓아 달렸고, 마차는 곧 도시의 한 부두에서 멈췄다.

반 마일 거리에 '랑군' 호가 정박해 있었는데, 돛대 꼭대기에는 출항을 알리는 기가 세워져 있었다. 시간은 11시였다. 포그 씨가 한 시간 일찍 도착한 것이다. 픽스는 그가 마차에서 내려 아우다 부인, 하인과 함께 보트에 타는 것을 보았다. 형사는 발길질을 하며 외쳤다.

「망나니 같은 놈! 가버리다니! 2천 파운드를 날려버리다니! 정말 도둑놈처럼 돈을 써대는군! 그래! 필요하다면 이 세상 끝까지라도 쫓아갈 거다. 근데 이대로 가다가는 훔친 돈을 몽땅 써버리겠는걸!」

형사가 이런 고심을 하는 것도 당연했다. 사실, 런던을 떠난 이래 필리어스 포그는 여행 경비, 사례금, 코끼리 구입, 보석금, 벌금 등으로 이미 5천 파운드 이상을 길바닥에 뿌렸다. 따라서 도둑을 잡았을 때 되찾을 수 있는 금액과 그에 따라 자신이 받을 포상금이 줄어들고 있었던 것이다.

16 모든 이야기를 모르는 척하는 픽스

'랑군' 호는 반도—동방 선박 회사가 중국과 일본 항로에 투입한 정기 여객선 가운데 하나로, 배수량 1,770톤, 정상 출력 400마력에, 추진기가 달려 있는 강철로 된 증기선이었다. 속도는 '몽골리아' 호와 같았지만 안락함에서는 뒤떨어졌다. 따라서 필리어스 포그가 바라는 만큼 아우다 부인이 편히 자리 잡을 수 없었다. 어쨌든 항해는 3,500마일, 11일 내지 12일간의 운항에 불과했다. 그리고 젊은 부인은 불편함을 내색하지 않는 승객이었다.

항해 처음 며칠 동안, 아우다 부인은 필리어스 포그와 좀 더 친해졌다. 기회가 있을 때마다 진심으로 감사를 표시했다. 침착한 신사는 적어도 겉으로는 매우 차갑게, 억양의 변화 없이, 조금도 감정이 드러나지 않게 행동하며 그 애기를 들었다. 그러면서도 젊은 부인에게 부족한 것이 없도록 신경을 썼다. 몇 시간마다 한 번씩 말을 건네거나 적어도 애기를 들으러 그녀를 찾아갔다. 그는 그녀에게 아주 예의 바르고 깍듯하게 대했고, 그의 행동은 이에 걸맞게, 마치 자동인형처럼 한 치의 빈틈도 보이지 않았다. 이런 그를 어떻게 생각해야 할지 몰라 하는 아우다 부인에게 파스파르투는 주인의 특이한 성격에 대해 설명해주었다. 그리고 이 신사가 어떤 내기로 인해 세계일주를 하게 된 것인지 알려주었다. 아우다 부인은 미소를 지었다. 어쨌든 그는 생명의 은인이었다. 그녀는 항상 그에 대한 감사의 마음을 간직하고 있었다.

인도 안내인이 들려준 아우다 부인의 애처로운 이야기는 사실이었다. 사실 그녀는 인도 토착 주민 가운데에서도 지위가 높은 부족에 속했다. 파르시족 상인들은 대부분 인도에서 면화 거래를 통해 큰 부자가 되었는데, 그들 가운데 제임스 제제보이 경은 영국 정부로부터 귀족 칭호까지 받은 인물이었다. 아우다 부인은 뭄바이에 사는 이 부자의 친척으로, 그녀가 홍콩에서 만나고자 하는 명망 높은 제제도 바로 제제보이 경의 사촌이었다. 과연 그 사촌을 피난처로 삼고 도움을 받을 수 있을까? 그녀 자신도 확신할 수 없는 일이었다. 하지만 포그 씨는 그런 것은 걱정하지 말라며, 모든 일이 잘 해결될 것이라고 대답했다. 그것도 수학적으로! 이는 그가 늘 입버릇처럼 하는 말이다.

젊은 부인이 이 말의 의미를 이해했을까? 알 수 없는 일이다. 그렇지만 '히말라야의 신성한 호수처럼 맑은' 아우다 부인의 두 눈은 포그 씨의 두 눈에서 떠나지 않았다! 하지만 완고한 포그, 언제나 말이 없는 그가 이 호수에 몸을 던질 것처럼 보이지는 않았다.

'랑군' 호의 첫 항해는 좋은 조건에서 시작

되었다. 기후도 온화했다. 뱃사람들이 벵골의 품 안이라 부르
는 드넓은 이 만은 여객선의 항해를 도왔다. '랑군' 호는 곧 안
다만 제도 중에서 제일 큰 대안다만 섬을 지나쳤다. 새들피크
의 그림 같은 산은 높이가 2,400피트로 멀리서도 항해자들의
눈에 띄었다.

해안이 꽤 가까이서 펼쳐졌다. 이 섬에
산다는 야만스런 파푸아족의 모습은 보
이지 않았다. 파푸아족은 가장 미개
한 인종으로 분류되지만, 그들을 식인
종 취급하는 것은 잘못된 것이다.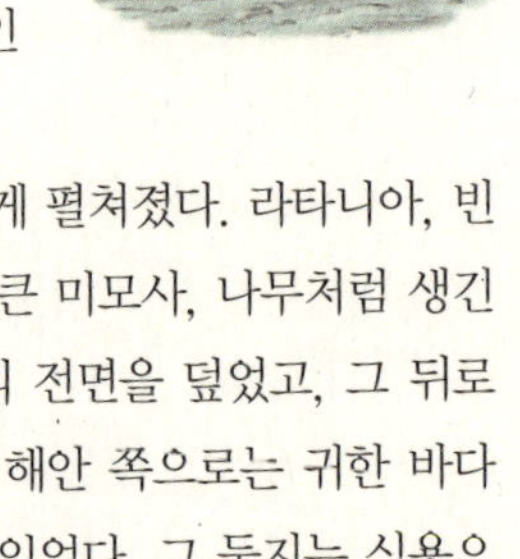

섬들의 풍경이 파노라마처럼 멋지게 펼쳐졌다. 라타니아, 빈
랑, 대나무, 육두구, 티크, 엄청나게 큰 미모사, 나무처럼 생긴
고사리로 이루어진 거대한 숲이 섬의 전면을 덮었고, 그 뒤로
는 우아한 산의 곡선이 넘쳐흘렀다. 해안 쪽으로는 귀한 바다
제비 수천 마리가 떼 지어 서식하고 있었다. 그 둥지는 식용으
로 중국에서는 고급 요리에 속한다. 어쨌든 '랑군' 호는 안다만
제도가 보여주는 이 다채로운 볼거리를 금세 지나쳐, 중국의
바다로 이어지는 말라카 해협 쪽으로 빠르게 나아갔다.

그런데 본의 아니게 세계일주 여행에 말려든 픽스 형사는 이
항해 동안 무엇을 하고 있었을까? 픽스는 캘커타를 떠나면서
체포 영장이 도착하면 홍콩으로 보내지도록 조처를 취한 뒤,
파스파르투에게 들키지 않게 '랑군' 호에 올랐다. 그리고 여객
선이 목적지에 닿을 때까지 숨어 있으려고 했다. 사실상 자신
이 뭄바이에 있을 거라 믿고 있을 파스파르투가 배 위에서 자

신을 발견한다면, 그의 의심을 사지 않고 배에 올라탄 이유를 설명하기란 어려운 일이었다. 하지만 상황이 상황인 만큼 픽스 형사는 이 충직한 남자와 다시 사귀어야 했다. 어떻게? 여러분은 곧 알게 될 것이다.

형사의 모든 희망과 바람은 지금 세계의 한 지점, 홍콩에 그 초점이 맞춰져 있었다. 왜냐하면 싱가포르에서는 그가 손을 쓰기에 여객선이 너무 짧은 시간 동안만 머물기 때문이다. 따라서 홍콩에서 범인을 체포해야 했다. 그렇지 않으면 범인을 영영 놓쳐버리게 될 것이다.

홍콩은 이 여행에서 거칠 마지막 영국 영토였다. 홍콩 다음의 중국, 일본, 미국은 포그 씨에게 거의 안전한 은신처가 될 것이다. 픽스를 뒤쫓아오는 체포 영장을 홍콩에서 손에 쥐게 되면, 포그를 잡아서 지역 경찰 손에 넘기면 된다. 어려울 것이 하나도 없다. 그렇지만 홍콩을 넘어서면 체포 영장만으로는 충분하지 않다. 범인 인도 증서가 필요할 것이다. 그렇게 되면 시간이 지체되고 온갖 장애가 생길 것이며, 악당은 그 틈을 타 영원히 달아나 버리고 말 것이다. 홍콩에서 일을 그르치면 성공적인 기회를 다시 잡는다는 것이 완전히 불가능해지지는 않더라도 정말로 어려워질 것이다.

'그러니 홍콩에서 체포 영장을 받아 범인을 체포해야 해! 체포 영장이 없으면 무슨 일이 있더라도 출발을 늦춰야 해! 뭄바이에서 놓쳤고, 캘커타에서도 놓쳤어! 만약 홍콩에서도 실패하면 명예를 잃게 될 거야! 무슨 일이 있어도 성공해야 해. 그렇지만 어떤 방법으로 그 저주받을 포그의 출발을 늦춘다?'

픽스는 선실에서 길고 긴 시간을 보내며 같은 말을 되뇌었다.

마지막 수단으로 픽스는 파스파르투에게 그가 섬기고 있는 주인의 실체를 알리고, 그가 포그의 공모자가 아니라는 사실을 확인받기로 결심했다. 모든 사실을 알고 나면, 파스파르투는 범죄에 관련될 것이 두려워 자기 편이 될 것이다. 그러나 이는 위험천만한 방법이므로, 다른 방법이 없을 경우에만 써야 했다. 파스파르투가 주인에게 한마디만 해도, 일은 돌이킬 수 없을 만큼 위태로워질 것이다.

형사는 무척이나 고심하던 중, 필리어스 포그와 함께 '랑군' 호에 타고 있는 아우다 부인의 존재를 떠올렸다. 그 여자는 어떤 여자일까? 무슨 사연으로 포그와 동행하게 되었을까? 뭄바이와 캘커타 사이에서 만난 것이 분명하다. 그런데 인도 반도의 어느 지점이었을까? 필리어스 포그와 젊은 여자 여행객의 만남은 우연이었을까? 혹시 그 신사는 저 매력적인 여자를 만나려고 인도 여행을 시도한 건 아니었을까? 그녀는 아름답지 않은가!

픽스가 얼마나 호기심이 많은지 알 수 있을 것이다. 그는 이 일이 유괴 범죄와 관련되어 있지 않은가도 생각해보았다. 그래! 그럴 거야! 이 생각은 픽스의 머릿속에 박혀버렸고, 여기에서 자신이 이용할 수 있는 상황을 만들어야 했다. 그 젊은 여자가 결혼을 한 사람이든 그렇지 않든, 사람을 유괴했으므로 홍콩에 도착하기만 하면 포그는 돈으로도 벗어날 수 없는 값비싼 대가를 치러야 할 것이다!

'랑군' 호가 홍콩에 도착할 때까지 기다릴 순 없었다. 포그는 이 배, 저 배 옮겨 타는 밉살스런 버릇이 있으므로, 일이 시작되기 전에 그는 멀리 달아나 버릴지도 모른다.

따라서 미리 이 사실을 영국 관청에 알리고, '랑군' 호가 도착하기 전에 '랑군' 호의 항해를 전해야 했다. 여객선은 싱가포르에 기항하고, 싱가포르는 전신으로 중국 해안과 연락되므로 이보다 쉬운 일은 없었다.

그렇지만 이번 일에 보다 신중을 기하기 위해, 픽스는 행동에 옮기기 전 파스파르투로부터 상황을 알아볼 필요가 있었다. 픽스는 그 젊은이의 입을 열게 하는 일은 그다지 어렵지 않다는 것을 알고 있었다. 그래서 숨어 있기로 한 이제까지의 행동 방침을 바꾸기로 했다. 우물쭈물할 시간이 없었다. 그날은 10월 30일이었고, 바로 다음 날 '랑군' 호는 싱가포르에 도착할 예정이었다.

따라서 그날, 픽스는 우연한 만남에 깜짝 놀란 표정을 지으며 파스파르투에게 다가갈 속셈으로, 선실에서 나와 갑판으로 올라갔다. 파스파르투가 뱃머리를 거닐고 있을 때, 형사가 재빠르게 그쪽으로 가면서 소리쳤다.

「아니, 당신이 '랑군' 호에!」

「픽스 씨! 당신도 이 배에 타셨군요!」

무척 놀란 파스파르투가 '몽골리아' 호에 같이 탔던 친구를 알아보며 말했다.

「아니! 뭄바이에서 헤어졌는데 홍콩 가는 길에서 다시 만나다니! 당신도 세계일주를 하고 계신가요?」

「아니, 아닙니다. 홍콩에서 내려, 적어도 며칠간은 머물 생각입니다.」

픽스가 대답했다.

「아! 그런데 어떻게 캘커타에서 떠난 뒤로 배에서 통 보지 못했을까요?」

순간 놀란 듯한 파스파르투가 물었다.

「아, 몸이 불편해서요. 뱃멀미가 나서……. 선실에 누워 있었습니다. 벵골 만은 인도양처럼 편하지 않더군요. 그런데 당신 주인인 필리어스 포그 씨는?」

「아주 건강하시고 그분의 여행 일지처럼 정확하십니다! 하루도 늦지 않고 있거든요! 아! 픽스 씨, 당신은 모를 테지만 우리는 젊은 부인과 함께 여행하고 있습니다.」

「젊은 부인이라뇨?」

형사는 상대방이 무슨 소리를 하는지 전혀 모르겠다는 듯한 표정으로 되물었다.

파스파르투는 곧 그간의 일을 모두 털어놓았다. 뭄바이의 사원에서 있었던 사고며, 2천 파운드를 주고 산 코끼리, 수티 사건, 아우다 부인의 구출, 캘커타 법정에서의 처벌, 보석으로 풀려 난 일 등. 이 사건들 가운데 마지막 일에 대해서 이미 알고 있는 픽스는 전혀 아는 체를 하지 않았다. 파스파르투는 대단한 관심을 보이며 들어주는 청중 앞에서 자신의 모험담을 들려주는 재미에 빠져들었다.

「그렇다면 당신 주인께서는 그 젊은 부인을 유럽으로 데려갈 작정이십니까?」

픽스가 물었다.

「아닙니다, 픽스 씨. 천만에요! 홍콩에 있는 부유한 상인인 그 부인의 친척에게 잘 모셔다 드릴 겁니다.」

「다 틀렸군!」

형사가 실망을 감추며 중얼거렸다.

「파스파르투 씨, 진이나 한잔합시다.」

「좋지요. '랑군' 호에서의 만남을 기념하며 한잔하는 거야 나쁠 것 없지요!」

그날 이후 파스파르투와 형사는 자주 마주쳤지만, 형사는 파스파르투의 동반자에게 극도로 조심하며 말을 아꼈다. 그는 포그 씨가 '랑군' 호 대연회장에서 아우다 부인과 같이 있을 때나, 늘 하던 대로 휘스트 게임을 할 때 그를 한두 번 봤을 뿐이었다.

파스파르투는 주인의 여행길에서 한 번 더 픽스를 만난 기묘한 우연에 대해 곰곰이 생각하기 시작했다. 아주 친절하고 호의에 넘치는 이 신사를 처음에는 수에즈에서 만났다. 다음에 '몽골리아' 호에서 만났을 때는 뭄바이에 내려 거기서 머물 것이라 하더니, 홍콩으로 가는 '랑군' 호에 다시 나타났다. 한마디로 포그 씨의 여정을 한 걸음 한 걸음 따라오고 있다는 것인데, 그 점은 생각해볼 만한 가치가 있었다. 우연의 일치라고 보기엔 너무 이상했다. 그렇다면 그 사람은 과연 누구를 노리고 있는 것인가? 파스파르투는 소중하게 간직하고 있던 자신의 슬리퍼를 걸고 예언했다. 픽스는 자신의 일행과 함께 아마도 같은 여객선을 타고 홍콩을 떠날 것이라고.

파스파르투가 백 년을 궁리해본들, 그 형사가 어떤 임무를 가지고 있는지 결코 예상하지 못할 것이다. 그는 필리어스 포그가 도둑이 되어 지구 한 바퀴를 추적당하고 있는 거라고는 상상도 하지 못할 것이다. 하지만 모든 현상을 설명해내려는 것이 인간의 본성인 것처럼, 파스파르투도 갑자기 생각이 번뜩하여 픽스의 계속적인 출현을 짐작해보았다. 그런 중에 정말로 그럴 듯한 견해가 떠올랐다. 그의 생각에 픽스는 포그 씨가 정해진 여정대로 세계일주를 하고 있는지 확인하려는, 혁신클럽 동료들이 보낸 첩자임이 분명했다.

「맞아! 틀림없어!」

이 충실한 청년은 자신의 통찰력이 아주 자랑스러운 듯 되뇌었다.

「우리를 뒤쫓으라고 그 신사들이 보낸 염탐꾼이야! 점잖지 못하게! 그처럼 청렴하고 존경스러운 포그 씨에게 첩자를 보내 미행시키다니! 아! 혁신클럽의 어르신네들, 대가를 톡톡히 치르시게 될 겁니다!」

한편 자신의 발견에 만족한 파스파르투는 내기 상대들이 보여준 불신 때문에 주인이 상처받을까 봐 그에게는 아무 말도 하지 않기로 했다. 그러나 파스파르투는 기회가 닿으면, 앞에 나서지 않고 넌지시 픽스를 골려주기로 굳게 마음먹었다.

10월 30일 수요일 오후, '랑군' 호는 말레이 반도와 수마트라라는 이름의 땅 사이에 있는 말라카 해협에 다다랐다. 산세가 아주 험하고, 그 정경이 매우 아름다운 작은 섬들이 큰 섬을 가리고 있었다.

예정보다 반나절이 빠른 다음 날 새벽 4시, '랑군' 호는 석탄을 채우기 위해 싱가포르에 기항했다.

필리어스 포그는 수첩의 이익란에 번 시간을 적어 넣었다. 그런 다음 몇 시간 동안 산책하고 싶다는 아우다 부인과 함께 뭍에 내렸다.

픽스한테는 포그의 행동이 무엇이나 수상하게 보였기 때문에 그는 포그를 몰래 미행했다. 픽스의 술책을 보고 속으로 웃고 있던 파스파르투는 평소처럼 장을 보러 나섰다.

싱가포르 섬은 크지도 않고 경치가 대단하지도 않았다. 산도 눈에 띄는 윤곽이 없었다. 그렇지만 빈약함에서도 매력은 있었다. 도시는 예쁜 길로 잘린 하나의 공원 같았다. 뉴질랜드에서 수입한 멋진 말들이 끄는 훌륭한 마차가 아우다 부인과 필리어스 포그를 태웠다. 마차는 나뭇잎이 반짝이는 종려나무와 봉오리에 꽃망울이 살짝 벌어진 정향나무가 우거진 숲 속으로 들어갔다. 숲에는 유럽 농촌에서 볼 수 있는 가시 울타리 대신 후추나무 덤불이 있었다. 사고야자, 줄기가 무성한 큰 고사리 등이 열대지방의 풍경을 다채롭게 했다. 공기는 잎이 반들반들한 육두구나무가 뿜어내는 짙은 향기로 가득했다. 숲에는 날쌔고 얼굴에 주름이 많은 원숭이들이 떼를 지어 다녔고, 정글에는 호랑이도 있을 것 같았다. 비교적 자그마한 이 섬에 그런 맹수들이 아직도 살고 있다는 말을 들으면 놀랄 사람도 있겠지만, 이 짐승들은 말라카 해협에서 헤엄쳐 건너왔다고 한다.

두 시간 가량 시골을 둘러본 아우다 부인과 그녀의 동반자 포그 씨는 다시 시내로 돌아왔다. 납작하고 답답해 보이는 집들이 빽빽하게 들어차 있는 시내는 망고스틴, 파인애플, 그리

고 세상에서 가장 맛있을 것 같은 과일이 자라는 멋진 정원으로 둘러싸여 있었다.

10시에 포그 씨와 아우다 부인은 배로 돌아왔다. 그들은 줄곧 형사에게 미행을 당했다. 물론 이 형사도 비싼 값을 치르며 마차를 빌려야 했다.

파스파르투는 '랑군' 호 갑판에서 기다리고 있었다. 이 충직한 사내는 중간 크기의 사과처럼 굵직한 망고스틴을 몇십 개나 사 왔다. 겉은 짙은 갈색이지만 안은 새빨간 색인 이 망고스틴의 하얀 열매는 입에서 사르르 녹아 식도락가들에게는 더할 나위 없는 맛을 선사했다. 파스파르투는 아우다 부인에게 망고스틴을 주면서 무척 행복해했고, 부인은 이를 무척이나 고마워했다.

석탄을 가득 실은 '랑군' 호는 11시에 닻을 올렸다. 몇 시간 뒤, 세상에서 제일 멋진 호랑이들이 산다는 말라카의 높은 산들이 눈에서 멀어졌다.

중국 연안에 있는 영국령인 작은 섬 홍콩은 싱가포르에서 약 1,300마일 가량 떨어져 있다. 11월 6일, 홍콩에서 일본의 주요 항구인 요코하마로 향하는 배를 타기 위해서 필리어스 포그는 이 거리를 6일 안에 건너야 했다.

'랑군' 호는 초만원이었다. 싱가포르에서 승객들이 많이 탔는데, 인도인도 있고 실론인, 중국인, 말레이인, 포르투갈인도 있었다. 이들은 대부분 이등칸에 자리를 잡았다.

그때까지 꽤 맑던 날씨가 그믐달이 뜨면서 나빠지더니 파도도 거칠어졌다. 때때로 바람이 세차게 불었지만 다행스럽게도 남동풍이라 증기선의 항해를 도왔다. 순풍일 때 선장은 돛을 펼쳤다. 쌍돛을 갖춘 '랑군' 호는 주로 두 개의 중간 돛과 앞 돛으로 항해했고, 배의 속력은 증기와 바람의 이중 작용으로 점점 빨라졌다. 이렇게 선박은 잦은 파도를 힘겹게 헤치면서 안남과 코친차이나 연안을 따라 항해했다.

이에 승객들은 뱃멀미에 시달렸고 피로에 지쳐갔다. 그러나 문제는 바다보다는 오히려 '랑군' 호에 있었다.

사실 중국해를 항해하는 인도 회사의 선박들은 구조에 중대한 결함이 있었다. 배가 물에 잠기는 깊이와 배의 깊이 비율을 잘못 계산해, 바다에서 견디는 힘이 약했다. 또한 물이 들어올 수 없도록 폐쇄한 부분의 면적이 충분하지 못했다. 뱃사람들 말로 '물에 잠긴' 선박들이었는데, 이런 구조로 인해 파도가 갑판에 몇 번만 들이쳐도 항해 방향이 변했다. 이 선박들은 엔진과 증기기관을 고려하지 않더라도, 프랑스 운송 회사의 '황후' 호나 '캄보디아' 호보다 크게 낙후되어 있었다. 기술자들의 계산에 따르면, 이 프랑스 배들은 배의 중량과 같은 양의 물도 견뎌낼 수 있는데, '골콘다' 호, '코레아' 호, 그리고 '랑군' 호 같은 인도 회사의 배들은 배 중량의 6분의 1만 물이 차도 밑으로 가라앉을 가능성이 있었다.

그러므로 날씨가 나쁘면 아주 조심해야 했다. 때로는 증기량을 줄여야만 했다. 그 때문에 시간이 지체되기도 했다. 필리어스 포그는 전혀 개의치 않는 듯했지만, 파스파르투는 화를 냈다. 선장, 기관사, 회사를 비난했고, 배와 관련된 일을 하는 모든 사람에게 욕설을 퍼부었다. 새빌로의 집에서 자신의 비용으

로 계속 타고 있을 가스등에 대한 생각이 그를 더 초조하게 만
들었을지도 모른다.

하루는 형사가 파스파르투에게 말했다.

「당신은 홍콩에 빨리 도착하고 싶어하
는 것 같군요.」

「몹시 급하거든요!」

파스파르투가 대답했다.

「당신 생각에는 포그 씨가 요코하마행 배를 타려고 서두르고
있는 것 같습니까?」

「그럼요.」

「그러니까 당신은 지금 그 이상한 세계일주를 믿고 있는 겁
니까?」

「물론이죠. 당신은요, 픽스 씨?」

「저요? 전 안 믿어요!」

「재미있군요!」

파스파르투가 눈을 찡긋하며 대답했다.

이 말은 형사를 혼란스럽게 만들었다. 어쩐지 불안한 생각이
들었다.

저 프랑스인이 내 신분을 알고 있는 걸까? 픽스는 어떻게 생
각해야 할지 몰랐다. 내가 형사라는 것은 비밀인데, 파스파르
투가 어떻게 알아챘을까? 그렇게 말한 파스파르투에게는 분명
다른 속셈이 있을 것이다.

어떤 날은 그 정직한 젊은이가 한술 더 뜨기도 했는데, 그것
은 그의 의지와 무관한 일이었다. 혀를 가만히 놔둘 수가 없었

던 것이다.

「픽스 씨, 이제 홍콩에 도착하면 유감스럽게도 당신과는 헤어지게 되겠네요?」

파스파르투가 심술궂은 어조로 물었다.

「잘 모르겠지만……. 어쩌면…….」

픽스는 꽤 난처해하며 대답했다.

「아! 당신이 우리와 함께 가신다면 정말 기쁠 겁니다. 하긴! 이 배의 회사 직원이 도중에 내릴 이유는 없을 테지만요! 당신은 뭄바이까지만 간다고 했는데, 곧 중국 땅에 도착하는군요! 미국도 멀지 않아요. 미국에서 유럽까지는 한 걸음밖에 안 되죠!」

픽스는 세상에서 가장 상냥한 얼굴로 웃고 있는 상대방을 주의 깊게 쳐다보았다. 그도 함께 웃기로 했다. 하지만 상대방은 무슨 생각에선지 픽스에게 하고 있는 일이 돈벌이가 좋은지 물었다.

픽스는 눈썹 하나 까닥 않고 대답했다.

「그럴 때도 있고 아닐 때도 있습니다. 돈벌이가 잘되는 일도 있고 그렇지 못한 일도 있거든요. 하지만 아시다시피 여행을 내 돈 들여 하고 있지는 않지요!」

「오! 그야 물론 그렇겠지요!」

파스파르투는 더 크게 웃으며 말을 받았다.

대화가 끝나자, 픽스는 선실로 돌아와 곰곰이 생각하기 시작했다.

탄로 난 게 분명하다. 어떤 방법인지는 몰라도, 그 프랑스인은 내가 형사라는 것을 눈치 챈 것이다. 그런데 그는 주인에게 알렸을까? 이 일에서 그가 맡은 역할은 무엇일까? 그는 공범일까, 아닐까? 탄로가 났으니 실패한 걸까?

형사는 한편으론 모든 실패를 생각하고, 또 한편으론 포그가 이런 상황을 모르기를 바라면서 몇 시간을 힘들게 보냈다. 어느 쪽을 택해야 할지 갈피를 잡을 수 없었다.

이윽고 픽스의 마음이 차분해졌다. 그는 파스파르투와 솔직하게 담판을 짓기로 마음먹었다. 만일 홍콩에서 포그를 체포하기 위한 좋은 조건을 만들지 못한다면, 그리고 포그가 이번에는 영국 영토를 아예 떠날 준비를 한다면, 나, 픽스는 모든 것을 파스파르투에게 말하리라. 만일 하인이 주인과 공범이고 주인이 모든 사실을 알고 있다면, 일은 이미 틀렸다. 하지만 하인이 절도와 아무런 관계가 없다면, 그는 자기 자신을 위해서라도 도둑놈을 포기할 것이다.

파스파르투와 픽스의 상황이 이런 시점에서, 필리어스 포그는 그들에 대해 근엄하고도 무관심한 태도를 취했다. 그는 자신의 주위를 떠도는 별들에게 관심을 두지 않고, 지구를 도는 자신의 궤도만을 순리대로 따라갈 뿐이었다.

그러나 이 신사의 주변에는 천문학자의 표현처럼 그의 마음을 동요시킬 만한 별이 하나 있었다. 그런데 아니었다! 아우다 부인의 매력은 파스파르투가 몹시 의아해할 만큼 그 효력을 나타내지 못했다. 설사 그런 동요가 신사의 마음속에 일어났다 해도, 그것을 헤아리기란 해왕성을 발견케 한 천왕성의 섭동 운동을 계산하기보다 더 어려웠을 것이다.

그렇다! 젊은 부인의 눈에서 자기 주인에 대한 깊은 감사의 마음을 읽을 수 있는 파스파르투에게는 나날이 놀라울 뿐이었다! 결국 필리어스 포그는 영웅처럼 행동하는 데는 모든 것을 다 바칠 마음을 가졌지만, 사랑에 있어서는 아니었던 것이다! 이 여행 중에 그의 마음속에 그런 것이 싹트게 될지도 모른다는 희망은 가질 필요도 없었다. 그런 눈치조차 보이지 않았으므로.

한편, 파스파르투는 불안한 상태로 지냈다. 어느 날 파스파르투는 기관실 난간에 기대어 요란스레 돌아가는 고성능 기계를 바라보고 있었는데, 그때 배가 앞뒤로 심하게 흔들려 추진기가 수면 위에서 헛돌았다. 그리하여 증기가 밸브에서 뿜어져 나오자 품위 있는 이 사내는 화를 내며 소리를 질렀다.

「압력이 모자라는 거야, 이 밸브들은! 배가 안 나가잖아! 영국인이 그렇지! 아유! 이것이 미국 배였다면, 요동은 쳐도 속력은 더 빨랐을 텐데!」

18 저마다 볼일을 보는 필리어스 포그, 파스파르투, 그리고 픽스

항해가 끝나갈 무렵, 날씨가 꽤 나빠졌다. 거세게 불던 바람이 북서풍으로 바뀌어 항해를 방해했다. 중심을 잃은 '랑군' 호는 몹시 흔들렸고, 바다에서 부는 바람이 일으키는 지긋지긋한 파도에 승객들은 짜증이 났다.

11월 3일과 4일에는 폭풍우가 몰아쳤다. 돌풍이 미친 듯이 바다를 때렸다. '랑군' 호는 파도와 맞부딪치지 않도록 추진기를 열 번 정도만 회전시키면서 반나절 동안 속도를 줄여 항해했다. 돛을 내렸지만 아직 남아 있는 많은 선구는 돌풍을 맞아 씽씽 소리를 냈다.

배의 속력은 눈에 띄게 떨어졌고, 홍콩에는 예정보다 스무 시간 정도 늦게 도착할 거라는 예상이 나왔다. 그리고 폭풍우가 멎지 않으면 더 늦어질 수도 있었다.

필리어스 포그는 마치 그에게 직접 도전하는 듯한 성난 바다의 광경을 여느 때처럼 침착하게 지켜보고 있었다. 그의 이마는 한순간도 어두워지지 않았다. 스무 시간 늦게 도착하면 요코하마행 배를 놓치게 되므로 여행을 망칠 수도 있는 상황이었다. 하지만 이 무덤덤한 사람은 초조해하지도, 짜증을 내지도 않았다. 정말이지 이런 폭풍우가 일정에 포함되어 있기라도 한 듯한 모습이었다. 아우다 부인은 이 악천후에 관해 함께 이야기를 나누면서 신사가 전과 다름없이 침착하다고 느꼈다.

픽스는 이 상황을 보는 눈이 달랐다. 정반대였다. 그는 이 폭풍우가 반가웠다. 만약 '랑군' 호가 폭풍우를 피해 다른 곳으로 피신해야만 하는 상황이 온다면, 그의 기쁨은 무한으로 솟구칠 것이다. 그는 이런 식으로 늦어지는 게 좋았다. 이렇게 되면 포그 씨는 며칠 동안 홍콩에서 묵을 수밖에 없기 때문이다. 드디어 돌풍이 휘몰아치면서 그를 돕기 시작했다. 몸이 좀 안 좋았지만 중요하지 않았다! 구역질이 나고 뱃멀미로 몸이 뒤틀려도, 마음은 기쁨으로 날아갈 것 같았다.

파스파르투가 이 시련의 시간을 참을 수 없는 울화 속에서 보냈을 것이라는 사실은 짐작이 가고도 남는다. 지금까지는 모든 것이 순조롭기만 했었다! 육지와 바다는 주인에게 헌신적이었다. 증기 여객선과 기차도 주인을 잘 따라주었다. 바람과 증기도 힘을 합쳐 이 여행을 도왔다. 그런데 결국 불운의 종이 울렸단 말인가? 파스파르투는 내기에 건 2만 파운드를 마치 자기 지갑에서 꺼내기라도 해야 하는 것처럼 괴로워 참을 수가 없었다. 폭풍우 때문에 짜증이 났고, 돌풍 때문에 화가 치밀었고, 말을 듣지 않는 바다를 마구 때려주고 싶었다. 가엾은 사내! 픽스는 자신의 기쁨을 조심스럽게 숨겼는데, 잘한 일이었다. 만약 파스파르투가 픽스의 이 은밀한 기쁨을 알았다면 픽스는 호되게 당했을 것이기 때문이다.

파스파르투는 돌풍이 몰아치는 내내 '랑군' 호의 갑판에 나
와 있었다. 선실에 가만히 있을 수가 없었다. 그는 돛대에 기어
올라가 선원들을 놀라게 하기도 하고, 원숭이처럼 능란하게 어
떤 일이건 도왔다. 파스파르투는 허둥대는 자신을 보고 웃음을
참지 못하는 선장, 장교, 선원들에게 수백 번이나 물었다. 파스
파르투는 폭풍우가 얼마나 계속될지 확실히 알고 싶었던 것이
다. 승무원들은 그를 기압계가 있는 곳으로 보냈다. 기압계는
오를 기미를 보이지 않았다. 파스파르투가 기압계를 흔들어대
도, 죄 없는 기계에 욕설을 퍼부어도 아무 소용이 없었다.

드디어 폭풍우가 잠잠해졌다. 11월 4일 낮부터 바다의 상태
는 좋아졌다. 바람 역시 여정에 유리하게 불
었다. 파스파르투도 날씨와 함께 명랑한
기분을 되찾았다. 중간 돛과 아래쪽 돛
이 세워지고, '랑군' 호는 놀라운 속도로
다시 항해를 시작했다.

하지만 그동안 지체한 시간을 전부 따라잡을 수는 없었다.
이 상황을 받아들여야만 했다. 육지는 6일 새벽 5시가 되어서
야 보이기 시작했다. 필리어스 포그의 일정에 따르면 여객선은
5일에 도착하기로 되어 있었다. 그런데 6일이 되어서야 도착했
으니, 24시간이 늦어졌고, 요코하마행 배는 당연히 놓칠 수밖
에 없었다.

6시, 좁은 수로를 따라 홍콩 항구까지 배를 인도하기 위해 도
선사가 '랑군' 호에 올라 배다리 근처에 자리를 잡았다.

파스파르투는 그 사람에게 요코하마로 가는 배가 홍콩을 떠

났는지 물어보고 싶어 죽을 지경이었다. 그러나 마지막 순간까지 조금의 희망이라도 간직하고 싶었던 그는 감히 묻지 못했다. 이런 걱정을 픽스에게 털어놓자, 그 교활한 픽스는 포그 씨가 다음 배를 타면 될 거라는 말로 그를 위로하려고 했다. 파스파르투는 화가 나서 얼굴이 파랗게 질려버렸다. 그는 도선사에게 물어볼 용기를 내지 못했지만, 그와 반대로 포그 씨는 브래드쇼 시간표를 참고한 다음, 도선사라는 사람에게 요코하마로 가는 홍콩 배가 언제 떠나는지 아느냐고 태연하게 물었다.

「내일 아침, 바닷물이 들어올 때입니다.」

도선사가 대답했다.

「아!」

포그 씨는 놀라는 기색을 전혀 보이지 않고 탄성을 냈다.

곁에 있던 파스파르투는 도선사를 껴안고 싶은 심정이었겠지만, 픽스는 그 목을 비틀어버리고 싶었을 것이다.

「그 배의 이름은 무엇입니까?」

포그 씨가 물었다.

「'카르나티크' 호입니다.」

도선사가 대답했다.

「그 배가 떠나기로 한 것은 어제가 아니었습니까?」

「맞습니다. 그런데 보일러 하나를 손봐야 해서 출발이 내일로 연기되었습니다.」

「감사합니다.」

포그 씨는 이렇게 대답하고, 기계적인 발걸음으로 '랑군' 호의 홀로 내려갔다.

파스파르투는 도선사의 손을 힘껏 쥐며 말했다.

「당신은 좋은 분이십니다!」

물론 도선사는 자신의 대답이 왜 그처럼 다정한 인사를 받게 했는지 결코 알지 못했다. 뱃고동 소리가 들리자, 도선사는 다시 배다리로 올라가 홍콩의 물길을 메우고 있는 정크, 탱커, 고기잡이배, 그 밖의 여러 배들 사이로 여객선을 이끌었다. 1시에 '랑군' 호는 부두에 닿았고, 승객들은 배에서 내렸다.

이런 상황이 오면 이상하게도 우연은 포그를 도왔다. 보일러를 고칠 필요가 없었다면 '카르나티크' 호는 11월 5일에 떠났을 것이고, 일본으로 가려는 여행객들은 다음 배를 8일이나 기다려야 했을 것이다. 포그 씨가 24시간 늦은 것은 사실이지만, 그 지연이 남은 여행을 망치는 것은 아니었다.

요코하마에서 샌프란시스코까지 태평양을 건너는 증기선은 홍콩에서 떠나는 배와 직접 연계되어 있으므로 홍콩발 배가 도착하기 전에는 떠날 수가 없었다. 분명히 요코하마에는 24시간 늦게 도착하겠지만, 그쯤은 태평양을 건너는 22일 동안 쉽게 만회할 수 있을 것이다. 24시간이 지연됐음에도 불구하고, 필리어스 포그는 자신의 계획대로 런던을 떠난 지 35일째를 맞고 있었다.

'카르나티크' 호는 다음 날 새벽 5시가 되어야 떠날 예정이었으므로 포그 씨에게는 자신의 일, 다시 말해 아우다 부인에 관계된 일을 할 수 있는 열여섯 시간의 여유가 있었다. 배에서 내린 그는 젊은 부인에게 팔을 내밀고, 그녀를 가마가 있는 곳으로 데려갔다. 가마꾼들에게 호텔 한 군데를 가르쳐달라고 부탁하자, 그들은 '클럽 호텔'이라는 곳을 알려줬다. 가마가 출발하고 파스파르투가 그 뒤를 따랐다. 20분 뒤, 그들은 목적지에 도착했다.

필리어스 포그는 젊은 부인에게 방을 잡아주었고, 부족한 것이 없는지 세심하게 살폈다. 그리고 홍콩에서 그녀를 돌보아줄 친척을 찾아 나서겠다고 말했다. 동시에 파스파르투에게는 젊은 부인이 혼자 있지 않도록 자신이 돌아올 때까지 호텔에 있으라고 명령했다.

신사는 증권거래소로 갔다. 그곳에 있는 사람들은 틀림없이 이 도시에서 꽤 부유한 상인으로 꼽히는 제제 같은 인물을 알 것이기 때문이다.

포그 씨가 말을 건넨 중개인은 정말로 그 파르시 상인을 알고 있었다. 그러나 그 상인은 이미 2년 전부터 중국에 살고 있지 않았다. 그는 재산을 모아 유럽, 아마 네덜란드로 가서 자리를 잡았을 것이라고 했다. 사업을 하면서 그 나라와 많은 거래를 해왔기 때문일 터였다.

필리어스 포그는 호텔로 돌아와, 즉시 아우다 부인에게 면회를 요청했다. 그리고 단도직입적으로 제제 씨는 이제 홍콩에 살고 있지 않으며, 아마 네덜란드에 살고 있을 것이라고 전했다.

아우다 부인은 아무 대꾸도 하지 않고, 이마에 손을 댄 채 잠시 생각에 잠겼다. 그런 후, 부드러운 목소리로 말했다.

「포그 씨, 그럼 전 어떻게 해야 하죠?」

「아주 간단합니다. 유럽으로 갑시다.」

포그 씨가 대답했다.

「그렇지만 더는 폐를……..」

「폐가 아닙니다. 당신이 있어도 저의 일정에는 아무 지장이 없습니다. 파스파르투?」

「네, 주인님.」

파스파르투가 대답했다.

「'카르나티크' 호에 가서 선실을 세 칸 예약하게.」

파스파르투는 아주 호의적인 젊은 부인과 함께 여행을 계속할 수 있게 된 것을 기뻐하며 곧바로 클럽 호텔을 나왔다.

19 주인에게 지나친 관심을 가지는
파스파르투

홍콩은 1842년 전쟁 이후, 난징조약에 따라 영국 손으로 넘어간 작은 섬에 불과했다. 영국은 식민지를 개척하는 천부적인 능력으로 몇 년 만에 이곳에 커다란 도시를 세우고 빅토리아 항구를 만들었다. 이 섬은 광둥 강 하구에 위치하며, 해안 반대편에 위치한 포르투갈령 마카오와는 60마일밖에 떨어져 있지 않았다. 홍콩은 무역 경쟁에서 마카오를 이겨내야만 했고, 지금은 중국 무역의 대부분이 이 영국령 도시에서 이루어지고 있었다. 뱃도랑, 병원, 부두, 창고, 고딕 성당, 총독 관저, 자갈을 깐 도로 등 모든 것이 영국의 켄트나 서리에 있는 상업지구 중 하나를 거의 지구 반대쪽에 위치한 중국의 한 지점에 옮겨다 놓은 것 같았다.

파스파르투는 주머니에 두 손을 넣고 여전히 유행하고 있는 가마와 취장이 쳐진 손수레, 그리고 중국인, 일본인, 유럽인으로 구성된 군중을 구경하면서 빅토리아 항구 쪽으로 걸어갔다. 언뜻 봐서 이 도시도 이 의젓한 젊은이가 지금까지 보아왔던 뭄바이, 캘커타 혹은 싱가포르와 다를 게 없었다. 마치 세계 곳곳에 영국의 도시들이 이어지고 있는 것 같았다.

파스파르투는 빅토리아 항구에 이르렀다.
그곳 광둥 강 하구에는 영국, 프랑스, 미국, 네
덜란드 등 각 나라의 배와 군함, 상선, 일본이
나 중국의 소형 보트, 정크, 작은 거룻배, 탱커,
심지어 물 위에 떠다니는 화단을 이루는 꽃배까
지 득실거렸다. 파스파르투는 산책을 하면서 노란색 옷을 입은
몇몇의 나이 들어 보이는 토착민들에게 눈길이 쏠렸다. 그는
중국식으로 수염을 깎으려고 한 중국인 이발소에 들어갔다가,
영어를 비교적 잘하는 그곳의 이발사로부터 그 노인들은 모두
여든 살이 넘었고, 그 나이가 되면 황실의 색깔인 노란색으로
옷을 입는 특권을 누린다는 얘기를 들었다. 파스파르투는 어쩐
지 그것이 아주 우스꽝스럽게 느껴졌다.

수염을 깎은 뒤, 그는 '카르나티크' 호가 있는 부두로 갔다.
그리고 거기서 서성거리고 있는 픽스를 발견했다. 그러나 그는
전혀 놀라지 않았다. 그렇지만 형사의 얼굴에는 실망한 기색이
역력했다.

「잘됐어! 혁신클럽 신사들에게는 안된 일이지만!」
파스파르투가 중얼거렸다.

파스파르투는 픽스의 뾰루퉁한 기색을 모른 척 밝은 미소를
띄우며 다가갔다.

픽스 형사가 자신을 따라다니는 끔찍한 불운에 대해 몹시 불
평을 하는 데는 그만한 이유가 있었다. 아직까지도 체포 영장
이 도착하지 않은 것이다! 영장은 그를 따라오고 있는 것이 분
명하기에, 이 도시에 며칠 머물러 있어야만 그것을 손에 넣을

수 있었다. 그런데 홍콩은 포그의 여정에서 마지막 영국령이므로, 여기서 포그 씨를 붙잡아 두지 못하면 영원히 놓칠 위험이 있었다.

「그럼 픽스 씨, 우리와 함께 미국까지 갈 결심을 하셨나요?」

파스파르투가 물었다.

「그렇소!」

픽스가 이를 악물고 대답했다.

「같이 갑시다, 그럼!」

파스파르투는 터져 나오려는 웃음을 간신히 참으며 소리쳤다.

「당신이 우리와 헤어질 수 없다는 걸 잘 알고 있습니다. 당신 배표나 사러 갑시다. 가요!」

두 사람은 선박 회사 사무실로 들어가 선실 네 칸을 예약했다.

그런데 직원이 '카르나티크' 호는 수리가 끝났으므로 이미 일러준 다음 날 아침이 아니라, 그날 저녁 8시에 떠날 것이라고 말해주었다.

「아주 잘됐군요! 주인님께서도 좋아하실 겁니다. 어서 알려 드려야겠어요.」

그 순간, 픽스는 극단적인 결심을 했다. 파스파르투한테 모든 것을 털어놓기로 마음먹은 것이다.

이것이 필리어스 포그를 다만 며칠이라도 홍콩에 잡아둘 수 있는 유일한 방법이었다. 픽스는 선박 회사 사무실을 나오며 파스파르투에게 술집에서 한잔하자고 권했다. 시간은 있었다. 그래서 파스파르투는 픽스의 초대에 응했다.

부둣가에 괜찮아 보이는 술집 하나가 있었다. 두 사람은 안으로 들어갔다. 잘 장식된 넓은 홀이 있었고, 그 안쪽에는 쿠션을 갖춘 야전침대가 놓여 있었다. 침대 위에는 꽤 많은 사람이 자고 있었다.

큰 홀에는 서른 명 가량의 손님이 등나무를 엮어 만든 작은 탁자를 차지하고 있었다. 어떤 이들은 에일이나 포터 같은 영국 맥주를, 다른 이들은 양주 병을 비우고 있었다. 뿐만 아니라, 많은 사람이 붉은 도기로 된 파이프에 장미 기름과 아편을 섞어 피우고 있었다. 때로 아편에 취한 사람이 탁자 아래로 미끄러지면, 종업원들이 발과 머리를 잡고 야전침대로 데려가 그들의 동료 곁에 눕혔다. 침대에는 스무 명 가량의 취객이 인사불성이 되어 줄줄이 누워 있었다.

픽스와 파스파르투는 자신들이 얼빠지고 말라비틀어진 비참한 인간들이 드나드는 아편굴에 들어왔다는 것을 알아차렸다. 돈벌이를 내세운 영국이 이들에게 아편이라고 하는 치명적인 마약을 연간 2억 6천만 프랑어치를 팔았던 것이다! 그 돈은 인간이 지닌 가장 치명적인 악에 파고들어 뽑아낸 비참한 돈이다.

중국 정부는 엄중한 법으로 이 오용을 바로잡으려고 무진 애를 썼지만 소용이 없었다. 아편의 복용은 처음에는 부유층에만 국한되어 있다가 나중에는 하류층까지 내려가 폐해는 그칠 줄을 몰랐다. 중용의 제국에 살고 있는 이 사람들은 언제 어디서고 아편을 피워댔다. 여자든 남자든 모두 이 개탄할 만한 열정에 빠져들고 있었다. 아편 흡입이 습관화되면, 그것 없이는 살 수 없게 되고 심한 위경련에 시달리게 된다. 심한 중독자는 하루에 여덟 대까지 피우기도 하는데 그런 사람은 5년 안에 죽게 된다.

홍콩에는 픽스와 파스파르투가 목을 축이러 들어간 이런 종류의 아편굴이 득실거렸다. 파스파르투는 돈이 없었지만, 언제 어디서고 갚겠다는 마음으로 동료의 호의를 기꺼이 받아들였다.

두 사람은 파스파르투가 애호하는 포트 두 병을 시켰다. 픽스는 절제하며 상대방을 주의 깊게 살폈다. 그들은 이런저런 이야기를 나누었는데, 특히 픽스가 '카르나티크' 호를 타고 가기로 한 기막힌 생각에 대해 이야기했다. 술병도 비워졌고, 증기선의 출발이 몇 시간 앞당겨진 것을 주인에게 알려야 했기에 파스파르투는 자리에서 일어났다. 그때 픽스가 그를 붙들었다.

「잠깐만.」

「왜요, 픽스 씨?」

「긴히 할 중요한 이야기가 있어요.」

「중요한 이야기라!」

파스파르투는 술병 바닥에 남아 있던 포도주 몇 방울을 마저 비우며 말했다.

「내일 이야기합시다. 오늘은 시간이 없으니까.」

「들어봐요. 당신 주인에 관한 것이니!」

픽스가 말을 받았다.

이 말에 파스파르투는 상대방을 유심히 바라보았다. 픽스의 표정이 어딘지 이상해 보였다. 파스파르투는 다시 앉았다.

「할 말이 뭡니까?」

픽스는 손으로 상대방의 팔을 누르고는 목소리를 낮추어 말했다.

「내가 누군지 짐작했지요?」

「당연하죠!」

파스파르투가 미소 지으며 대답했다.

「그렇다면 모든 걸 털어놓겠습니다…….」

「이제는 다 알고 있어요, 친구! 에이! 어쨌든 잘해보시오. 하지만 미리 말해두는데, 그 신사들 헛된 돈을 쓰는 겁니다!」

「헛된 돈이라고요?」

픽스가 말했다.

「아주 쉽게 말하는군요! 당신은 그것이 얼마나 거금인지 모르고 있는 것이 분명해요!」

「아니, 알고 있습니다. 2만 파운드지요!」

파스파르투가 대답했다.

「5만 5천 파운드요!」

픽스는 프랑스인의 손을 움켜잡으며 말했다.

「뭐라고요? 포그 씨가 어떻게……! 5만 5천 파운드나……! 아니, 그렇다면 더더욱 한순간도 지체할 수 없어요.」

그가 다시 일어나며 말했다.

「5만 5천 파운드라고요!」

픽스는 이렇게 외치며 브랜디 한 병을 가져오게 한 뒤, 파스파르투를 억지로 다시 앉혔다.

「내가 성공하면 2천 파운드의 상금을 타게 됩니다. 나를 도와주면 5백 파운드를 드리겠습니다. 어때요?」

「당신을 도와줘요?」

파스파르투는 눈이 휘둥그레져 외쳤다.

「그래요, 포그 씨를 며칠간 홍콩에 붙잡아둘 수 있도록 나를 도와주는 거예요!」

「아니! 도대체 무슨 말을 하는 겁니까? 어떻게 그 신사들은 주인님의 정직성을 의심하여 뒤쫓는 걸로도 모자라 방해까지 하려고 한답니까? 부끄러운 줄 알아야지!」

「아니! 무슨 말이죠?」

픽스가 물었다.

「정말로 야비한 짓이란 말입니다. 포그 씨의 옷을 벗겨 주머니에서 돈을 빼앗아가는 거나 다름없다고요!」

「그게 바로 우리가 바라는 바죠!」

「하지만 그건 음모예요!」

픽스가 따라주는 브랜디를 저도 모르게 마셔댄 탓에 파스파르투는 흥분해서 소리를 질렀다.

「진짜 음모란 말입니다! 신사라는 사람들이! 동료라는 사람들이!」

픽스는 무슨 말인지 이해할 수 없었다.

「동료들이라고요!」

파스파르투가 큰 소리로 외치며 말을 이었다.

「혁신클럽의 회원들이라고요! 픽스 씨, 우리 주인님은 정직한 분이시고, 그분은 내기를 해도 정정당당하게 이기려 한다는 것을 알아두세요.」

「아니, 그런데 당신은 나를 누구라고 생각하는 겁니까?」

픽스는 파스파르투를 뚫어지게 바라보며 물었다.

「그야 물론 혁신클럽 회원들이 보낸 첩자지요. 우리 주인님의 여정을 감시하라는 임무를 받았겠죠. 창피한 일입니다! 벌써 얼마 전부터 당신의 신분을 짐작했지만, 포그 씨께는 알리지 않았어요.」

「그 사람은 아무것도 모릅니까?」

픽스가 열띤 목소리로 물었다.

「아무것도요.」

파스파르투가 다시 잔을 비우며 대답했다.

형사는 손을 이마로 가져갔다. 그리고 입을 열기 전에 망설였다. 어떻게 해야 하나? 파스파르투는 사실을 잘못 알고 있는 듯하다. 하지만 그것은 계획을 더 어렵게 만든다. 이 사내는 정말로 양심적으로 말하고 있고, 혹시나 했던 것처럼 주인과 공범이 아닌 것은 틀림없다.

「음, 그래. 그가 공범이 아닌 이상 나를 도울 거야.」

형사가 혼자 중얼거렸다.

형사는 두 번째 결심을 했다. 더구나 이제는 기다릴 시간도 없었다. 무슨 일이 있어도 홍콩에서 포그를 체포해야 했다.

「이봐요, 내 말을 잘 들어요. 나는 당신이 생각하는 것처럼 혁신클럽 회원들이 보낸 밀정이 아닙니다…….」

픽스가 간단명료하게 말했다.

「쳇!」

파스파르투는 빈정거리는 듯한 표정으로 픽스를 바라보았다.

「나는 임무를 부여받고 런던 시경에서 파견된 형사지요.」

「당신이…… 형사라고?」

「그래요, 증거를 보여주겠소. 여기 위임장이 있습니다.」

형사는 지갑에서 서류를 꺼내 런던 경찰국장의 서명이 있는 위임장을 보여주었다. 어안이 벙벙한 파스파르투는 한마디도 내뱉지 못한 채 픽스를 바라보았다.

「당신과 혁신클럽의 동료들이 속고 있는 포그 씨의 내기는 핑계에 불과해요. 당신들도 모르는 사이에 당신들을 공범으로 확보하는 것이 그에게 이롭기 때문이지요.」

「하지만 왜…….」

파스파르투가 외쳤다.

「들어보세요. 지난 9월 28일, 어떤 사람이 영국은행에서 5만 5천 파운드를 훔쳤는데, 우리는 그 범인의 인상서를 작성했습니다. 자, 이것이 그 인상서요. 포그 씨를 쏙 빼닮았지 않습니까?」

「그럴 리가!」

파스파르투는 커다란 주먹으로 탁자를 내려치며 소리쳤다.

「우리 주인님은 세상에서 가장 정직한 분이라고요!」

「당신이 어떻게 압니까?」

픽스가 말을 이었다.

「당신은 그를 몰라요! 그자가 런던을 떠나던 날 당신은 그 집에 들어갔고, 그 사람은 말도 안 되는 핑계를 대며 짐도 없이 엄청난 액수의 돈을 가지고 서둘러 떠나왔지! 그런데도 당신은 그 사람이 정직한 사람이라고 우기겠습니까?」

「그래요! 그래요!」

가엾은 사내는 기계적으로 되풀이했다.

「공범으로 체포되고 싶은 거요?」

파스파르투는 두 손으로 얼굴이 보이지 않을 정도로 머리를 쥐었다. 형사를 볼 엄두가 나지 않았다.

필리어스 포그가 도둑이라니! 아우다 부인을 구출한 사람이, 관대하고 용감한 그 사람이! 어쨌든 그는 혐의를 받고 있지 않은가! 파스파르투는 주인의 죄가 믿기지 않았다.

「그럼, 제게 원하는 게 뭡니까?」

파스파르투가 떨리는 마음을 가까스로 진정시키며 형사에게 물었다.

「실은, 난 여기까지 포그 씨를 미행했지만, 보내달라고 한 체포 영장을 런던에서 아직 받지 못했어요. 그러니 그 사람을 홍콩에 붙잡아 둘 수 있도록 나를 도와주어야 합니다.」

「제가요? 저는…….」

「영국은행이 약속한 상금 2천 파운드를 당신과 나누겠소.」

「절대로 안 됩니다!」

파스파르투가 대답했다. 그는 일어나려 했으나, 이성과 힘이 동시에 쭉 빠져 다시 주저앉고 말았다.

「픽스 씨.」

파스파르투가 더듬거리며 말을 이었다.

「당신이 제게 말한 모든 것이 사실이라 해도…… 우리 주인님이 당신이 찾고 있는 그 도둑이라 해도…… 그건 제 알 바가 아닙니다……. 저는 그분을 모시고 있고…… 그분이 선량하고

관대한 사람이라는 것을 압니다……. 그분을 배반하라니……
절대로…… 안 됩니다. 억만금을 준다 해도…….」

「거절하는 겁니까?」

「거절합니다.」

「그러면 내가 아무 말도 하지 않은 것으로 하고, 마십시다.」

「그래요, 마셔요!」

파스파르투는 점점 더 취기가 올라오는 것을 느꼈다. 픽스는
무슨 일이 있어도 이 사람을 주인에게서 떼어놓아야겠다고 생
각했다. 그를 곯아떨어지게 하고 싶었다. 탁자 위에는 아편이
든 파이프가 몇 개 있었다. 픽스가 파스파르투의 손에 파이프
한 대를 슬며시 쥐여주자, 파스파르투는 그것을 움켜잡고 입으
로 가져가 불을 붙였다. 몇 모금 들이마시자, 마취 기운이 퍼지
고, 머리가 무거워져 쓰러지고 말았다.

「결국 포그는 '카르나티크' 호의 출발 시간을 전달받지 못할
거야. 설혹 배를 탄다 해도, 이 고약한 프랑스 녀석은 데리고
가지 못할걸!」

픽스는 술값을 치르고 밖으로 나갔다.

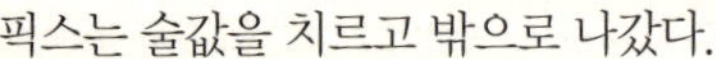

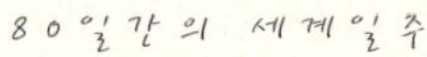

20 필리어스 포그와
직접 관계를 맺는 픽스

어쩌면 자신의 장래에 심각한 타격을 줄지도 모를 일이 벌어지고 있는 동안, 포그 씨는 아우다 부인과 함께 영국령 시가지를 거닐고 있었다. 아우다 부인이 유럽까지 함께 가자는 제안을 받아들인 이래, 그는 긴 여행에 필요한 여러 가지 세세한 일을 생각하지 않을 수 없었다. 자기 같은 영국인이야 손가방 하나만 들고도 세계일주를 할 수 있지만, 숙녀가 같은 조건으로 여행을 할 수는 없는 노릇이었다. 그렇기 때문에 여행에 필요한 옷가지며 필수품을 사는 것은 당연한 일이었다. 포그 씨는 자신의 성격대로 조용히 일을 처리해나갔고, 그의 극진한 배려에 어찌할 바 모르고 도움을 극구 사양하는 젊은 부인에게 그는 「제 여행을 위해서고, 계획에 있는 일입니다」라고 대답할 뿐이었다.

물건 구입을 마치고, 포그 씨와 젊은 부인은 호텔로 돌아와 호화로운 저녁 식사를 했다. 약간 피곤해진 아우다 부인은 침착한 은인의 손을 잡고, 영국식으로 인사를 한 뒤, 자기 방으로 올라갔다.

점잖은 신사인 포그 씨는 저녁 시간 내내 〈타임즈〉와 〈그림으로 보는 런던 뉴스〉를 탐독했다.

그가 무엇인가에 놀라는 사람이었다면, 잠자리에 들 시간이 되어도 하인이 나타나지 않은 것에 놀랐을 것이다. 그러나 요코하마행 배는 다음 날 아침 이전에는 홍콩을 떠나지 않을 것이었기에, 그는 달리 마음에 두지 않았다. 그런데 다음 날, 포그 씨가 벨을 울려도 파스파르투는 나타나지 않았다.

이 점잖은 신사가 하인이 호텔로 돌아오지 않았다는 것을 알고 무슨 생각을 했을까? 그건 누구도 짐작할 수 없는 일이다. 포그 씨는 그저 가방을 들고, 아우다 부인에게 알리고는 가마를 불렀다.

그때는 8시였고, '카르나티크' 호가 좁은 수로를 빠져나가기 위해 이용할 만조 시각은 9시 30분이었다.

가마가 호텔 현관에 도착하자, 포그 씨와 아우다 부인은 그 안락한 교통수단에 올라탔다. 짐을 실은 손수레가 그 뒤를 따랐다.

30분 뒤, 그들은 부두에 내리고 나서야 '카르나티크' 호가 간밤에 이미 떠났다는 사실을 알게 되었다.

배와 하인을 동시에 만날 것이라 믿었던 포그 씨는 둘 다 볼 수 없게 되었다. 하지만 그의 얼굴에는 어떤 실망의 빛도 나타나지 않았다. 아우다 부인이 근심스레 바라보자, 다만 다음과 같이 대답할 뿐이었다.

「작은 사고입니다, 부인. 그저 그뿐입니다.」

그때, 주의 깊게 포그 씨를 관찰하고 있던 한 인물이 그에게

다가왔다. 픽스 형사였다. 그는 인사를 한 다음 말을 건넸다.

「저처럼 어제 도착한 '랑군' 호를 타고 오지 않으셨습니까?」

「그렇습니다만, 처음 뵙는 분 같군요.」

포그 씨가 차갑게 대답했다.

「실례합니다만, 여기서 댁의 하인을 볼 수 있으리라 생각했습니다.」

「그 사람 어디 있는지 아세요?」

젊은 부인이 다급하게 물었다.

「무슨 말씀이신지! 당신들과 함께 있지 않습니까?」

픽스가 놀라는 척하며 다시 물었다.

「아뇨. 어제부터 안 보이던걸요. 혼자 '카르나티크' 호에 탄 건 아닐까요?」

아우다 부인이 말했다.

「당신들을 남기고요?」

픽스가 말을 이었다.

「실례지만, 당신들도 그 배를 탈 생각이셨습니까?」

「그럼요.」

「저도 그랬습니다, 부인. 보시다시피 실망이 큽니다. '카르나티크' 호는 수선을 끝내고, 아무에게도 알리지 않고 열두 시간 일찍 홍콩을 떠났습니다. 이제 다음 배를 타자면 일주일을 기다려야 할 겁니다!」

픽스는 일주일이라는 말을 할 때, 가슴이 기쁨으로 두근거리는 것을 느꼈다.

일주일! 포그는 일주일간 홍콩에 발목이 잡힌 것이다! 체포 영장을 받을 수 있는 시간은 충분했다. 결국, 행운은 법을 대표하는 사람의 편에 선 것이다.

그러니 필리어스 포그가 침착한 목소리로 「하지만 홍콩항에는 '카르나티크' 호 말고도 다른 배가 있을 겁니다」라고 말하는 것을 들었을 때, 픽스가 받은 충격이 얼마나 컸을지는 여러분의 판단에 맡긴다.

포그 씨는 아우다 부인과 팔짱을 끼고, 출항하려는 배를 찾아 부두 쪽으로 향했다.

픽스는 넋을 잃고 그들을 따라나섰다. 보이지 않는 실로 포그와 묶여 있는 것 같았다.

어쨌든 그때까지 그렇게 잘 따라줬던 행운이 포그 씨를 저버리는 것 같았다. 필요하다면 요코하마로 자신을 데려다 줄 배를 임대하기로 결심한 필리어스 포그는 세 시간 동안 항구를 샅샅이 뒤졌다. 하지만 짐을 싣거나 부리고 있는 배들만 있을 뿐 출항 준비가 되어 있는 배는 없었다. 픽스는 희망을 되찾기 시작했다.

그럼에도 포그 씨는 당황하지 않고 마카오까지 가서라도 계속 찾으려 했다. 그때 외항 쪽에서 한 선원이 다가와 말을 걸었다.

「나리, 배를 찾으십니까?」

선원이 모자를 벗으며 물었다.

「곧 출항할 수 있는 배가 있소?」

포그 씨가 다시 물었다.

「예, 나리. 수로안내선 43호인데, 성능이 제일 뛰어난 배입니다.」

「잘 달립니까?」

「시속 8에서 9마일 사이로 갑니다. 한번 보시겠습니까?」

「그럽시다.」

「만족하실 겁니다. 뱃놀이하시는 겁니까?」

「아니, 여행입니다.」

「여행이라니요?」

「요코하마까지 데려다 줄 수 있겠소?」

이 말에 선원은 두 팔을 늘어뜨리며 눈을 휘둥그렇게 떴다.

「농담이시지요?」

「아니오! '카르나티크' 호를 놓쳤소. 샌프란시스코로 가는 배를 타자면 늦어도 14일까지는 요코하마에 가 있어야 하오.」

「죄송합니다만, 그건 불가능합니다.」

선원이 대답했다.

「하루에 1백 파운드 내겠소. 그리고 시간에 맞춰 도착하면 2백 파운드를 더 주리다.」

「정말입니까?」

「물론이오.」

선원이 저만치 물러섰다. 그는 엄청난 돈을 벌고 싶은 욕망과 머나먼 모험에 대한 두려움 사이에서 결정을 내리지 못한 채 바다를 바라보았다.

포그 씨는 아우다 부인 쪽으로 몸을 돌렸다.

「부인, 무섭지 않으시겠습니까?」

「당신과 함께라면 무섭지 않아요, 포그 씨.」

젊은 부인이 대답했다.

선원이 모자를 손으로 돌리며 신사 쪽으로 다시 다가왔다.

「어떻게 하겠소?」

「그게 말이죠, 나리. 겨우 20톤짜리 배를 타고, 그것도 이런 철에 그렇게 먼 항해를 하느라 우리 선원들과 저, 그리고 나리의 생명을 위태롭게 할 수는 없습니다. 더 구나 홍콩에서 요코하마까지는 1,650마 일이나 되니 제시간에 도착하지 못할 겁 니다.」

「정확히 1,600마일이오.」

포그 씨가 단언했다.

「그게 그겁니다.」

픽스는 긴 안도의 숨을 내쉬었다.

선원이 말을 덧붙였다.

「하지만 다른 해결 방법이 있을지도 모릅니다.」

픽스가 숨을 멈추었다.

「어떤?」

필리어스 포그가 물었다.

「홍콩에서부터 일본 남쪽 끝에 있는 나가사키까지 1,100마일 이고, 상하이까지는 800마일입니다. 상하이로 간다면 중국 해 안에서 멀지 않고, 해류가 북쪽으로 흐르는 만큼 매우 유리하 죠.」

「내가 미국행 배를 타야 하는 곳은 요코하마지 상하이나 나 가사키가 아니오.」

필리어스 포그가 말했다.

「어째서요? 샌프란시스코로 가는 배는 요코하마에서 떠나는 게 아닙니다. 요코하마와 나가사키에 기항하지만, 출범항은 상하이입니다.」

선원이 대답했다.

「당신 말이 틀림없소?」

「틀림없습니다.」

「상하이에서는 배가 언제 떠납니까?」

「11일 저녁 7시입니다. 그러니까 나흘 남았네요. 나흘이면 96시간, 시간당 평균 8마일로 가면 됩니다. 배가 잘 달려주고, 바람이 남동풍으로 불고, 바다가 잔잔하면, 상하이까지 8백 마일은 충분히 갈 수 있습니다.」

「그러면 언제 출항할 수 있겠소?」

「한 시간 뒤요. 식량 살 시간과 출항을 준비하는 시간이죠.」

「그럼 일은 합의된 걸로 하고…… 당신이 선장이오?」

「그렇습니다. '탕카데르' 호 선장 존 번스비입니다.」

「계약금을 드릴까요?」

「괜찮으시다면요, 나리.」

「여기, 선금 2백 파운드요.」

필리어스 포그는 픽스 쪽을 돌아보며 덧붙였다.

「함께 타고 싶으시다면…….」

「그렇게 해주십사고 청하려던 참이었습니다.」

픽스가 결연히 대답했다.

「좋소. 30분 뒤에 배에서 봅시다.」

「하지만 가엾은 그 사람은…….」

파스파르투가 없어진 것이 몹시 마음에 걸렸던 아우다 부인이 말을 꺼냈다.

「그를 위해 제가 할 수 있는 일은 모두 할 겁니다.」

필리어스 포그가 대답했다.

신경질이 나고 화가 나 극도로 흥분한 픽스가 배로 가는 동안, 두 사람은 홍콩 경찰서로 향했다. 거기서 필리어스 포그는 파스파르투의 인상착의를 설명하고, 그를 영국으로 돌려보내는 데 필요한 돈을 남겼다. 프랑스 영사관에 가서도 같은 수속을 밟았다. 그리고 짐을 찾으러 호텔에 잠시 들른 뒤, 가마를 타고 다시 외항으로 향했다.

3시가 되었다. 선원을 태우고 식량을 실은 43번 수로안내선은 출항 준비를 마쳤다.

'탕카데르' 호는 20톤의 작고 매력적인 스쿠너로, 앞부분은 아주 뾰족하고 몸체는 탁 트여, 물을 가르는 선처럼 길쭉했다. 마치 경주용 요트 같았다. 반짝이는 구리와 도금된 쇠붙이들, 상아처럼 하얀 갑판은 선장 존 번스비가 배를 좋은 상태로 유지하기 위해 노력한다는 사실을 나타내 주었다. 두 개의 돛대는 약간 뒤로 기울어져 있었다. 고물에 다는 활대가 비스듬한 돛, 앞 돛, 앞머리에 다는 삼각돛, 이물에 다는 삼각돛, 제1 돛대에 다는 돛을 갖추고 있었고, 순풍일 때는 가로돛을 달 수도 있었다. 기막히게 잘 달릴 것 같았다. 실제로 이 배는 수로안내선 경주에서 이미 여러 차례 상을 탄 적이 있다고 했다.

'탕카데르' 호의 승무원은 선장 존 번스비와 선원 네 명이었다. 이들은 어떤 날씨에도 배를 찾아 모험을 감행하는, 바다를 아주 잘 알고 있는 용감한 선원들이었다. 마흔다섯 살 정도 되어 보이는 존 번스비는 거무스름한 피부와 예리한 눈매, 기운 넘치는 얼굴과 침착한 성품을 가진 인물로, 자신의 일에 능숙한 남자였다. 그의 인상은 배를 두려워하는 겁쟁이들에게까지 신임을 불러일으킬 만했다.

필리어스 포그와 아우다 부인이 배에 올랐다. 픽스는 벌써 타고 있었다. 그들은 스쿠너 뒤쪽 갑판의 문을 통해 상자 모양의 벽으로 둘러싸인 네모진 방으로 내려갔다. 둥글고 긴 의자 위로 해먹이 달려 있고, 좌우로 흔들거리는 등이 방 가운데에 있는 탁자를 비추고 있었다. 작지만 깨끗한 방이었다.

「더 좋은 곳으로 모시지 못해 죄송합니다.」

포그 씨가 픽스에게 말했다. 픽스는 대답 없이 고개를 숙이고 있었다.

형사는 포그 씨의 호의를 입게 된 데 대하여 어떤 굴욕감 같은 것을 느꼈다. 그는 '아주 예의 바른 악당이군. 그래도 악당은 악당이지!' 하고 생각했다.

3시 10분, 돛이 올라갔다. 영국 국기가 스쿠너의 세로돛 활대 위에서 나부꼈다. 승객들은 갑판 위에 앉아 있었다. 포그 씨와 아우다 부인은 파스파르투가 나타나지 않을까 하며 마지막으로 부두 쪽에 시선을 돌렸다.

픽스도 마음이 편한 것은 아니었다. 왜냐하면 자기가 그처럼 비열하게 다룬 그 불행한 사내가 우연히 이곳으로 올 수도 있고, 그렇게 되면 말다툼이 벌어질 것이고, 형사는 그 말다툼에서 승산하지 못할 것이기 때문이다. 그러나 프랑스인은 나타나지 않았다. 분명 아직 마취 기운에서 깨어나지 못하고 있는 것이다.

드디어 존 번스비 선장은 넓은 바다로 나아갔다. '탕카데르' 호는 앞 돛과 이물에 단 삼각돛에 바람을 받으며 물살 위를 뛰어넘듯이 달렸다.

21 하마터면 2백 파운드의 상금을 잃을 뻔한 '탕카데르' 호 선장

20톤의 작은 배로, 더구나 이런 철에 8백 마일의 항해를 한다는 것은 위험천만한 모험이었다. 특히 춘분과 추분 무렵의 중국의 바다는 바람이 강해 일반적으로 항해에 좋지 않았다. 아직 11월 초순이었다.

뱃삯은 하루 단위로 지불되었으므로, 선장으로서는 승객들을 요코하마까지 데려다 주는 것이 물론 이익이었을 것이다. 하지만 이런 조건에서 항해를 하는 것은 엄청나게 경솔한 행동이었다. 사실 상하이까지 거슬러 올라가는 것만도 대담하기 짝이 없는 도전이었다. 그러나 존 번스비 선장은 갈매기처럼 파도를 넘나드는 자신의 '탕카데르' 호를 믿었고, 그가 그렇게 생각하는 데에는 그만한 이유가 있었을 것이다.

날이 저물어가는 동안 '탕카데르' 호는 홍콩의 좁고 복잡한 항로를 항해했다. 배는 순풍을 타고 멋진 자태로 놀랍게 전진했다.

「다시 말할 필요도 없겠지만, 가능한 한 부지런히 달려주시오.」

배가 넓은 바다로 나아가자 필리어스 포그가 말했다.

「저만 믿으십시오.」

존 번스비가 대답하며 말을 이었다.

「돛은 바람이 허용하는 만큼 올리고 있습니다. 제1 돛대의 돛은 올려봐야 아무 소용이 없지요. 배의 속도를 떨어뜨려 방해만 될 뿐입니다.」

「그건 선장의 일이니 당신만 믿겠소.」

필리어스 포그는 몸을 반듯이 세우고, 양다리를 벌린 채, 선원처럼 꼿꼿이 서서 사나운 바다를 침착하게 응시했다. 젊은 부인은 뒤편에 앉아 이미 노을이 져 어두워진 바다를 바라보며, 자신이 위험을 무릅쓰고 이렇게 허술한 배에 탄 사실에 감동했다. 그녀의 머리 위로는 하얀 돛들이 마치 커다란 날개처럼 공중에서 펼쳐져 펄럭이고 있었다. 배는 바람에 밀려 공중에 떠 있는 것 같았다.

밤이 되었다. 초승달이 떠오르고, 어스레한 빛은 수평선의 안개 사이로 사라지려 하고 있었다. 동쪽에서 몰려온 구름이 벌써 한쪽 하늘을 덮고 있었다.

선장은 항해등을 여기저기 설치했다. 육지가 가깝고 배가 많이 드나드는 이런 바다에서 반드시 취해야 할 조치였다. 배끼리 충돌하는 일이 종종 있고, 이 배의 속력을 감안할 때 아주 작은 충격에도 배는 부서질 수 있었다.

픽스는 뱃머리에서 생각에 잠겨 있었다. 그는 포그 씨가 원래 말수가 적다는 것을 알고 있던 터라 가까이 다가가지 않았다. 더구나 포그 씨의 신세를 진 것 때문에 더욱 말을 섞기가 싫었다. 그리고 앞으로의 일에 대해서도 생각해야 했다. 포그 씨는 요코하마에 머물지 않고, 곧장 샌프란시스코행 배를 탈 것이 뻔하다. 땅이 넓은 미국에서는 처벌받지 않고 안전하게 살 수 있을 것이다. 필리어스 포그의 계획은 더없이 간단해 보였다.

흔한 악당처럼 영국에서 미국행 배를 타는 대신, 포그는 좀 더 안전하게 미 대륙으로 가기 위해 지구의 4분의 3을 가로지르며 한 바퀴 돌고 있는 것이다. 그렇게 경찰을 따돌린 후, 훔친 5만 5천 파운드로 미국에서 편안하게 잘 살 것이다. 그런데 미국에 일단 도착하면 픽스는 어떻게 행동할까? 이 사람을 포기할까? 아니다. 백 번을 묻는다 해도 절대로 아니다! 범인 인도 증서를 손에 넣을 때까지 픽스는 그를 한 발짝도 떠나지 않을 것이다. 그것은 그의 의무기에 끝까지 이를 해낼 것이다. 어쨌든 다행한 사실이 하나 있었다. 파스파르투가 이제 주인의 곁에 없다는 것. 특히 픽스가 모든 것을 털어놓은 뒤라 주인과 하인은 영원히 만나지 말아야 했다.

필리어스 포그도 그처럼 이상하게 사라져버린 자기 하인을 생각하고 있었다. 곰곰이 생각을 해보니, 그 가엾은 젊은이가 어떤 오해로 인해 마지막 순간 '카르나티크' 호에 탔을 수도 있을 것 같았다. 큰 신세를 진 그 정직한 하인의 행방을 몰라 몹시 안타까워하는 아우다 부인도 같은 의견이었다. 그러니 어쩌면 요코하마에서 그를 다시 볼 수 있을 것이다. 만일 '카르나티크' 호를 탔다면, 그의 행방을 알아내는 것은 간단한 일이다.

10시경, 바람이 거세졌다. 돛을 내리는 것이 신중한 처사일 듯 보였다. 하지만 선장은 하늘의 상태를 자세히 관찰한 다음,

돛을 그대로 놔두었다. 하기야 '탕카데르' 호는 물에 깊이 잠겨 돛을 잘 지탱했고, 문제가 생겼을 때 재빨리 돛을 내릴 수 있도록 모든 준비가 되어 있었다.

자정 즈음, 필리어스 포그와 아우다 부인은 선실로 내려갔다. 픽스는 이들보다 먼저 내려와 침대에 누워 있었다. 선장과 선원들은 밤새 갑판에 머물러 있었다.

이튿날인 11월 8일 해가 뜰 무렵까지 배는 1백 마일 이상 달렸다. 수시로 던져본 속도 측정기에 따르면 평균 속력이 8에서 9마일 사이였다. '탕카데르' 호는 활짝 올린 돛으로 바람에 밀려, 최대 속력을 내고 있었다. 바람이 계속 이 정도로만 불어준다면 행운은 '탕카데르' 호의 것이었다.

이날 하루 종일 '탕카데르' 호는 해류가 유리한 해안 가까이에서 떨어지지 않았다. 해안은 배의 왼쪽 끝 부분에서 기껏해야 5마일 거리였고, 들쭉날쭉한 해안이 군데군데 구름이 갠 사이로 가끔씩 모습을 드러냈다. 육지 쪽에서 불어오는 바람 때문에 파도는 그리 높지 않았다. 스쿠너에는 다행한 상황이었다. 뱃사람의 말로 배를 '죽이는' 높은 파도는 톤수가 적은 배의 속도를 치명적으로 떨어뜨리기 때문이다.

정오 무렵, 바람이 조금씩 약해지더니 남동풍으로 변했다. 선장은 제1 돛대의 돛을 올렸지만, 바람이 다시 거세져 두 시간 만에 내려야 했다.

다행스럽게도 뱃멀미를 잘 견디고 있는 포그 씨와 젊은 부인은 통조림과 비스킷을 왕성한 식욕으로 먹었다. 픽스도 식사에 초대를 받았다. 배에 바닥짐을 싣는 것처럼 위장을 채우는 것이 필요하다는 것을 잘 알고 있는 그는 응하지 않을 수 없었다. 하지만 화가 치밀었다! 이 사람의 돈으로 여행을 하고, 이 사람의 음식으로 배를 채운다는 것이 비위에 거슬렸다. 그렇지만 먹었다. 앉지도 못한 채 급히 먹은 것이 사실이지만, 어쨌든 먹었다.

식사를 끝내자 그는 포그 씨를 따로 만나야겠다는 생각이 들었다.

「선생님…….」

'선생님' 이라는 말이 목에 걸렸다. 그는 '선생님' 의 목덜미를 잡고 싶은 것을 간신히 참았다!

「선생님께서는 저를 배에 태워주시는 커다란 친절을 베푸셨습니다. 전 선생님

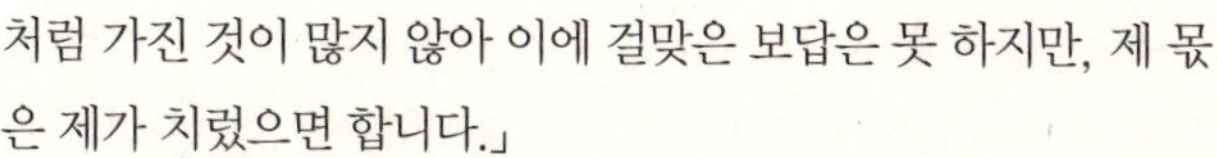

처럼 가진 것이 많지 않아 이에 걸맞은 보답은 못 하지만, 제 몫은 제가 치렀으면 합니다.」

「그런 말이라면 됐습니다.」

포그 씨가 대답했다.

「아닙니다. 그렇게 해야…….」

「아닙니다. 어차피 들어가는 경비는 마찬가지인걸요!」

포그 씨가 반박은 허용치 않는다는 어조로 반복해 말했다.

픽스는 머리를 숙였다. 숨이 막히는 듯했다. 그는 뱃머리로 나가 드러누웠다. 그리고 그날, 한마디도 하지 않았다.

그동안 배는 빠르게 달렸다. 존 번스비는 낙관했다. 상하이에 예정된 시간에 도착하게 될 거라고 포그 씨에게 몇 번이나 말했

다. 포그 씨는 기대하고 있다고 간단히 대답했다. 작은 스쿠너의 선원들도 열심히 일했다. 상금이 이 용감한 사람들을 더욱 분발시켰다. 밧줄 하나도 성의 없이 당기는 법이 없었다! 돛 하나도 힘없이 올리는 법이 없었다! 배의 키를 잡은 사람은 단 한 번도 항로를 이탈하지 않았다! 로열 요트 클럽 레이스에서도 이보다 더 엄격하게 배를 조종하는 사람은 없었을 것이다.

그날 저녁, 선장이 속도계로 측정해보니, 홍콩에서부터 항해해온 거리가 220마일이었다. 필리어스 포그는 요코하마에 도착하여 여행 일지에 지연된 시간을 적어넣지 않아도 되리라 기대했다. 이대로만 간다면, 런던을 떠난 이래 처음으로 겪은 큰 사고가 아무런 해도 끼치지 않게 되는 것이다.

밤 1시경, '탕카데르' 호는 중국 해안과 타이완 섬 사이에 있는 타이완 해협에 들어섰다. 그리고 북회귀선을 가로질러 나아갔다. 역류로 인해 소용돌이가 많은, 매우 거친 해협이었다. 배는 힘에 부쳐 짧게 치는 파도에도 앞으로 나아가지 못했다. 갑판 위에 서 있는 것이 무척 어려워졌다.

날이 밝아도 바람은 여전했다. 하늘은 돌풍이 몰아칠 조짐을 보였다. 더욱이 기압계는 대기의 변화를 예고했다. 낮 동안 기압계의 움직임은 불규칙했고, 수은주는 변덕스럽게 오르내렸다. 또한 남동쪽으로는 태풍을 예감케 하는 거대한 파도가 넘실거렸다. 전날, 반짝이는 바다 저편의 빨간 안개 속으로 해가 졌었다.

선장은 험상궂은 하늘을 오랫동안 살펴보더니 알아들을 수 없는 말을 입술 사이로 중얼거렸다. 그리고 곧 필리어스 포그 곁으로 다가갔다.

「나리, 다 말씀드려도 되겠습니까?」

그가 나지막이 말했다.

「말해보시오.」

「돌풍이 한바탕 휘몰아칠 것 같습니다.」

「북쪽이오, 남쪽이오?」

포그 씨는 그렇게만 물었다.

「남쪽입니다. 보세요, 태풍이 들이닥칠 겁니다!」

「그럼 남쪽에서 부는 태풍 쪽으로 갑시다. 바람이 우리를 목적지로 밀어줄 테니.」

포그 씨가 말했다.

「그렇게 생각하신다면 더 드릴 말씀이 없습니다!」

존 번스비의 예측은 틀리지 않았다. 한 유명한 기상학자의 말에 따르면, 연초의 태풍은 불꽃이 번쩍이는 폭포처럼 흘러가 버리지만, 추분 무렵에는 격렬하게 휘몰아쳐 그 파장이 더 크다고 한다.

선장은 할 수 있는 대비를 모두 갖추었다. 배의 돛을 전부 묶고, 활대를 갑판에 가져다놓았다. 제1 돛대를 접고 하활도 들여놓았다. 모든 통로를 온갖 주의를 기울여 차단시켰다. 물 한 방울도 배 안으로 들어올 수 없었다. 뒤에서 부는 바람을 통해 배를 지탱시키기 위해 질긴 아마포로 만든 뱃머리의 삼각돛 하나만 세웠다. 그리고 기다렸다.

존 번스비는 승객들에게 선실로 내려갈 것을 권유했다. 그렇지만 공기가 거의 통하지 않는 좁은 공간에서 파도에 흔들리며 갇혀 있는 것이 유쾌할 리 없었다. 포그 씨나 아우다 부인, 그리고 픽스까지도 갑판을 떠나려 하지 않았다.

8시경, 세찬 비바람이 배에 들이쳤다. 작은 천 조각 하나에 의지한 '탕카데르' 호는 폭풍우가 몰아칠 때마다 깃털처럼 흔들렸다. 바람의 속도를 전속력으로 달리는 기관차 속력의 네 배에 비교한다 해도, 이는 실제보다 낮은 수치일 것이다.

배는 이렇게 끔찍한 파도에 실려, 다행히 파도와 같은 속도를 유지하면서 하루 종일 북쪽으로 달렸다. 배는 뒤에서 치솟는 산더미 같은 파도에 몇 번이나 먹힐 뻔했다. 하지만 그때마다 선장의 능숙한 키질로 재난을 피할 수 있었다. 승객들은 때때로 물보라를 흠뻑 뒤집어썼지만, 이를 초연하게 받아들였다. 픽스는 분명 속으로 투덜거렸을 테지만, 대담한 아우다 부인은 동행자의 침착함을 감탄하는 눈으로 지켜보며, 그와 마찬가지로 당당한 모습으로 폭풍우에 용감히 맞섰다. 필리어스 포그, 그로 말할 것 같으면 이 태풍이 자신의 여행 일지에 들어 있기나 한 것처럼 태연했다.

그때까지 '탕카데르' 호는 계속 북쪽으로 달리고 있었다. 그러나 그날 저녁 무렵, 걱정했던 대로 바람이 방향을 270도 바꾸어 북서풍으로 변했다. 그러자 뱃전에 파도가 몰아쳐 배가 몹시 흔들렸다. 배의 각 부분이 서로 얼마나 단단하게 묶여 있는지 모른다면 겁에 질렸을 만큼, 파도는 배를 난폭하게 내리쳤다.

밤이 되자 태풍은 더욱 사나워졌다. 어둠이 깔리면서 그 어둠 속에서 폭풍우가 더 거세지는 것을 보고, 존 번스비는 극도로 불안해했다. 포기해야 할 때가 아닌가 자문해보기도 하고, 다른 선원들의 의견을 들어보기도 했다.

선원들의 조언을 얻은 존 번스비는 포그 씨에게 다가와 말했다.

「나리, 해안의 한 항구에 배를 대는 것이 좋을 듯합니다.」

「나도 같은 생각이오.」

포그 씨가 대답했다.

「아! 그러면 어느 항구로 갈까요?」

선장이 물었다.

「내가 아는 항구는 하나뿐이오.」

포그 씨는 태연하게 대답했다.

「어디…….」

「상하이요.」

처음 얼마 동안 선장은 이 대답이 무엇을 의미하는지, 이 답변에 얼마나 강인한 의지가 내포되어 있는지 이해하지 못했다. 그러나 잠시 후, 그는 소리 높여 말했다.

「아, 그럼요. 나리 말씀이 옳습니다. 상하이로 가겠습니다.」

'탕카데르' 호는 변함없이 북쪽으로 향했다.

정말 끔찍한 밤이었다! 작은 스쿠너가 뒤집히지 않은 것은 기적이었다. 배는 두 번이나 위험에 빠졌는데, 만일 밧줄이 없었다면 갑판 위의 모든 것이 휩쓸려 나갔을 것이다. 아우다 부인은 기진맥진했지만 불평 한마디 하지 않았다. 포그 씨는 몇 번이나 아우다 부인 쪽으로 달려가 거센 파도로부터 그녀를 보호했다.

다시 날이 밝았다. 폭풍은 여전히 미친 듯이 기승을 부렸다. 그러다 바람의 방향이 남동풍으로 바뀌었다. 이는 다행한 변화였지만, '탕카데르' 호는 새로운 방향에서 불어오는 바람이 불러일으킨 파도에 맞아 또다시 출렁거렸다. 만약 허술하게 만들어진 배였다면, 그 충격에 부서지고 말았을 것이다.

안개가 걷힌 사이로 가끔씩 해안이 보였지만, 배는 한 척도 눈에 띄지 않았다. 바다 위에 떠 있는 배는 오직 '탕카데르' 호뿐이었다.

정오 무렵, 폭풍이 가라앉을 기미가 보이기 시작했다. 해가 수평선 가까이 기울면서 그것은 더욱 선명해 보였다.

폭풍이 몰아친 시간은 짧았지만 그만큼 격렬했다. 녹초가 된 승객들은 간신히 음식을 먹고 휴식을 취할 수 있었다. 

밤은 비교적 평온했다. 선장은 돛을 낮게 올렸다. 배의 속력은 매우 빨랐다. 이튿날인 11일 동이 틀 무렵, 해안이 보였다. 존 번스비는 상하이까지 1백 마일도 채 남지 않았음을 알 수 있었다.

1백 마일, 항해 시간은 오늘 한나절만이 남았을 뿐이다! 요코하마로 가는 여객선을 놓치지 않으려면 포그 씨는 그날 밤에 상하이에 도착해야 했다. 폭풍으로 시간을 낭비하지 않았다면 지금쯤 상하이로부터 30마일도 떨어져 있지 않은 지점에 있었을 것이다.

바람은 점점 약해졌지만, 다행히 바다도 그와 함께 잠잠해졌다. 배는 돛으로 뒤덮였다. 제1 돛대의 돛, 버팀줄에 다는 삼각돛, 이물에 다는 삼각돛 등 모든 돛이 동원되었고, 뱃머리 아래서는 물거품이 일었다.

정오 무렵, '탕카데르' 호는 상하이로부터 45마일도 안 되는 지점에 이르렀다. 요코하마행 배가 출발하기 전까지 상하이항에 닿자면 이제 여섯 시간밖에 남아 있지 않았다.

배 위 사람들은 불안해했다. 무슨 일이 있어도 도착해야만 했다. 모두들―물론 필리어스 포그는 예외였지만―초조해서 가슴이 두근거렸다. 자그마한 이 스쿠너가 평균 시속 9마일은 유지해야 하는데, 바람이 자꾸 약해져 갔다! 해안 쪽에서 불규칙적으로 불어오는 바람으로 바다가 변덕스럽게 출렁이곤 했다. 바람이 지나면 바다는 곧 평온을 되찾았다.

그렇지만 질 좋은 천으로 만든 높은 돛을 올린 배는 아주 가벼워 변덕스러운 바람을 능숙하게 받아들였다. 6시, 기류의 도움으로 존 번스비의 배는 상하이 강까지 10마일도 채 남겨놓지 않고 있었다. 상하이는 강 하구로부터 12마일 위쪽에 자리잡고 있었다.

7시, 아직 상하이까지는 3마일쯤 남아 있었다. 선장의 입에서 지독한 욕설이 튀어나왔다. 2백 파운드의 상금이 날아가려는 순간이었다. 그는 포그 씨를 쳐다보았다. 포그 씨는 무표정했지만, 그의 전 재산은 바로 이 순간에 달려 있었다……

바로 그때, 긴 방추형의 검은 물체가 뭉게뭉게 연기를 내뿜으며 수면에 나타났다. 예정된 시각에 떠나는 미국 여객선이었다.

「제기랄!」

존 번스비는 절망적으로 키를 밀치면서 소리를 질렀다.

「신호탄!」

포그 씨가 간단하게 말했다.

자그마한 청동 대포가 '탕카데르' 호 앞쪽에 뻗어 있었다. 대포는 안개 낀 날 신호탄을 보내는 데 쓰이는 것이었다.

대포에 화약을 가득 채우고 선장이 막 불을 붙이려 할 때였다.

「반기로 내리시오.」

포그 씨가 말했다.

기가 돛대 중간으로 내려졌다. 그것은 조난 표시였다. 이를 알아본 미국 여객선이 잠시라도 항로를 변경하여 배에 접근해 주기를 바랐던 것이다.

「발사!」

포그 씨가 소리쳤다.

작은 청동 대포 소리가 공중에 울렸다.

지구 반대쪽에서도 주머니에는 몇 푼의 돈이 있어야 한다는 것을 절실히 깨닫는 파스파르투

11월 7일 저녁 6시 30분에 홍콩을 떠난 '카르나티크' 호는 전속력으로 일본 땅을 향해 달렸다. 배는 화물과 승객으로 가득 차 있었다. 뒤쪽 선실 두 칸만이 비어 있었다. 필리어스 포그의 이름으로 예약된 자리였다.

이튿날 아침, 사람들은 한 승객이 눈을 반쯤 감고, 헝클어진 머리로 힘없이 이등 선실을 나와 비틀거리며 갑판 위에 앉는 것을 보고 다소 놀랐다. 이 승객은 바로 파스파르투였다. 어떤 일이 있었는지 알아보자.

픽스가 아편굴을 떠나고 난 뒤, 종업원 둘이 깊은 잠에 빠진 파스파르투를 들어 아편 흡입자용 침대에 눕혔다. 하지만 세 시간 뒤, 파스파르투는 악몽 속에서도 강박관념에 쫓겨 깨어났고, 마취 기운과 싸웠다. 의무를 다하지 못했다는 생각이 마비된 감각을 뒤흔들었다. 그는 아편쟁이들의 침대에서 일어나 비틀거리다 벽에 기대기도 하고, 넘어졌다 다시 일어나면서도 계속 일종의 본능에 떠밀려, 꿈을 꾸듯 「'카르나티크' 호! '카르나티크' 호!」 하고 외치며 아편굴에서 빠져나왔다.

바로 그때, 여객선이 연기를 내뿜으며 막 떠나려 하고 있었다. 파스파르투는 몇 걸음만 걸으면 되었다. 그는 닫히는 다리 위로 몸을 날렸고, 배의 전면을 지나 갑판 위에 정신을 잃고 쓰러졌다. 그 순간, '카르나티크' 호는 닻줄을 풀었다.

　이런 장면에 익숙한 선원 몇 사람이 이 가엾은 젊은이를 이등 선실로 옮겨놓았고, 파스파르투는 배가 중국 땅에서 150마일 떨어진 곳에 다다른 이튿날 아침에서야 잠에서 깨어났다. 이런 연유로 그날 아침 파스파르투가 '카르나티크' 호의 갑판 위에서 시원한 바닷바람을 한껏 들이마시게 된 것이다. 파스파르투는 맑은 공기를 마시자 정신이 들었다. 생각을 모아보려 했지만 쉽사리 정리가 되지 않았다. 하지만 그는 결국 전날의 일, 픽스의 고백, 아편굴에서의 일 등을 기억해냈다.

　「틀림없어. 난 지독하게 취했던 거야! 주인님이 뭐라고 하실까? 어쨌든 배를 놓치지는 않았어. 중요한 건 그거야.」

　그리고 이번에는 픽스를 생각하면서 계속 중얼거렸다.

　「그 녀석은 우리 눈앞에서 사라져버렸으면 좋겠어. 하긴 내게 그런 제안을 해놓고 감히 우리를 쫓아 이 배에 타지는 않았겠지. 그 형사, 우리 주인님이 영국은행에서 도둑질을 했다고 뒤쫓다니! 그래, 따라와 봐! 포그 씨가 도둑이면 난 살인자라고!」

　그런데 이 일을 주인님에게 말해야 할까? 이번 사건에서 픽스의 역할이 무엇인지 알리는 것이 좋을까? 영국에 도착할 때까지 기다렸다가 런던 경찰국의 한 형사가 주인의 세계일주를 미행했다고 말하면서 함께 웃고 마는 것이 낫지 않을까? 그래, 그 편이 낫지. 아무튼 생각해봐야 할 문제다. 가장 급한 것은 포그 씨를 만나 이 말도 안 되는 행동에 대해 사죄를 구하는 일이다. 그래서 파스파르투는 일어섰다.

파도가 거친 바다였다. 배가 몹시 흔들렸다. 아직도 다리에 힘이 없는 이 꿋꿋한 젊은이는 배 뒤편에 간신히 다다랐다. 갑판에서는 주인이나 아우다 부인을 닮은 사람을 찾을 수 없었다.

「아, 그래. 아우다 부인은 이 시간이면 아직 잠자리에 계실 거야. 포그 씨는 휘스트 게임 상대를 찾아냈겠지. 늘 하시던 대로…….」

이렇게 말하면서 파스파르투는 살롱으로 내려갔다. 그러나 거기에도 포그 씨는 없었다. 파스파르투가 할 일은 단 한 가지였다. 사무장을 찾아가 포그 씨의 선실을 물어보는 것이다. 하지만 사무장은 그런 이름을 가진 승객은 전혀 모르겠다고 대답했다.

「미안합니다만, 키가 크고 차가운 인상에 말수가 적은 신사분으로 젊은 부인과 같이 계신데…….」

파스파르투는 단념하지 않고 말했다.

「이 배에 젊은 부인은 없습니다. 여기 승객 명단이 있으니 직접 찾아보세요.」

사무장이 대답했다.

파스파르투가 명단을 살펴보았지만, 주인의 이름은 보이지 않았다. 눈앞이 캄캄해지는 것 같았다. 그때 한 가지 생각이 머리를 스쳤다.

「이런! 제가 타고 있는 게 '카르나티크' 호 맞습니까?」

파스파르투가 소리쳤다.

「그렇습니다.」

사무장이 대답했다.

「요코하마로 가는?」

「물론입니다.」

한순간 파스파르투는 배를 잘못 탄 것이 아닌지 불안했었다! 하지만 그는 '카르나티크' 호에 있었고, 주인이 이곳에 있지 않은 것이 분명했다.

파스파르투는 안락의자에 털썩 주저앉았다. 날벼락이었다. 그때 또 다른 생각이 번뜩 떠올랐다. '카르나티크' 호의 출발 시간이 앞당겨졌고, 그 사실을 주인에게 알려야 했는데 그렇게 하지 못한 것이다. 그러니 만일 포그 씨와 아우다 부인이 배를 놓쳤다면 그것은 곧 자기 탓이었다!

내 잘못, 그래. 하지만 나를 주인님에게서 떼어놓고, 또 주인님을 홍콩에 붙잡아 두려고 날 취하게 한 그 배신자의 잘못이 더 크다! 그는 이제서야 형사의 책략을 알아차렸다. 아마 지금쯤 포그 씨는 내기에 져 확실히 파산을 하고, 체포되어 감옥에 있을지도 몰라……. 파스파르투는 머리를 쥐어뜯었다. 아! 픽스, 걸리기만 해봐라. 가만두지 않을 테니!

낙담했던 시간이 지나가고, 파스파르투는 이윽고 냉정을 되찾아 상황을 정리해보기 시작했다. 상황은 더할 수 없이 나빴다. 이 프랑스 사람은 일본으로 가는 길에 있었다. 그러니 일본에 도착하는 것은 확실한데, 돌아올 방법이 막막했다. 그는 빈

털터리였다. 동전 한 닢 없었다. 그렇지만 뱃삯과 식비는 이미 지불된 상태였다. 그러므로 배에 있는 닷새 내지 엿새 동안 앞으로의 대책을 마련해야 했다. 항해하는 동안 파스파르투가 먹고 마신 양은 말로 다 설명할 수  없다. 자신의 식사에다 주인과 아우다 부인의 몫까지 먹었다. 도착하게 될 일본이 마치 먹을 것 하나 없는 헐벗은 나라기라도 한 듯이 마구 먹어댔다.

13일 아침 만조 때 '카르나티크' 호는 요코하마 항구에 들어섰다. 이곳은 태평양의 주요 기항지로 북아메리카, 중국, 일본, 그리고 말레이 제도의 우편물과 여행객을 실어 나르는 모든 증기선이 기항하는 곳이었다. 요코하마는 대도시 에도와 인접한 에도 만 내에 위치해 있었다. 에도는 세속 군주인 쇼군이 살던 시절 일본 제2의 수도로, 신들의 자손이라 하는 천황이 사는 대도시 교토와 경쟁하는 도시기도 했다.

'카르나티크' 호는 방파제와 세관 상점들이 가까이 있고, 여러 나라에서 도착한 수많은 배가 들어서 있는 요코하마 부두에 정박했다. 파스파르투는 태양의 자손들이 사는 이 신기하기만 한 땅에 무덤덤한 기분으로 내려섰다. 우연을 안내자로 삼아 발길 닿는 대로 시가지를 돌아다니는 것 외에는 별 도리가 없었다.

파스파르투가 맨 먼저 닿은 곳은 베란다로 꾸며지고, 멋들어진 기둥으로 떠받쳐진 낮은 문의 집들로 가득 찬 완벽한 유럽풍의 구역이었다. 통상조약 곳에서부터 강가에 이르는 길은 광장, 부두, 창고 등으로 채워져 있었다. 홍콩이나 캘커타에서처럼 이곳에서도 여러 종족이 뒤섞여 북적대고 있었다. 미국인, 영국인, 중국인, 네덜란드인 등 여러 나라 상인들이 물건을 팔거나 사고 있었다. 프랑스인은 호텐토트족이 사는 나라에 와 있는 것만큼이나 이곳이 낯설게 느껴졌다. 파스파르투에게는 한 가지 해결책이 있었다. 요코하마에 위치한 프랑스나 영국 영사관에 가서 도움을 청하는 것이다. 그러나 주인 이야기와 아주 깊숙이 얽혀 있는 자신의 이야기를 하는 것이 내키지 않았다. 그는 먼저 다른 모든 가능성을 시도해보고 싶었다. 유럽풍 시가지를 돌아다녀 봤지만, 그 우연이 가져다준 것은 아무 것도 없었다. 그래서 그는 필요하다면 에도까지라도 가기로 마음먹고 일본인 구역에 들어섰다.

요코하마의 이 토착민 구역은 그 일대 섬에서 섬기는 바다의 여신의 이름을 붙여 '벤텐'이라 불렸다. 이곳에는 소나무와 서양 삼나무가 있는 멋진 가로수 길, 이상한 건축 양식의 신성한 문, 대나무와 갈대에 가려져 있는 다리들이 있었고, 몇백 년 된 서양 삼나무가 드리우는 울창한 그늘 아래로 절이 보였다. 그 사원 안에는 불교 사제들과 유교 신봉자들이 조용히 살고 있었다. 끝없이 펼쳐지는 길에서는 분홍빛 피부에 빨간 볼이 돋보이는 꼬마 무리와 마주칠 수 있었다. 일본 병풍에서 오려낸 듯한 이 꼬마들은 다리가 짧고 털이 복슬복슬한 강아지와, 꼬리가 없고 게을러 보이면서도 만지기 좋은 노르스름한 고양이와 놀고 있었다.

거리는 끊임없이 지나다니는 사람들로 북적거렸다. 단조로운 목탁 소리를 내며 줄지어 지나가는 승려, 옻칠을 한 뾰족 모자에 두 자루의 칼을 허리에 차고 파란 바탕에 하얀 줄무늬의 면 옷을 입고 격발 소총으로 무장한 세관 관리나 경찰관, 비단 저고리에 쇠사슬 갑옷을 입은 천황의 병사, 그리고 각양각색의 제복을 입은 여러 군인 등등. 중국에서는 군인이 천하게 여겨지는 것과 달리 일본에서는 존경을 받고 있었다. 그리고 시주를 청하는 중과 긴 옷을 걸친 순례자, 단순한 시민들도 있었다. 이들은 흑단처럼 검고 부드러운 머리칼에 큼직한 머리, 긴 상체, 호리호리한 다리에 키가 작았고, 짙은 구릿빛의 피부에서부터 광택 없는 하얀 피부에 이르기까지, 중국인의 노란 피부와는 전혀 다른 피부색을 가지고 있었다. 일본인은 확실히 중국인과 달랐다. 그리고 마차, 가마, 말, 짐꾼, 휘장을 친 손수레와 옻칠을 한 칸막이 인력거, 대나무로 되어 단단해 보이지 않는 가마 틈 속에 그다지 예쁘지 않은 여자 몇 명이 헝겊신이나 짚신, 또는 나막신을 신고 조그마한 발로 아장아장 돌아다니고 있는 것이 보였다. 그들은 눈은 가늘고, 가슴은 밋밋했으며, 유행인 듯 까맣게 물들인 이를 드러내 보이고 있었다. 하지만 이들이 입고 있는 기모노라는 일본 전통 의상은 매우 우아했다.

기모노는 허리에 비단 띠가 둘려 있는 일종의 실내 원피스로, 허리띠 뒷부분은 엄청나게 큰 매듭으로 장식되어 있었다. 아마도 최신 유행을 따르는 파리 여자들의 큰 매듭은 일본 여자들을 본뜬 것 같았다.

파스파르투는 몇 시간 동안 각양각색의 군중 속을 걸어다니면서 신기한 물건들이 가득한 상점과 번쩍거리는 금은 세공점으로 꽉 찬 시장, 휘장과 깃발로 장식된 레스토랑을 구경했다. 하지만 파스파르투가 식당에 들어가는 것은 허용되지 않았다. 그리고 쌀을 발효시켜 만든 정종이나 향내 나는 따뜻한 물을 잔에 가득 부어 마시는 찻집, 아편이 아닌 고급 담배를 피우는 흡연실도 구경했다. 일본에는 아편이 거의 알려져 있지 않았다.

그런 후 파스파르투는 거대한 논 한가운데 있는 들판에 다다랐다. 꽃들은 저마다 계절의 마지막 빛깔과 향기를 뿜어내고 있었다. 동백꽃을 활짝 피운 동백나무는 관목보다 교목에 가까웠다. 열매보다 꽃을 보려고 심은 벚나무, 자두나무, 사과나무는 대나무 울타리 안에서 자라고 있었다. 찡그린 허수아비와 시끄러운 소리를 내는 회전 기구가 참새며 비둘기, 까마귀, 매, 그 밖의 다른 날짐승들로부터 꽃과 나무를 지키고 있었다. 커다란 독수리가 살고 있을 법한 우람한 삼나무나, 한쪽 다리로 슬픈 듯 서 있는 왜가리를 몇몇 잎으로 가려줄 무성한 능수버들은 없었다. 하지만 도처에 까마귀, 오리, 매, 기러기, 그리고 학 무리가 있었다. 일본인들은 장수와 행복을 상징한다 하여 학을 귀족처럼 대한다.

이처럼 정처 없이 떠돌아다니던 파스파르투가 풀 사이에서 제비꽃 몇 송이를 발견했다.

「됐어! 저녁은 해결할 수 있겠군.」

그러나 냄새를 맡아보니 아무런 향기도 없었다.

「운이 없군!」

그는 혼자 중얼거렸다.

이 정직한 젊은이는 앞일을 생각하고 '카르나티크' 호를 떠나기 전 가능한 한 많이 먹어두었지만, 하루 종일 걷고 나니 배가 몹시 고팠다. 그가 눈여겨본 바, 이곳 푸줏간 진열대에는 양이나 염소, 돼지고기 같은 것은 전혀 없었고, 소는 농사일에만 쓰이기 때문에 이를 도살하는 것은 무례한 짓 같아 보였다. 그는 일본에는 고기가 흔치 않을 것이라 결론지었다. 그의 생각은 틀리지 않았다. 그러나 푸줏간의 고기가 아니더라도 멧돼지나 사슴, 자고새나 메추라기, 닭고기, 그것도 아니면 일본인들이 거의 압도적으로 쌀과 함께 먹는 생선만으로도 그의 배 속은 크게 만족할 수 있었을 것이다. 그는 일단 참기로 마음을 먹고, 음식을 마련하는 일은 다음 날로 미루었다.

밤이 되었다. 파스파르투는 다시 마을로 돌아왔다. 그리고 색색의 등불이 켜져 있는 거리를 돌아다니며, 곡예사들의 화려한 곡예와 자신의 돋보기 주위로 사람들을 끌어모으는 수많은 점쟁이를 구경했다. 정박지는 송진에 불을 붙여 물고기를 유인하려는 어부들의 불빛으로 빽빽했다.

마침내 거리가 한산해졌다. 인적이 뜸해지자 관리들의 순찰이 시작되었다. 멋진 차림에 수행원을 거느린 이 관리들은 마치 대사 같아 보였다. 파스파르투는 눈부시게 화려한 복장을 한 이들을 만날 때마다 익살스럽게 반복했다.

「가십니다! 여기 일본 대사 또 한 분이 유럽으로 떠나십니다!」

23 코가 엄청나게 길어진 파스파르투

이튿날, 파스파르투는 지치고 허기가 져, 무슨 일이 있더라도 먹어야 하고, 또 그것이 빠르면 빠를수록 좋겠다고 생각했다.

시계를 팔아 돈을 마련할 수도 있었지만, 그렇게 하느니 차라리 굶어 죽는 편이 나았다. 그러니 파스파르투가 감미롭지는 않아도, 하늘이 내려준 자신의 우렁찬 목소리를 사용해야만 하는 바로 그 순간이 온 것이다.

그는 프랑스와 영국 노래 몇 구절을 알고 있었던 터라, 그것을 연습해보기로 마음먹었다. 일본인들은 집에서 심벌즈, 징, 북소리에 맞춰 노래를 부르곤 하니까 음악을 좋아하는 사람들임에 틀림없다. 그렇다면 유럽 명창의 재주도 알아주리라.

하지만 콘서트를 하기에는 약간 이른 감이 있었다. 아무리 노래를 좋아하는 사람이라 해도 노랫소리 때문에 느닷없이 잠에서 깬다면 가수에게 천황의 얼굴이 새겨진 동전을 던져주지는 않을 것이다.

파스파르투는 몇 시간을 더 기다리기로 했다. 그러나 길을 걸으면서 자신이 떠돌이 악사 치고는 옷을 너무 잘 입은 것 같다는 생각이 들었다. 자신의 처지와 더 잘 어울리는 헌 옷으로 바꿔 입을 필요가 있었다. 더구나 지금의 옷을 헌 옷으로 바꾸면 얼마간 돈이 생길 것이고, 곧바로 배를 채우는 데 쓸 수 있을 것이다.

결심은 섰고, 실행에 옮기는 일만 남았다. 오랫동안 찾아 헤맨 끝에 파스파르투는 한 현지인 고물상을 발견하고 그에게 옷을 바꾸자고 제안했다. 유럽식 옷은 고물상의 마음에 들었다. 그리하여 파스파르투는 낡은 일본식 원피스에, 오래되어 색이 바랜 터번 같은 것을 머리에 비스듬히 쓴 괴상한 차림을 하게 되었다. 하지만 그 대가로 은화 몇 닢이 주머니 속에서 짤랑거렸다.

「그래, 가면무도회에 온 걸로 생각하자고!」

이렇게 일본인이 된 파스파르투는 일단 허름한 찻집에 들어갔다. 그곳에서 닭고기 조금과 밥 몇 숟가락을 사람답게 먹었다. 그러나 저녁은 또 다른 문제였다.

「이제 정신 차려야 해. 이 헌 옷을 팔아 보다 일본적인 것으로 바꿀 수 있는 방법은 없어. 그러니 한심한 추억만 간직하게 될 이 태양의 나라를 떠날 방법을 가능한 한 빨리 찾아야 해!」

파스파르투가 배를 가득 채운 뒤 혼자 중얼거렸다.

파스파르투는 미국으로 떠나는 여객선을 찾아 나서기로 했다. 뱃삯과 먹을 것만 해결해주면 요리사나 하인으로 일할 생각이었다. 샌프란시스코에 도착만 하면, 그 다음은 그때 생각해도 될 것이다. 지금 중요한 것은 일본과 신세계 사이에 있는 이 4,700마일의 태평양을 건너는 일이었다.

파스파르투는 한 가지 생각으로 애를 태우는 사람이 아니었으므로 요코하마 항구 쪽으로 향했다. 그러나 부두가 가까워질수록, 그렇게 간단해 보였던 자신의 계획이 점점 실행 불가능한 것으로 보였다. 미국 여객선에서 무엇 때문에 요리사나 하인이 필요하고, 자신처럼 괴상한 차림을 한 사람이 어떤 신뢰감을 줄 수 있단 말인가? 무슨 추천장을 가지고 가며, 무슨 보증서를 제출한단 말인가?

이런 생각을 하고 있을 때, 광대 한 사람이 요코하마 거리에서 커다란 광고판을 들고 돌아다니는 모습이 눈에 들어왔다. 광고판에는 영어로 다음과 같이 씌어 있었다.

윌리엄 베이털카의 일본 곡예단
미국 출발 직전
텐구 신에게 바치는
긴 코−긴 코 사람들의
고별 공연
특별 쇼!

「미국이라고! 바로 저거야!」
파스파르투가 소리쳤다.

그는 광고대를 쫓아 일본인 구역으로 들어갔다. 15분쯤 후, 그는 긴 깃발로 장식된 커다란 천막 앞에 멈췄다. 건물 바깥쪽 벽에는 곡예 단원들의 모습이 원근법을 무시한 채 강렬한 색채로 그려져 있었다.

베이털카의 건물이었다. 베이털카는 미국 흥행사로 광대, 피에로, 줄타는 사람, 공중 곡예사, 체조 곡예사들로 이루어진 곡예단의 단장이었고, 태양의 제국을 떠나기 전 마지막 공연을 앞두고 있었다.

파스파르투는 천막 앞쪽에 자리한 회랑 안으로 들어가 베이털카를 찾았다. 베이털카가 직접 나타났다.

「무슨 일인가?」

파스파르투를 일본인으로 안 그가 물었다.

「하인이 필요하지 않으십니까?」

파스파르투가 물었다.

「하인이라.」

미국 흥행사는 턱 아래로 난 덥수룩한 회색빛 수염을 쓰다듬으며 말했다.

「한 번도 내 곁을 떠난 적이 없고, 먹여만 주면 월급을 주지 않아도 내 시중을 잘 드는 성실한 하인이 둘이나 있지…….」

그는 콘트라베이스 줄처럼 굵은 정맥이 불거진 튼튼한 두 팔을 내보이며 덧붙였다.

「바로 이걸세.」

「그럼 제가 할 수 있는 일은 아무것도 없을까요?」

「없어.」

「제기랄! 당신과 함께 이곳을 떠날 수 있으면 좋으련만.」

「아, 이제 보니 내가 우스꽝스런 광대로 꾸민 것처럼 자네는 일본인 분장을 했군! 도대체 왜 그렇게 입었나?」

「옷차림이야 내 마음대로 하는 거지요!」

「그건 맞는 말이지. 자네, 프랑스 사람인가?」

「네, 파리 토박이입니다.」

「그렇다면 얼굴을 찡그릴 줄 알겠군?」

파스파르투는 자신의 국적으로 인해 그런 질문을 받게 되자
기분이 상해 대답했다.

「우리 프랑스인들이 찡그릴 줄 아는 것은 사실이지만, 미국
인보다야 못할 겁니다!」

「정답일세. 그러면 말이지, 내가 자네를 하인으로는 쓸 수 없
지만 광대로는 쓸 수 있을 것 같네. 무슨 말인지 이해하겠지,
젊은 청년? 프랑스에서는 외국인 광대를 내세우지만, 외국에서
는 프랑스인 광대를 내세운다네!」

「아하!」

「그런데 힘은 센가?」

「예, 특히 밥을 막 먹고 났을 때가 가장 셉니다.」

「노래도 할 줄 알고?」

「그럼요.」

예전에 거리 악단에서 일한 적이 있는 파스파
르투가 대답했다.

「그럼 물구나무서서 왼발로는 팽이를 돌리고
오른발에는 칼을 세워놓은 채 노래 부를 수 있겠
나?」

「식은 죽 먹기입니다.」

젊은 시절에 했던 훈련을 떠올리며 파스파르투가 대답했다.

「그러니까 모든 것을 다 할 수 있단 말이지!」

그리하여 바로 그 자리에서 계약이 체결되었다.

드디어 파스파르투는 일자리를 찾았다. 모든 재주를 다 부리는 조건으로 그 유명한 일본 곡예단에 채용된 것이다.

떠벌릴 만한 일거리는 아니었지만, 어쨌든 파스파르투는 일주일 안에 샌프란시스코로 떠날 수 있게 되었다.

베이털카가 요란스레 선전한 공연은 3시에 시작하기로 되어 있었다. 곧 북이나 징 같은 일본 악단의 요란스런 악기 소리가 문 쪽에서 울려 퍼졌다. 물론 파스파르투는 어떤 역할도 연습하지 못했지만, 텐구 신이 거느리는 코가 긴 사람들의 인간 피라미드 대공연에 튼튼한 어깨를 받침대로 빌려주기로 했다. 이 특별 쇼는 다른 공연이 끝나고 마지막을 장식할 것이었다.

3시가 되기 전부터 관객들이 그 큰 공연장에 모여들었다. 유럽인, 중국인, 일본인, 남자, 여자, 아이 할 것 없이 모두들 몰려와 무대 앞의 좁고 긴 의자에 앉았다. 악사들이 안으로 들어오고 징, 북, 캐스터네츠, 피리, 탬버린, 큰북 등을 고루 갖춘 악단이 떠들썩하게 악기를 두드렸다.

온갖 종류의 곡예 공연이 펼쳐졌다. 하지만 세계에서 제일가는 공중 곡예사는 역시 일본인이라는 사실을 인정해야 할 것 같다. 부채와 작은 종잇조각으로 무장한 사람이 나비와 꽃으로 멋들어진 연출을 해냈다. 다른 한 사람은 향내 나는 파이프 담배 연기로 공중에 푸르스름한 몇몇 글자를 재빨리 그려내는 묘기를 부렸다. 관객들을 향한 감사의 말이었다. 어떤 사람은 촛불 여러 개를 양손으로 돌려대는 곡예를 했다. 불 켜진 초를 입술 가까이 가져가 입김으로 그 불을 껐고, 촛불의 화려한 회전을 한순간도 멈추지 않으면서 다시 다른 촛불로 꺼진 초에 불을 붙였다. 다른 어떤 사람은 돌아가는 팽이를 가지고 믿기 어려운 재주를 부렸다. 그의 손 아래서 씽씽 소리를 내며 돌아가는 팽이는 마치 회전하면서 스스로에게 생명력을 불어넣는 듯 보였다. 팽이는 파이프 위를 달리고 칼날 위를 달린 다음, 무대 양쪽을 이은 머리카락처럼 가는 철사 위를 달렸다. 크리스털 꽃병 위에서 회전하다가 대나무 사다리를 타고 오르고, 여러 음색이 섞인 이상야릇한 소리를 내며 무대 여기저기에서 돌았다. 양손으로 팽이 여러 개를 돌리는 곡예도 펼쳐졌다. 팽이는 공중에서도 돌았다. 나무 라켓으로 공처럼 던져도, 주머니에 넣었다가 다시 꺼내도 팽이는 여전히 돌아갔다. 용수철의 힘이 다해 불꽃 다발처럼 퍼져 나가는 순간까지 계속 돌았다.

곡예사와 체조사들의 놀라운 공연을 여기서 하나하나 묘사할 필요는 없을 것이다. 그들은 사다리, 장대, 공, 통 등을 엄청난 정확성으로 회전시키는 묘기도 펼쳤다. 그러나 그중에서도 가장 재미있는 볼거리는 아직 유럽에조차 소개되지 않은 놀랄 만한 공중 곡예사들인 코가 긴 사람들의 공연이었다.

이 코가 긴 사람들은 텐구 신을 기리는 특별 단체였다. 그들은 중세 영웅 같은 옷을 입고, 어깨에는 한 쌍의 휘황찬란한 날개를 달고 있었다. 특히 눈에 띄는 것은 그들의 얼굴에 붙은 기다란 코였다. 5 내지 6 혹은 10피트 길이의 대나무로 만든 코는 그 모양이 곧은 것, 굽은 것, 매끈한 것, 우둘투둘한 것 등 각양각색이었다. 이 사람들의 모든 공중 묘기는 바로 단단하게 고정된 이 코 위에서 이루어졌다. 텐구 신을 섬기는 열두 명의 신

봉자가 드러누우면, 동료들이 그들의 코 위로 뛰어들어 피뢰침처럼 우뚝 서는 묘기를 보이거나 이 사람에서 저 사람으로 날아다니며 믿기지 않는 기이한 곡예를 펼쳤다.

마지막은 50여 명의 코가 긴 사람들이 만드는 '자거노트의 수레' 모양의 인간 피라미드 공연이었다. 베이털카 곡예사들은 어깨로 지탱하는 대신 코로 지탱하여 피라미드를 만들 것이었다. 그런데 수레의 밑바닥을 맡은 사람 중의 하나가 곡예단을 떠났다. 그 일은 기운이 세고 능숙하기만 하면 되기에 파스파르투가 그 자리를 맡게 된 것이다.

색색깔의 날개가 달린 중세풍의 옷을 걸치고 얼굴에는 6피트 길이의 코를 다니, 이 성실한 젊은이는 예전의 슬픈 추억이 떠올라 서글퍼졌다! 하지만 이 코는 그의 밥벌이였으므로, 받아들이는 수밖에 없었다.

파스파르투는 자거노트 수레의 밑 기둥을 맡은 동료들과 함께 무대로 올라갔다. 모든 사람이 코를 하늘로 향하게 하고 바닥에 드러누웠다. 두 번째 줄을 맡은 공중 곡예사들이 이 긴 코 위에 눕고, 세 번째 줄 사람들이 그 위에, 네 번째 줄 사람들이 그 위에 누웠다. 코의 끝 부분만을 의지해서 쌓아 올린 인간 건축물은 곧 극장의 천장까지 닿았다.

박수 소리는 한층 더 커졌고, 천둥 같은 음악이 악단에서 터져 나왔다. 바로 그때, 피라미드가 흔들리기 시작했다. 균형이 깨진 것이다. 밑바닥을 이룬 코 하나가 보이지 않았다. 인간 피라미드는 카드로 만든 성처럼 와르르 무너져 버렸다…….

자기 자리를 지키지 않은 파스파르투 때문이었다. 그는 날개

의 도움 없이 난간을 넘어, 오른쪽 관람석 쪽으로 기어갔다. 그
리고 한 관람객 발밑에 엎드려 소리쳤다.

「오! 주인님! 주인님!」

「자네?」

「접니다!」

「그렇군! 배로 가세!」

포그 씨와 그 옆에 앉아 있던 아우다 부인, 그리고 파스파르
투는 복도를 지나 건물 밖으로 서둘러 나갔다. 그러나 거기, 건
물 밖에는 화가 나 씩씩대고 있는 베이털카가 있었다. 그는 인
간 피라미드를 깬 것에 대한 손해배상을 요구했다. 필리어스
포그가 지폐 한 다발로 그의 분노를 가라앉혔다. 그리고 6시
30분, 미국행 여객선이 막 떠나려는 순간 포그 씨와 아우다 부
인은 파스파르투와 함께 배에 올랐다. 파스파
르투의 등에는 아직도 날개가 달려
있고, 얼굴에는 미처 떼어내지
못한 6피트 길이의 코가 붙어
있었다.

24 태평양을 횡단하는 포그 일행

상하이를 눈앞에 두고 일어난 일은 쉽게 이해할 수 있을 것이다. 요코하마로 가는 여객선이 '탕카데르' 호가 보낸 신호를 알아본 것이다. 여객선의 선장은 반기를 보고, 작은 스쿠너 쪽으로 향했다. 잠시 뒤 필리어스 포그는 약속한 대로 뱃삯을 계산하여, 존 번스비 선장 주머니에 550파운드를 넣어주었다. 그런 다음 그 정직한 신사는 아우다 부인, 픽스와 함께 곧바로 나가사키와 요코하마로 향하는 증기선에 올라탔다.

11월 14일 아침, 제시간에 도착한 필리어스 포그는 개인적인 볼일을 보러 가는 픽스를 놔두고 '카르나티크' 호로 갔다. 그리고 그곳에서 파스파르투라는 프랑스인이 전날 요코하마에 도착했다는 사실을 알게 되었다. 아우다 부인은 몹시 기뻐했고, 아마 포그 씨도 마찬가지로 기뻤을 테지만, 그런 내색은 전혀 하지 않았다.

필리어스 포그는 그날 밤 샌프란시스코로 떠나야 했으므로 곧장 하인을 찾아나섰다. 프랑스와 영국 영사관에 문의했지만 헛일이었다. 아무 소득 없이 요코하마 거리를 돌아다닌 후, 파

스파르투 찾는 일을 포기하기에 이르렀을 때, 우연인지 예감인
지 필리어스 포그는 베이털카 공연장에 들어갔다. 물론 그가
이상한 병사 차림의 하인을 알아볼 리 없었다. 하지만 하인은
누운 자세에서 극장 안에 있는 주인을 알아보았다. 그는 코를
움직이지 않을 수 없었다. 그래서 균형이 깨졌고, 그렇게 앞에
서 본 일이 일어난 것이다.

이상은 파스파르투가 아우다 부인에게서 들은 얘기다. 아우
다 부인은 또 어떻게 '탕카데르'라는 스쿠너를 타고 픽스 씨와
함께 홍콩에서 요코하마까지 항해하게 되었는지 들려주었다.

파스파르투는 픽스라는 이름을 듣고도 눈살을 찌푸리지 않
았다. 아직은 자신과 형사 사이에 있었던 일을 주인에게 말할
때가 아니었다. 그래서 자기가 겪은 우여곡절을 이야기할 때,
홍콩의 아편굴에서 자기도 모르게 아편에 취하게 되었다고만
말하고, 스스로를 책망하면서 용서를 빌었다.

포그 씨는 냉정하게 이야기를 듣기만 할 뿐 아무 대답도 하
지 않았다. 그리고 배에서 좀 더 나은 옷을 사 입도록 하인에게
충분한 돈을 주었다. 그로부터 한 시간, 코와 날개를 떼어낸 이
성실한 젊은이에게서는 텐구 신의 신봉자를 연상케 하는 것이
라고는 아무것도 찾아볼 수 없었다.

요코하마에서 샌프란시스코까지 항해하는 이 여객선은 '태
평양 우편 증기선' 회사 소속으로, 이름은 '제너럴 그랜트' 호
였다. 배수량이 2,500톤으로 바퀴가 달려 있고, 정비가 잘 되
어 있으며, 속도가 빠른 거대한 증기선이었다. 균형을 잡는 커
다란 장대가 갑판 위에서 상하로 계속 움직이고 있었다. 한쪽

끝은 피스톤의 굴대에 연결되어 있고, 다른 쪽 끝은 크랭크의 굴대에 연결되어, 직선 운동을 원운동으로 바꾸어주었다. '제너럴 그랜트' 호는 세 개의 돛대를 갖추고 있었는데, 돛의 면적이 아주 넓어 증기기관을 힘있게 도왔다. 여객선은 시속 12마일로 달리고 있었으므로 태평양을 건너는 데는 21일 이상 걸리지 않을 것이었다. 따라서 필리어스 포그가 12월 2일이면 샌프란시스코 도착, 11일이면 뉴욕에 닿을 것이며, 20일에는 런던, 그렇게 되면 12월 21일 운명의 그날에는 내기 시간보다 몇 시간 일찍 도착할 수 있을 것이라 확신하기에 충분했다.

배에는 승객이 무척 많았다. 영국인과 많은 미국인, 미국으로 이주하는 하급 노동자, 그리고 휴가를 이용하여 세계 여행을 하는 몇몇 인도 장교도 있었다.

이번 항해 동안에는 아무런 사고도 일어나지 않았다. 배를 떠받치는 커다란 바퀴와 넓은 돛의 힘을 받아 여객선은 거의 흔들리지 않았다. 태평양은 이름 그대로 평온한 바다였다. 포그 씨는 평소처럼 조용하고 말이 거의 없었다. 그의 동반자인 젊은 부인은 감사의 마음과는 다른 감정으로 점점 더 이 사람에게 끌리고 있었다. 너그러우면서도 말이 없는 포그 씨의 성격이 생각 이상으로 그녀를 감동시켰고, 그녀는 자신도 모르는 사이에 그를 향한 마음을 키워가고 있었다. 하지만 속을 알 수 없는 포그 씨는 그것을 전혀 눈치 채지 못한 듯 보였다.

아우다 부인은 이 신사의 계획에도 굉장한 관심을 보였다.

여행을 망칠지도 모르는 난관에 부딪히면 몹시 걱정했다. 그녀는 파스파르투와 자주 이야기를 나누었는데, 파스파르투는 부인의 속마음을 읽을 수 있었다. 이 용감한 젊은이는 이제 주인에 대해 소박한 신앙을 가지고 있었다. 그는 필리어스 포그의 정직성과 관대함 그리고 헌신에 대해 찬사를 아끼지 않았다. 그리고 그는 여행에 관해, 중국이나 일본 같은 불모의 나라를 빠져나와 문명 세계로 가고 있으니 가장 어려운 고비는 넘긴 셈이고, 이제 마지막으로 약속된 시간 안에 이 불가능해 보이는 세계일주를 완수하려면 샌프란시스코에서 뉴욕으로 가는 기차와 뉴욕에서 런던으로 가는 대서양 횡단 여객선만 타면 된다면서 아우다 부인을 안심시켰다.

요코하마를 출발한 지 9일 만에 필리어스 포그는 정확히 지구의 반을 돌았다.

드디어 11월 23일, '제너럴 그랜트' 호는 경도 180도 지점을 지났는데, 남반구의 이 경도 위에 런던의 대척점이 있었다. 포그 씨는 80일 중 52일을 썼고, 이제 28일만이 남아 있었다. 그러나 이 신사가 경도상으로는 단지 반을 돌았을 뿐이지만, 실제로는 전체 여정의 3분의 2 이상을 돌았다는 사실에 주목해야 한다. 런던에서 아덴, 아덴에서 뭄바이, 뭄바이에서 캘커타, 캘커타에서 싱가포르, 싱가포르에서 요코하마. 사실 포그 씨는 무척이나 먼 길로 우회했던 것이다! 런던의 위도인 북위 50도를 따라 일주했다면 약 12,000마일에 불과한 거리였지만, 끊임없이 변하는 교통수단 때문에 26,000마일을 달려야 했다. 11월 23일 현재, 그는 약 17,500마일을 완수했다. 하지만 이제부터는 길도 직선이고, 방해가 될 픽스도 없었다.

또한 그날 11월 23일은 파스파르투가 큰 기쁨을 맛본 날이기도 했다. 여러분도 기억하다시피 이 고집쟁이는 자기가 지나온 모든 나라의 시각을 틀린 것으로 간주하고, 가족 대대로 물려받은 그 유명한 시계를 고집스레 런던의 시각에 맞추고 있었다. 그런데 바로 그날, 시곗바늘을 앞당기지도 늦추지도 않았는데 파스파르투의 시계가 배의 시계와 일치한 것이다.

파스파르투가 의기양양해하는 것은 이해하고도 남는다. 그는 픽스가 이 순간에 있었다면 어떻게 말했을지 몹시 궁금했을 것이다.

「그 악당, 내게 자오선이며 태양, 달이 어쩌고 하면서 엄청나게 떠들어대더니만. 그런 사람들이 그렇지! 그런 작자의 말을 곧이들었다간 기막힌 시계를 만들겠군! 나는 알고 있었다고, 언젠가는 태양이 스스로 내 시계에 맞추리라는 것을!」

그러나 파스파르투는 한 가지 사실을 모르고 있었다. 그의 시계의 글자판이 이탈리아 시계처럼 스물네 칸으로 나뉘어 있었다면, 그가 뿌듯해할 이유가 전혀 없었다. 배의 시계가 아침 9시를 가리키고 있을 때 그의 시곗바늘은 저녁 9시, 즉 21시를 가리켰을 것이기 때문이다. 이 차이는 런던에서 경도 180도 떨어진 지점과의 시간 차이와 정확히 일치한다.

만일 픽스가 이 물리학적인 사실을 설명할 수 있었다 해도, 그리고 파스파르투가 충분히 이해할 수 있었다 해도, 파스파르투는 그것을 인정하려고 하지는 않았을 것이다. 어쨌든 만일 그때 형사가 느닷없이 배에 나타나기라도 했다면, 원한을 품고 있던 파스파르투는 전혀 다른 문제를 가지고 아주 다른 방식으로 담판했을 것이다.

그런데 그 순간, 픽스는 어디에 있었을까?

바로 '제너럴 그랜트' 호에 타고 있었다.

요코하마에 도착한 형사는 낮에 다시 볼 생각으로 포그 씨를 남겨두고 곧장 영국 영사관으로 갔다. 거기서 마침내 체포 영장을 손에 넣을 수 있었다. 체포 영장은 뭄바이에서부터 그를 뒤쫓아와 그곳에 도착한 지 벌써 40일이나 지나 있었다. 체포 영장은 홍콩에서 그가 탈 예정이었던 '카르나티크' 호로 보내졌던 것이다. 형사의 실망을 어떤 식으로 표현하랴! 체포 영장은 소용없게 되었다! 포그는 이미 영국령을 벗어나 있었다! 이제 그를 체포하려면 범인 인도 절차를 밟는 수밖에 없다!

「좋아! 여기서는 체포 영장이 효력이 없지만, 영국에 가면 다시 생길 거야. 이 악당 녀석은 경찰을 따돌렸다고 믿고 고국으로 돌아갈 것이 확실해. 잘됐어. 나도 거기까지 따라가면 돼. 단지 돈, 제발 그자의 수중에 돈이 남아 있기를! 하지만 여행 경비, 상금, 소송비, 벌금, 코끼리 값, 그리고 여러 가지 비용으로 그자는 이미 5천 파운드 이상을 길 위에다 뿌렸어. 그래도 영국 은행은 부자니까 괜찮겠지!」

화를 조금 가라앉힌 픽스가 중얼거렸다.

픽스는 행동 방침을 정한 다음 곧장 '제너럴 그랜트' 호에 올라탔다. 포그 씨와 아우다 부인이 배에 도착했을 때, 픽스는 이미 배에 올라 있었다. 그를 질겁하게 한 것은 병사 차림의 파스

파르투였다. 픽스는 모든 것을 망쳐버릴 수도 있는 말싸움을
피하고자, 선실에 재빨리 몸을 숨겼다. 많은 승객의 틈 속에 있
으면 적의 눈에 띄지 않으리라는 계산이었다. 그러나 바로 그
날, 그는 뱃머리에서 파스파르투와 정면으로 마주치고 말았다.

파스파르투가 픽스의 멱살을 잡았고, 몇몇 미국인이 이를 보
며 흥미를 느꼈는지 곧바로 파스파르투의 편에 내기를 걸었다.
그는 불행한 형사에게 멋진 한 방을 날림으로써 프랑스 권투가
영국 권투보다 훨씬 우세하다는 것을 증명해 보였다.

분풀이가 끝나자 파스파르투는 다시 평안을 찾고, 침착해졌
다. 픽스는 볼썽사나운 모습으로 일어나 상대방을 쳐다보며 싸
늘하게 말했다.

「이제 끝났소?」

「그래요, 일단은.」

「그럼 저리 가서 얘기 좀 합시다.」

「나는……..」

「당신 주인에 관한 얘기요.」

파스파르투는 상대방의 이런 침착한 태도에 기가 꺾인 듯 형
사를 따라나섰고, 두 사람은 뱃머리에 앉았다.

「나를 한 방 먹였군요. 좋습니다. 기다렸던
바니. 이제 내 말을 들어보시오. 나는 지금까지
포그 씨의 적이었지만, 이제부터는 그 사람 편입
니다.」

픽스가 말했다.

「드디어 그분이 정직한 사람이라는 것을 믿게

됐군요?」

파스파르투가 큰 소리로 물었다.

「그건 아닙니다.」

픽스는 쌀쌀하게 대답하면서 말을 이었다.

「나는 그를 여전히 악당이라 생각해요. 쉿! 가만히 내 말 좀 끝까지 들어봐요. 포그 씨가 영국령에 있는 동안에는 체포 영장을 기다리며 그자를 붙잡아두는 것이 내 목적이었습니다. 그러기 위해 나는 할 수 있는 모든 일을 다 했지요. 뭄바이에서는 승려들을 풀어 그와 맞서게 했고, 홍콩에서는 당신을 취하게 함으로써 주인에게서 떼어놓아 요코하마행 여객선을 놓치게 했소……..」

파스파르투는 주먹을 불끈 쥔 채 듣고 있었다.

픽스가 계속 말을 이었다.

「이제 포그 씨가 영국으로 돌아갈 것 아닙니까? 나도 그를 따라갈 겁니다. 하지만 지금부터는 여태까지 그의 여행을 방해하는 데 들인 수고와 정성만큼 그의 방해물을 없애줄 것입니다. 이해하겠어요? 내 역할이 바뀐 겁니다. 내 목적이 바뀌었기 때문이지요. 덧붙여 말하자면 이제부터 당신과 나의 이해관계는 같습니다. 당신이 범인을 섬기고 있는지 아니면 점잖은 신사를 섬기고 있는지 영국에 도착해야만 알 수 있을 것이니 말입니다!」

파스파르투는 픽스의 말을 주의 깊게 듣고, 그가 진심을 말하고 있음을 알았다.

「나와 친구가 되겠습니까?」

픽스가 물었다.

「친구는 무슨. 협력자, 그것이 좋겠군요. 이해가 일치하는 한 해서만이에요. 티끌만큼이라도 배반할 기미가 보이면 당신 목을 비틀어버릴 테니까.」

파스파르투가 대답했다.

「알았소.」

형사가 조용히 말했다.

11일 후인 12월 3일, '제너럴 그랜트' 호는 골든게이트 만으로 들어가 샌프란시스코에 도착했다.

포그 씨는 아직까지 단 하루도 이득이나 손실이 없었다.

필리어스 포그와 아우다 부인, 그리고 파스파르투가 미 대륙―그들이 내려선 떠 있는 부두를 그렇게 부를 수 있다면―에 발을 내딛었을 때는 아침 7시였다. 조수 차이에 따라 올라갔다 내려갔다 하는 이 부두는 선박들의 짐을 싣고 내리는 데 용이했다. 그곳에는 온갖 크기의 쾌속정과 온갖 나라의 여객선, 그리고 새크라멘토 강과 그 지류를 운항하는 여러 층으로 된 기선들이 정박해 있었다. 멕시코, 페루, 칠레, 브라질, 유럽, 아시아, 그리고 태평양의 여러 섬으로 퍼져 나갈 화물들도 쌓여 있었다.

파스파르투는 드디어 미국 땅을 밟는다는 기쁨에, 가장 멋진 모습으로 부두에 뛰어내려야겠다고 생각했다. 하지만 부두의 한 쪽은 바닥 위로 착지하는 바람에 하마터면 그 밑으로 빠질 뻔했다. 그는 신대륙에 내딛는 첫발을 바다에 빠뜨릴 뻔한 것에 당황한 나머지 엄청난 고함을 질러댔다. 그 고함 소리에 이 움직이는 부두에 늘 무리 짓고 있던 가마우지와 펠리컨들이 하늘로 날아올랐다.

포그 씨는 내리자마자 뉴욕행 첫 기차의 출발 시각을 문의했다. 저녁 6시라고 했다. 포그 씨는 캘리포니아주의 중심 도시에서 하루 종일 지낼 시간을 갖게 되었다. 이 신사는 아우다 부인과 함께 타고 갈 마차를 불렀다. 파스파르투가 올라타자, 요금이 3달러인 마차는 인터내셔널 호텔로 향했다.

파스파르투는 높이 솟아 있는 의자에 앉아 미국의 대도시를 흥미롭게 둘러보았다. 넓은 길, 가지런히 늘어선 나지막한 집들, 앵글로색슨의 고딕 교회와 사원, 거대한 뱃도랑, 나무나 벽돌로 지은 궁전 같은 창고들. 거리에는 수많은 차와 버스, 전차 등이 있었고, 보도는 미국인과 유럽인뿐 아니라 중국인과 인도인까지 북적대고 있었다.

파스파르투는 이런 모습을 보고 무척 놀랐다. 그는 아직 1849년의 그 전설적인 도시를 생각하고 있었던 것이다. 당시 샌프란시스코는 도둑, 방화범, 살인자 등 온갖 사회 낙오자들이 한 손에는 권총을 들고 다른 한 손에는 칼을 쥐고 금가루를 차지하려고 싸우는 거대한 난장판이었다. 하지만 그 '좋은 시절'은 이미 지나가 버렸다. 샌프란시스코는 어느새 거대한 상업 도시의 양상을 보이고 있었다. 감시인들이 지키고 있는 시청의 높은 탑 아래로 크고 작은 길이 직각으로 나뉘어 있었고, 그 길 사이로는 작은 공원들이 푸르게 펼쳐져 있었다. 중국의 도시를 장난감 상자에 넣어 그대로 가져온 듯한 중국인 구역도 자리 잡고 있었다. 이제는 금광을 찾아다니는 사람들이 주로 썼던 챙 넓은 펠트 모자도, 빨간 셔츠도, 깃털을 꽂은 인디언도 찾아볼 수 없었고, 바쁘게 활동하는 신사들의 실크 모자와 검은 정장만이 거리를 메우고 있었다. 몽고메리 거리 주변의 몇

몇 거리는 런던의 레전트 거리, 파리의 이탈리아인 거리, 그리고 뉴욕의 브로드웨이처럼 세계 각국의 온갖 상품을 진열해놓은 호화로운 상점들이 늘어서 있었다.

인터내셔널 호텔에 도착했을 때, 파스파르투는 영국에서 떠나본 적조차 없었던 듯한 느낌을 받았다.

호텔 1층에는 넓은 '바'가 있었는데, 지나는 모든 사람에게 음식이 무료로 제공되는 일종의 간이식당이었다. 손님들이 지갑을 꺼내지 않아도 마른고기, 굴 수프, 과자, 체스터 치즈 등이 제공되었다. 목을 축이고 싶은 손님은 맥주나 포트, 셰리 등의 술값만 지불하면 되었다. 파스파르투에게 이 점은 대단히 미국적으로 보였다.

호텔 식당은 편안했다. 포그 씨와 아우다 부인은 식탁에 앉아, 잘생긴 흑인들이 작은 접시에 담아 오는 갖가지 음식을 먹었다.

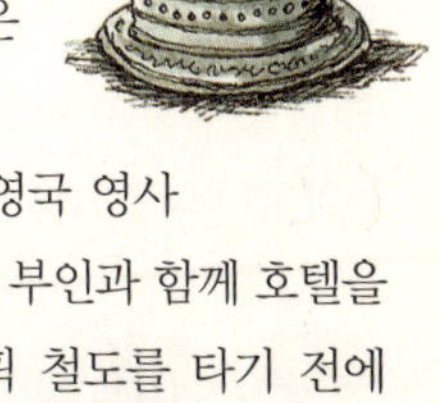

점심 식사를 마치고, 필리어스 포그는 영국 영사관에 가서 여권에 비자를 받으려고 아우다 부인과 함께 호텔을 나섰다. 길에서 만난 파스파르투가 퍼시픽 철도를 타기 전에 엔필드 소총이나 콜트 권총 몇 자루를 사두는 게 좋지 않겠느냐고 물었다. 그는 스페인의 도적들처럼 기차를 세운다는 수족과 포니족에 대해 들은 적이 있었던 것이다. 포그 씨는 쓸데없는 걱정이라고 답변했지만, 하인이 원하는 대로 하도록 내버려두었다. 그러고 나서 영사관으로 향했다.

필리어스 포그가 이백 걸음도 채 못 갔을 때, 정말 기막힌 우연으로 픽스를 만났다. 형사는 몹시 놀란 표정을 지었다.

「어떻게 이럴 수가! 포그 씨와 함께 태평양을 건넜다는 애긴데, 배에서는 한 번도 만나지 못했다니 신기하군요! 어쨌든 큰 신세를 진 신사 분을 다시 만나게 되어 영광입니다. 저도 사업상 유럽에 가는데 이렇게 마음에 드는 분과 함께 여행하게 되어 기쁩니다」라고 픽스가 말했다.

포그 씨는 영광스러운 것은 오히려 자신이라고 대답했고, 픽스는 그를 눈에서 떼어놓지 않을 속셈으로 샌프란시스코라는 이 흥미로운 도시를 함께 구경하도록 허락해달라고 했다. 픽스의 요청은 받아들여졌다.

그렇게 해서 아우다 부인, 필리어스 포그, 그리고 픽스는 거리를 함께 거닐게 되었다. 그들은 곧 사람들이 엄청나게 모여 있는 몽고메리 거리에 이르렀다. 보도, 차도 한가운데, 전차 레일이며, 상점 입구, 집집마다의 창가, 심지어 지붕 위까지도 셀 수 없는 군중이 몰려 있었다. 선전 요원들은 그런 그룹 사이를 돌아다니고 있었다. 깃발과 현수막이 바람에 펄럭이고, 사방에서 고함 소리가 터져 나왔다.

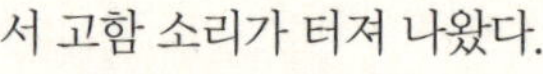

「캐머필드 만세!」

「맨디보이 만세!」

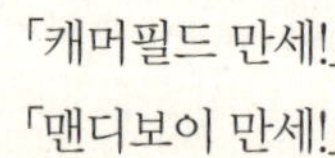

정치 집회였다. 픽스는 그렇게 생각했다. 그리고 포그 씨에게 자신의 생각을 전했다.

「이 혼잡에 끼어들지 않는 게 좋을 듯 싶습니다. 괜히 피해나 입을 테니까요.」

「맞는 말입니다. 아무리 정치적인 주먹 다툼이라도 폭력은 폭력일 뿐이지요!」

필리어스 포그가 대답했다.

픽스는 이 말에 웃어야 한다고 생각했다. 소요에 휘말리지 않기 위해 아우다 부인, 필리어스 포그와 픽스는 몽고메리 거리보다 조금 높은 위치에 있어 테라스 구실을 하는 계단 맨 위에 자리를 잡았다. 그들 앞, 길 건너편에 있는 석탄 부두와 석유 회사 사무실 사이에 노천 집회장이 세워져 있었는데, 여기저기서 쏟아져 나온 군중이 그쪽으로 모여드는 것 같았다.

지금 왜 이런 집회를 벌이는 것일까? 무엇을 위한 집회일까? 필리어스 포그는 전혀 아는 바가 없었다. 고위 군직이나 관료직, 아니면 주지사나 국회의원을 뽑는 것일까? 도시를 열광케 하는 이 광적인 흥분을 보면 그렇게 생각할 만도 했다.

그때 군중이 동요했다. 모두들 손을 높이 치켜들고 있었다. 혈기 넘치는 함성을 지르며 불끈 쥔 손을 올렸다 내렸다 하는 모습이 자신의 한 표를 확고히 해 보이는 것 같았다. 물러나는 군중 사이에서 소란이 일었다. 물결치던 깃발이 잠시 사라졌다가 걸레 조각이 되어 다시 나타났다. 군중의 물결은 갑자기 이는 파도처럼 번져나갔다.

「정치 집회가 분명합니다. 사람들을 흥분하게 하는 문제일 겁니다. 일단락되었다고는 하나 아직 ‘앨라배마’ 호 사건이 문제가 되고 있는 것 같습니다.」

픽스가 말했다.

「그럴 수도 있겠군요.」

포그 씨가 간략하게 대답했다.

「어쨌든 두 명의 투사, 캐머필드와 맨디보이가 각각 참석하고 있습니다.」

아우다 부인은 필리어스 포그의 팔을 잡고 놀란 눈으로 이 소란스런 광경을 바라보았다. 픽스는 옆 사람에게 군중이 이처럼 흥분하는 까닭을 물어보려 했다. 그때, 더 큰 동요가 일어났다. 욕설이 섞인 환호 소리가 점점 커지더니, 깃대가 무기로 바뀌었다. 이제 손바닥 대신 주먹이 사방에 난무했다. 멈춰버린 마차 위에서나 운행이 정지된 버스 위에서도 심한 주먹질이 오갔다. 뭐든 잡히는 대로 던져댔다. 장화며 신발이 공중에서 휙휙 날아다녔고, 군중이 질러대는 분노의 함성 사이로 권총의 폭발음까지 들리는 것 같았다.

군중은 층계가 있는 쪽으로 밀려 올라갔다가 다시 첫 계단까지 밀려 내려왔다. 한쪽 파가 밀리고 있는 것이 틀림없었지만, 단순한 구경꾼들은 우세한 진영이 맨디보이인지 캐머필드인지 알 수가 없었다.

「제 생각에는 이곳을 떠나는 것이 좋을 것 같습니다. 만일 이 일에 영국이 관련되어 있고, 사람들이 우리가 영국인인 것을 알게 된다면, 이 혼란에서 헤어나지 못할 겁니다!」

'자신의 친구'가 다치거나 좋지 않은 일에 휩쓸리는 것을 원치 않는 픽스가 말했다.

「그래도 영국 시민⋯⋯.」

필리어스 포그가 대답하려고 했지만, 이 신사는 말을 끝낼 수 없었다. 포그 씨 뒤쪽, 층계 앞쪽 테라스에서 어마어마한 함성이 울렸기 때문이다. 사람들은 「맨디보이 만만세!」라고 소리

쳤다. 캐머필드파를 측면에서 기습하여 맨디보이파를 구조하
러 온 유권자들이었다.

포그 씨, 아우다 부인, 그리고 픽스는 뜨거운 두 진영 사이에
놓이게 되었다. 빠져나가기에는 너무 늦었다. 납을 박은 지팡이
와 곤봉으로 무장한 인파에 대항하지는 못할 일이었다. 필리어
스 포그와 픽스는 젊은 부인을 보호하며 쉴 새 없이 이리저리
떠밀렸다. 포그 씨는 평소와 다름없이 침착하게 자연이 모든 영
국인의 팔 끝에 달아준 천연 무기로 방어하고자 했으나 헛일이
었다. 이 무리의 우두머리로 보이는, 붉은 턱수염에 혈색 좋은
얼굴을 한 떡 벌어진 어깨의 덩치 큰 사나이가 포그 씨에게 커
다란 주먹을 휘둘렀다. 픽스가 희생하여 대신
맞지 않았더라면 포그 씨는 크게 다쳤을
것이다. 픽스의 납작해진 실크 모자 아래
로 순식간에 커다란 혹이 솟았다.

「양키!」

포그 씨가 심한 경멸의 시선을 던지며
말했다.

「영국 놈!」

「다시 만나게 될 거다!」

「언제든지. 당신 이름은?」

「필리어스 포그. 당신은?」

「스탬프 프록터 대령.」

이런 말이 오고 간 뒤, 인파가 물러갔다. 픽스는 넘어졌다 다
시 일어섰다. 크게 다치지는 않았다. 그러나 여행용 외투는 두

갈래로 찢어지고, 바지는 몇몇 인디언이 유행을 좇아 아랫단을
떼낸 다음 입는 반바지처럼 되어버리고 말았다. 어쨌거나 아우
다 부인은 무사했고, 픽스만 주먹질을 당했다.

「고맙소.」

군중 속에서 벗어나자 포그 씨가 형사에게 말했다.

「천만의 말씀입니다. 그럼 가시지요.」

「어디로 말입니까?」

「양복점으로요.」

사실 이들은 양복점에 갈 필요가 있었다. 필리어스 포그와
픽스의 옷은 마치 이 두 신사가 캐머필드와 맨디보이의 편이
되어 서로 싸운 것처럼 너덜너덜했다.

한 시간 뒤, 그들은 단정하게 옷을 차려입고 머리를 매만진
후 인터내셔널 호텔로 돌아왔다. 파스파르투가 6연발 중앙 발
화식 권총으로 무장을 한 채 주인을 기다리고 있었다. 파스파
르투는 픽스가 포그 씨와 함께 있는 것을 보고 이맛살을 찌푸
렸다. 그러나 아우다 부인이 그 사이 있었던 일을 간단히 이야
기해주자, 다시 표정이 밝아졌다. 이제 분명히 픽스는 적이 아
닌 협력자였다. 약속을 지킨 것이다.

저녁 식사가 끝나자, 일행과 짐을 역까지 실어줄 마차가 도
착했다. 마차에 오르려는 순간 포그 씨가 픽스에게 물었다.

「그 프록터 대령을 다시 보지 못했습니까?」

「못 보았습니다.」

픽스가 대답했다.

「그를 만나러 미국에 다시 올 것이오. 영국 시민이 그런 취급

을 받고 가만히 있는다는 것은 옳은 일이 아니니까요.」

필리어스 포그가 차갑게 말했다.

형사는 미소만 지을 뿐 아무런 대꾸도 하지 않았다. 하지만 분명한 것은 포그 씨 역시 자국에서는 용납하지 않는 결투를, 명예를 지키기 위해서라면 외국에서라도 벌이는 영국인이라는 것이었다.

6시 15분 전, 일행이 역에 도착했을 때 기차는 떠날 준비를 하고 있었다.

포그 씨는 기차에 오르면서 한 역무원에게 물었다.

「여보시오, 오늘 샌프란시스코에서 무슨 소동이 있지 않았습니까?」

「집회가 있었습니다.」

역무원이 대답했다.

「거리가 꽤 떠들썩하던데.」

「단지 선거 유세였을 뿐입니다.」

「총사령관이라도 뽑는 모양이지요?」

포그 씨가 다시 물었다.

「아니요, 치안판사를 뽑는 선거입니다.」

대답을 들은 필리어스 포그는 기차에 올랐다. 기차는 전속력으로 달리기 시작했다.

 퍼시픽 철도의 급행열차를 타고

미국인들이 말하는 '대양에서 대양으로' 는 가장 폭이 넓은 곳으로 미국을 횡단하는 대횡단선을 일컫는 말이다. 하지만 사실상 퍼시픽 철도는 뚜렷하게 두 부분으로 나뉜다. 샌프란시스코와 오그던을 연결하는 '센트럴 퍼시픽 철도' 와 오그던과 오마하 사이의 '유니언 퍼시픽 철도' 다. 오마하에서는 다섯 개의 지선을 통해 뉴욕과 연결된다.

따라서 뉴욕과 샌프란시스코는 적어도 3,786마일에 달하는 끊이지 않는 철길로 연결되어 있다. 오마하와 태평양 사이의 구간에서 철도는 아직도 인디언과 야생동물이 자주 나타나는 지역을 지나게 된다. 이 광활한 땅은 일리노이주에서 추방된 모르몬교도들이 1845년 무렵부터 이주하기 시작한 곳이다.

예전에는 아무리 좋은 조건이라도 뉴욕에서 샌프란시스코까지 가는 데 여섯 달이 걸렸다. 지금은 7일이면 충분하다.

횡단 철도가 좀 더 남쪽으로 지나기를 원하는 남부 국회의원들의 반대에도 불구하고, 1862년 철도는 북위 41도에서 42도 사이에 놓이는 것으로 확정되었다. 사람들의 기억 속에 여전히 남아 있는 링컨 대통령이 당시 새 철도선의 출발역을 네브래스카주 오마하로 정했다. 공사는 즉각 시작되었고, 번거롭고 형식적인 절차를 따지지 않는 미국인의 적극적인 추진력으로 일이 진행되었다. 일을 서둘렀다고 해서 효과적인 철도 건설을 그르친 것은 아니었다. 초원에서는 하루에 1.5마일씩 공사가 진행되었다. 전날 놓은 철도 위를 기관차가 달려 다음 날 놓을 선로를 실어왔고, 선로가 놓이는 대로 그 위를 기관차가 달렸다.

퍼시픽 철도는 아이오와주, 캔자스주, 콜로라도주, 오리건주로 향하는 여러 지선으로 연결되었다. 오마하를 출발, 플랫 강 왼쪽 연안을 따라 북쪽 지류의 하구까지 다다르면, 그곳에서부터 남쪽 지류를 따르면서 래러미 지방과 워새치 산맥을 가로지르고, 그레이트솔트 호수를 우회한 후, 모르몬교도들의 거주지인 솔트레이크시티를 지나 튜일러 계곡으로 들어선다. 로키 산맥을 가로지를 때처럼 경사가 1마일당 112피트를 넘지 않으면서 기차는 미국 사막, 시더 산과 험볼트 산, 험볼트 강, 시에라네바다 산맥을 지난 후, 새크라멘토를 거쳐 태평양까지 내려간다.

이상은 기차가 7일 동안 횡단하는 노선이다. 이는 필리어스 포그가 11일에 뉴욕에서 리버풀로 가는 여객선을 탈 수 있도록 도와줄 것이고, 그도 그렇게 기대하고 있었다.

필리어스 포그가 탄 객차는 일종의 긴 버스로 바퀴가 각각 네 개씩 달린 객차 두 개가 이어져 그 움직임이 원활했으며 곡선에서도 잘 달릴 수 있었다. 객차 안에 칸막이실은 없었다. 그 대신 양쪽 두 줄로 지축과 수직이 되게 좌석이 놓여 있었고, 그 사이로 객차마다 마련되어 있는 화장실이나 다른 곳으로 지나갈 수 있는 통로가 있었다. 객차는 서로 통하게 되어 있어 승객

들은 기차 맨 앞에서 맨 뒤까지 왔다 갔다 할 수
있었으며, 살롱 칸, 테라스 칸, 식당 칸, 카페 칸
등을 드나들 수 있었다. 없는 것은 단지 극장 칸
뿐이었지만 언젠가는 이것도 생길 것이다.

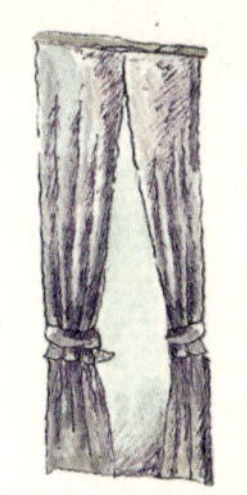

통로에는 상인들이 책과 신문, 술과 먹을 것,
담배를 팔기 위해 끊임없이 돌아다녔는데, 그것
들을 사려는 손님도 많았다.

기차는 오클랜드 역에서 저녁 6시에 떠났다. 이미 밤이 되었
다. 날씨는 차갑고 어두웠으며 곧 눈으로 변할 것 같은 구름이
잔뜩 끼어 있었다. 기차는 빠르게 달리지 않았다. 역마다 멈추는
시간까지 포함해 시간당 20마일 이상 속력을 내지 않았다. 그렇
지만 규정 시간 안에 미국을 가로지르기엔 충분한 속도였다.

승객들은 말이 별로 없었다. 곧 잠이 들 것 같았다. 파스파르
투는 형사 곁에 앉아 있었지만 말을 걸지는 않았다. 최근의 사
건으로 둘의 관계는 눈에 띄게 냉각되어 있었다. 호감이나 친
밀감은 보이지 않았다. 픽스의 태도는 전혀 변한 게 없었지만,
파스파르투는 한때 친구였던 상대방에게 경계의 고삐를 늦추
지 않으며, 조금이라도 의심스러운 짓을 하면 목을 졸라버릴
태세를 갖추고 있었다.

기차가 떠난 지 한 시간 후 눈이 내리기 시작했다. 다행히 눈
발이 가늘어 기차의 운행을 더디게 하지는 않았다. 차창 밖으
로 온통 하얀 세상이 펼쳐졌고, 기관차에서 소용돌이치며 나오
는 증기는 잿빛으로 보였다.

8시에 한 승무원이 객차로 와서 취침 시간을 알렸다. 침대차

였던 이 객실은 몇 분 만에 침실로 변했다. 의자의 등받이가 접
히더니, 정성스레 묶여 있던 간이침대가 펼쳐졌다. 승객들은
곧 저마다 편안한 침대를 갖게 되었고, 침대 사이마다 두꺼운
커튼이 드리워져 점잖지 못한 시선을 막아주었다. 시트는 하얗
고 베개는 폭신폭신했다. 기차가 캘리포니아주를 쏜살같이 달
리는 동안 승객들은 마치 여객선의 편안한 선실에 와 있는 것
처럼 누워서 잠을 잤다.

　샌프란시스코와 새크라멘토 사이에 걸쳐 있는 이 지역에서
는 별 문제가 없었다. '센트럴 퍼시픽 노선' 이라는 이름의 이
철도 구간은 먼저 새크라멘토에서 출발, 동쪽으로 달려 오마하
에서부터 이어지는 철도와 만났다. 샌프란시스코에서 캘리포
니아의 중심지에 이르는 이 철도 위로 기차는 샌파블로 만으로
흘러 들어가는 아메리칸 강을 따라 곧장 북동쪽으로 달렸다.
그리고 이 두 주요 도시 사이의 120마일을 여섯 시간 만에 통
과, 승객들이 단잠에 빠져들 자정 무렵 새크라멘토를 지났다.
따라서 이들은 캘리포니아주 의회, 아름다운 부두, 넓은 길, 근
사한 호텔, 광장, 사원 등 이 도시의 어떤 것도 보지 못했다.

　정크션, 로클린, 오번, 콜팩스 역을 통과하여 새크라멘토를
빠져나온 기차는 시에라네바다 산맥에 들어섰다. 기차가 시스
코 역을 지날 때는 아침 7시였다. 한 시간 뒤, 침실은 다시 평상
시의 객차 모습으로 돌아왔고, 승객들은 산악 지방의 절경을
차창 너머로 볼 수 있었다. 기차는 산맥의 기복에 따라 위험한
커브 길인 가파른 경사를 피해 길이 있으리라고는 믿어지지 않
을 만큼 좁은 길을 내달리며 때로는 산허리를, 때로는 낭떠러

지 위를 지났다. 노란 불빛을 발하는 커다란 헤드라이트와 은빛 종, 그리고 박차처럼 돋아 있는 밀치개를 소장한 기관차는 급류와 폭포 소리에 기적 소리를 섞으며, 전나무의 검은 가지 위로 구불거리는 연기를 토해냈다.

이 길에는 터널도 다리도 거의, 아니 전혀 없었다. 철도는 한 지점과 다른 지점을 연결하는 최단 거리를 취하기보다, 자연이 훼손되지 않도록 산허리를 돌아가게 놓여 있었다.

9시쯤 기차는 카슨 계곡을 거쳐 내내 동북쪽으로 달려 네바다주에 들어섰다. 리노에서 20분 가량 점심시간을 가진 승객들은 정오에 그곳을 떠났다.

이 지점부터 철길은 험볼트 강의 줄기를 따라 북쪽으로 몇 마일 거슬러 올라간다. 그런 다음 동쪽으로 구부러지고, 네바다주의 거의 동쪽 끝이자 강의 수원인 험볼트 산맥에 이르기까지 강줄기를 따라간다.

점심 식사 후 포그 씨와 아우다 부인, 그리고 나머지 일행은 객차로 다시 돌아왔다. 편안하게 자리에 앉은 필리어스 포그, 젊은 부인, 픽스, 그리고 파스파르투는 눈 아래로 스쳐 지나가는 풍경을 바라보았다. 드넓은 초원, 저 멀리 보이는 지평선 너머의 산, 그리고 물거품을 일으키며 떠내려가는 개울물. 이따금 멀리서 모여드는 들소 떼는 마치 움직이는 둑처럼 보였다. 이 수많은 동물은 종종 기차 운행을 방해하는 골칫거리가 되기도 한다. 수천 마리나 되는 이 동물들이 몇 시간이고 줄줄이 철도를 건널 때면, 기관차는 멈춰 서서 철길이 다시 뚫리기를 기다리는 수밖에 없다.

바로 그런 일이 이번에도 일어났다. 오후 3시쯤 1만에서 1만 2천 마리 가량의 들소 떼가 철길을 가로막았다. 기차는 속도를 줄인 다음, 끝없이 줄지어 지나가는 소 떼의 측면에 밀치개를 들이밀어 봤지만, 파고들 수 없는 거대한 무리 앞에서 멈춰 서지 않을 수 없었다.

이 반추동물들은―미국 사람들은 부적절하게 물소라고 부르지만―가끔 괴성을 지르면서 평온한 걸음걸이로 걸어갔다. 짧은 다리와 꼬리에, 근육은 혹처럼 어깨뼈 사이에 불룩 솟아 있으며, 뿔은 뿌리에서 불거져 있고, 머리, 목, 어깨는 긴 갈기로 뒤덮여 있는 이 동물들은 유럽 황소보다 몸집이 훨씬 컸다. 이 동물들의 이동을 가로막을 생각은 하지 말아야 한다. 들소가 일단 방향을 잡으면, 어떤 방법으로도 그들의 행진을 막거나 방향을 바꿀 수가 없기 때문이다. 급류처럼 엄청나게 쏟아져 나오는 이 생명체들은 어떤 제방으로도 막을 수 없다.

통로에 흩어져 있던 승객들은 이 진풍경을 바라보았다. 그러나 가장 마음이 급해야 할 필리어스 포그는 자리를 지키며 들소들이 길을 터주기를 느긋하게 기다렸다. 파스파르투는 이 들소 떼 때문에 기차의 운행이 늦어진 것이 몹시 화가 났다. 아마 권총 세례라도 퍼붓고 싶었을 것이다.

「도대체 무슨 이런 나라가 다 있담! 하찮은 소들이 기차를 막고 교통에 방해가 되거나 말거나 저렇게 유유히 행렬을 하다니! 말도 안 돼! 포그 씨가 이런 뜻밖의 일을 일정에 두었는지 정말로 알고 싶군! 기관사는 또 뭐야! 길을 막고 있는 이 동물들 속을 비집고 달려볼 생각도 안 하고 있잖아!」

파스파르투가 소리쳤다.

사실 기관사는 이 방해물을 없애버리려 하지 않고 신중하게 대응했다. 만일 기관차가 속력을 냈다면 아마도 맨 앞줄의 들소들은 밀치개에 치여 죽었을 것이다. 그러나 그 충격으로 기관차는 곧 멈춰 섰을 것이고, 탈선이 불가피했을 것이며, 그렇게 되었다면 기차는 움직일 수 없었을 것이다.

그러므로 가장 좋은 방법은 참을성 있게 기다린 후 속력을 내 지체된 시간을 따라잡는 것이었다. 들소의 행렬은 세 시간이나 계속되었고, 철길은 밤이 되어서야 열렸다. 행렬의 맨 뒷줄이 철길을 건널 즈음, 맨 앞줄은 남쪽 지평선 너머로 사라져가고 있었다.

8시에 기차는 험볼트 산맥을 넘어섰고, 그레이트솔트 호수와 모르몬교도가 있는 흥미로운 고장인 유타 지역에 들어선 것은 9시 30분이었다.

27 시속 20마일 속에서 모르몬교의 역사 강연을 듣는 파스파르투

12월 5일에서 6일로 넘어가는 밤사이에 기차는 남동쪽을 향해 50마일 가량 들판을 달린 후, 다시 그만큼의 거리를 북동 쪽으로 달려 그레이트솔트 호수로 다가갔다.

아침 9시경 파스파르투는 바깥 통로로 바람을 쐬러 나왔다. 날은 추웠고 하늘은 흐렸지만 눈은 더 오지 않았다. 안개 속에 번진 태양의 둥근 모양이 마치 커다란 금화처럼 보여, 파스파 르투는 그 정도 크기의 금화가 몇 파운드나 될지 계산을 하면 서 시간을 보내고 있었다. 그런데 이상한 사람이 나타나 이 유 익한 계산을 멈추게 했다.

엘코 역에서 기차를 탄 그 사람은 갈색 머리, 검은 콧수염에 검은 실크 모자를 쓰고, 검은색 조끼, 검은색 바지를 입고, 하 얀 넥타이에 개 가죽 장갑을 낀 키가 큰 남자였다. 성직자처럼 보이는 그는 기차 맨 앞 칸에서 맨 뒤 칸까지 돌아다니며, 각 객 차의 문에 손으로 쓴 게시문을 풀로 붙였다.

파스파르투는 다가가 게시문의 내용을 읽었다. 모르몬교의 저명한 선교사 윌리엄 히치 장로가 48호 기차에 타게 된 기회 를 이용하여 11시부터 12시까지 117호 객차에서 모르몬교에 대

한 강연을 할 예정이니 '말일성도'에 관한 종교의 신비를 알고
자 하는 신사 여러분은 와서 들어주기 바란다는 알림문이었다.

「가봐야지.」

일부다처제의 풍습을 사회의 근본으로 삼는다는 것 외에 모
르몬교에 관해 아는 것이 별로 없는 파스파르투가 중얼거렸다.

그 소식은 100여 명의 여행객을 실은 기차 안에 빠르게 퍼졌
다. 그러나 기껏해야 30여 명만이 강연의 유혹에 이끌려 11시,
117호 객차의 긴 의자에 자리를 잡았다. 파스파르투는 신도들
이 앉는 맨 앞줄에 앉았다. 그의 주인이나 픽스는 강연에 관심
이 없었다.

약속한 시간이 되자, 윌리엄 히치 장로가 일어나 마치 누구
에게 공격이라도 당한 듯 성난 어조로 외쳤다.

「분명히 말하지만, 조지프 스미스는 순교자입니다. 그의 형
제인 하이럼도 순교자입니다. 예언자들에 대한 연방
정부의 박해로 인해 브리검 영도 똑같이 순교자가 될
것입니다! 누가 감히 그렇지 않다고 말할 수 있겠습
니까?」

흥분한 말투가 온화해 보이는 인상과 대조를 이루
는 이 선교사를 아무도 반박하지 않았다. 물론 현재
모르몬교가 처한 혹독한 시련을 감안하면 그가 그렇
게 화를 내는 것도 당연했다. 실제로 미연방 정부는
고심 끝에 이 독자적인 광신자들을 탄압하기 시작했다. 모르몬
교의 본거지인 유타주에 진입, 브리검 영을 반역과 일부다처제
의 죄목으로 투옥한 다음, 유타주를 연방 법에 종속시킨 것이

다. 이때부터 예언자 브리검 영의 제자들은 더욱 분투하여, 행동의 날을 기다리며 설교로 연방의회의 주장에 맞서고 있었다.

그리하여 보는 바와 같이 윌리엄 히치 장로가 기차에서까지 선전을 하고 있는 것이다.

그는 큰 목소리와 격렬한 몸짓으로 이야기에 열정을 담아, 성서 시대 이후의 모르몬교의 역사를 설교했다.

어떻게 요셉 부족의 한 예언자가 이스라엘에서 새로운 종교의 연대기를 펴내고 그의 아들 모로니에게 전했는지, 어떻게 수 세기가 지난 뒤 버몬트주의 농부였고 1825년에 신비한 예언자로 밝혀진 조지프 스미스가 이집트어로 된 이 귀한 책을 번역하게 되었는지, 마지막으로 어떻게 하늘의 전령이 빛으로 가득한 숲에 나타나 스미스에게 주님의 연대기를 건네주었는지 하는 이야기였다.

이 순간, 선교사의 역사 이야기에 싫증이 난 몇몇 청중이 자리를 떴다. 그러나 윌리엄 히치는 이야기를 계속했다. 스미스는 자기 아버지와 두 형제, 그리고 제자들을 모아 말일성도의 종교를 세웠고, 이 종교는 미국뿐 아니라 영국, 스칸디나비아, 독일에서도 받아들여졌으며, 신도 중에는 수공업자와 자유직에 종사하는 사람이 많다고 했다. 그리고 그는 오하이오주에 본거지를 세우고, 20만 달러 상당의 교회를 건립하고, 커틀랜드에 도시를 세운 것에 대해 설명했다. 또한 어떻게 스미스가 대단한 은행가가 되어 미라를 내세우는 어떤 흥행사로부터 아브라함과 그 밖의 유명한 이집트인들이 직접 쓴 이야기가 담겨 있는 고문서를 받게 되었는지도 설명했다.

이야기가 길어지자 자리는 점점 더 비워져, 남은 사람은 고작 스무 명 정도였다.

하지만 장로는 그런 것에 아랑곳하지 않고 좀 더 상세히 이야기를 전개했다. 조지프 스미스가 1837년에 파산하게 된 연유와 그 때문에 덩달아 파산한 주주들이 그의 몸에 타르를 바르고 깃털에 굴린 일, 그로부터 몇 년 후 조지프 스미스가 미주리주 인디펜던스에서 보다 더 훌륭하고 존경받는 사람으로 다시 등장해 3천 명 이상의 신도를 거느린 번성한 교회의 우두머리가 된 일, 그러면서도 증오에 찬 이교도들의 추적을 받아 미국 서부로 피신해야 했던 일 등을 얘기했다.

아직 열 명의 청중이 남아 있었고, 성실한 파스파르투도 그 안에서 열심히 귀를 기울이고 있었다. 파스파르투는 스미스가 오랜 박해 끝에 일리노이주에 다시 나타나 1839년 미시시피 강변에 인구가 2만 5천 명에 달하는 노부라벨이란 도시를 세운 일과 스미스가 그곳의 시장, 최고 재판관, 총사령관을 지낸 일, 1843년엔 미국 대통령에 입후보했으며, 카시지에서 함정에 빠져 투옥되고, 결국엔 복면한 일당들에게 암살당한 일 등 여러 사실을 알게 되었다.

이제 유일하게 파스파르투 혼자 자리를 지키고 있었다. 장로는 그를 정면으로 바라보며 유창한 말솜씨로 스미스가 암살된 지 2년 뒤, 그의 후계자이자 계시를 받은 예언자 브리검 영이 노부 지역을 떠나 그레이트솔트 호숫가에 정착했고, 비옥한 이 지역, 특히 이주자들이 유타주를 거쳐 캘리포니아로 가기 위해 반드시 지나야 하는 이 교통의 요지에서 모르몬교는 일부다처제라는 교리 덕분에 엄청나게 확대되었다고 전했다.

계속해서 윌리엄 히치가 말을 이었다.

「자, 그런 까닭에 연방의회가 우리를 질시하는 것입니다! 연방군이 유타주를 짓밟는 것입니다! 그래서 모든 정의가 무시된 채 우리의 지도자이자 예언자인 브리검 영이 투옥되었습니다! 우리가 무력에 굴복해야 합니까? 절대로 그럴 수는 없습니다! 버몬트에서 쫓겨나고, 일리노이에서 쫓겨나고, 오하이오에서 쫓겨나고, 미주리에서 쫓겨나고, 유타에서 쫓겨났지만, 우리는 우리의 천막을 세울 독립된 땅을 또다시 찾아낼 것입니다. 당신, 믿음이 충만한 사람이여, 우리의 깃발 아래 당신의 천막을 세우지 않겠습니까?」

장로가 유일하게 남은 청중을 노기 어린 시선으로 쏘아보며 물었다.

「싫습니다.」

파스파르투는 용감하게 대답한 후, 광신자를 혼자 남겨두고 그 자리에서 빠져나왔다.

설교가 진행되는 동안 기차는 빠르게 달려, 12시 30분 즈음 그레이트솔트 호수 북서쪽 끝에 다다랐다. 그곳에서는 미국의 요르단 강이 흘러 들어가며, ‘사해’라는 또 다른 이름을 가진 이 호수의 모습을 전체적으로 볼 수 있었다. 빼어나게 아름다운 이 호수는 하얀 소금으로 뒤덮여 있는 큼직하고 멋진 바위로 둘러싸여 있었다. 호수는 전에는 더 넓은 면적을 차지하고 있었으나, 시간이 흐르면서 호수 바닥이 침식, 수심이 깊어지면서 표면적이 줄어들었다.

길이는 약 70마일이며 폭은 35마일인 그레이트 솔트 호수는 해면보다 1,200피트가 낮은 이스라엘의 사해와는 달리, 해발 3,800피트 지점에 위치하고 있다. 물 무게의 4분의 1에 달하는 소금 덩어리가 용해되어 있어, 염도가 상당히 높다. 증류수의 무게가 1,000일 때, 호수 물의 무게는 1,170이다. 따라서 물고기는 살지 못한다. 요르단 강, 웨버 강 그리고 그 밖의 샛강을 통해 호수로 들어온 물고기들은 곧 죽고 만다. 하지만 물의 밀도가 높아 사람이 잠수할 수 없다는 말은 사실이 아니다.

호수 주변의 들판은 놀랄 만큼 잘 경작되어 있다. 모르몬교도가 농경에 뛰어나기 때문이다. 농가와 우리, 밀밭, 옥수수밭, 수수밭, 잘 가꾼 풀밭이 있고, 어느 곳이든 들장미 울타리와 아카시아, 그리고 버들옷이 심겨 있다. 지금은 가볍게 내린 눈이 얇게 쌓여 땅이 보이지 않지만, 여섯 달 뒤면 이 지방은 비옥한 모습을 띨 것이다.

2시에 여행자들은 오그던 역에서 내렸다. 기차가 6시에 떠나기로 되어 있어 포그 씨, 아우다 부인, 그리고 두 동행자는 오그던 역에서 갈라지는 지선을 타고 성자들의 도시로 갔다. 완벽한 미국풍의 이 도시를 방문하는 데는 두 시간이면 충분했다. 이 도시는 미연방의 다른 도시들처럼 길게 뻗은 길들이 바둑판 모양으로 만들어져 있어 빅토르 위고의 표현처럼 '직각의 가련한 슬픔'을 떠오르게 했다. 성자들의 도시를 세운 사람은 앵글로색슨의 특징인 균형미에서 벗어나지 못했던 것이다. 사람들이 제도의 수준에 미치지 못하는 이 이상한 나라에서는 도시도, 집도, 어리석은 짓도, 모든 것이 네모나게 만들어진다.

　3시, 여행자들은 요르단 강 기슭과 워새치 산맥이 시작되는 곳 사이에 세워진 이 도시의 거리를 거닐었다. 교회는 거의 눈에 띄지 않았고, 기념할 만한 곳으로는 예언자의 집, 법원, 무기고가 있었다. 그리고 베란다와 회랑이 있고, 아카시아, 종려나무, 캐러브로 덮여 있는 정원으로 둘러싸인 푸르스름한 벽돌집들이 보였다. 1853년에 진흙과 자갈로 세운 성벽이 도시를 에워싸고 있었다. 시장이 서는 중심가에는 특실로 장식된 호텔들이 높이 솟아 있었다. 그중에서도 솔트레이크 호텔이 가장 눈에 띄었다.

　포그 씨 일행은 이 도시가 그다지 혼잡하지 않다고 생각했다. 울타리로 둘러싸인 몇몇 구역을 지나야 도착할 수 있는 사원 부근은 예외였지만, 거리에는 인적이 드물었다. 여자가 꽤 많았는데, 이는 모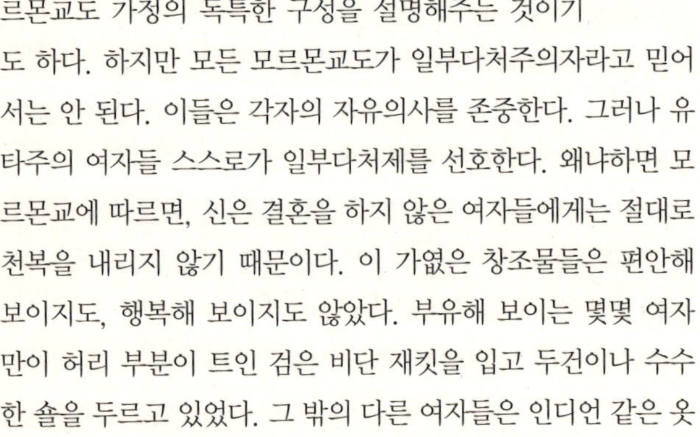르몬교도 가정의 독특한 구성을 설명해주는 것이기도 하다. 하지만 모든 모르몬교도가 일부다처주의자라고 믿어서는 안 된다. 이들은 각자의 자유의사를 존중한다. 그러나 유타주의 여자들 스스로가 일부다처제를 선호한다. 왜냐하면 모르몬교에 따르면, 신은 결혼을 하지 않은 여자들에게는 절대로 천복을 내리지 않기 때문이다. 이 가엾은 창조물들은 편안해 보이지도, 행복해 보이지도 않았다. 부유해 보이는 몇몇 여자만이 허리 부분이 트인 검은 비단 재킷을 입고 두건이나 수수한 숄을 두르고 있었다. 그 밖의 다른 여자들은 인디언 같은 옷차림을 하고 있었다.

파스파르투는 나름대로 신념을 가진 사람으로, 한 모르몬교 남자의 행복을 여럿이 함께 나누는 모르몬교 여자들이 무섭게 느껴졌다. 그는 불쌍한 쪽은 오히려 남편이라고 생각했다. 변화무쌍한 일생 동안 그렇게 많은 여자를 동시에 돌봐야 하고, 모두를 이끌고 모르몬 천국까지 데려가야 하고, 또 그곳에서도 부인들과 다시 만나 영광의 스미스와 영원한 동반자로 함께 살아야 하며, 그것이 곧 이 행복의 나라에서의 사명이라고 믿는 것이 끔찍해 보였다. 결단코 파스파르투는 이런 모르몬교에 취미가 없었다. 그의 생각에―아마 지나친 생각이겠지만―솔트레이크시티의 여자들이 자신에게 수상쩍은 시선을 던지는 것 같았다.

천만다행으로 일행은 성자들의 도시에서 그리 오래 머물지 않았다. 4시 전에 여행자들은 다시 역으로 가서 기차에 올랐다.

기적이 울렸다. 기관차의 바퀴가 레일 위를 돌면서 기차에 막 속력이 붙기 시작할 때, 「멈춰요! 멈추세요!」라는 외침 소리가 들렸다.

달리는 기차를 세울 수는 없는 법이다. 소리를 질러댄 신사는 뒤늦게 도착한 모르몬교도였다. 그는 숨이 끊어질 정도로 달렸다. 다행히 역에는 문도 담도 없었다. 그는 철길로 몸을 날려 맨 끝 칸의 발판에 뛰어올랐다. 그리고 긴 의자 위에 숨을 헐떡이며 주저앉았다.

감동하면서 이 광경을 지켜본 파스파르투가 깊은 관심을 보이며 뒤늦은 탑승객을 주시했다. 그는 이 유타 주민이 부부 싸움 끝에 도망쳐 왔다는 사실을 알게 되었다.

이 모르몬교도가 숨을 제대로 쉴 수 있게 되자, 파스파르투는 용기를 내어 부인이 몇 명 있는지 정중하게 물었다. 그가 방금 서둘러 도망쳐 온 것으로 보아 적어도 부인이 스무 명은 되리라 생각한 것이다.

「한 명입니다. 하나로도 충분했습니다!」

모르몬교도가 하늘을 향해 두 팔을 들며 대답했다.

기차는 그레이트솔트 호수와 오그던 역을 떠난 뒤, 한 시간 가량 북쪽으로 올라가 샌프란시스코로부터 약 900마일 떨어진 웨버 강에 이르렀다. 그리고 이 지점에서 다시 동쪽으로 꺾어 워새치 산맥의 기복이 심한 산악 지대를 지났다. 이 산맥과 로키 산맥 사이의 지역이 미국인 기술자들이 심각한 어려움을 겪었던 그 구간이다. 이 구간을 통과하는 철도 작업을 위해 연방 정부가 내놓은 보조금만 해도 1마일당 4만 8천 달러나 되었다. 평지에서는 단지 1만 6천 달러였을 뿐이다. 이미 말했듯이, 기술자들은 자연을 훼손하지 않고 기복이 심한 곳을 우회하면서 지혜롭게 공사를 진행했다. 대분지에 이르는 철도의 전 구간에서 터널은 단 하나로, 그 길이는 14,000피트에 달한다.

그레이트솔트 호수에서 철길은 가장 높은 고도에 이르렀다. 이곳에서부터 철길은 아주 긴 곡선을 그리며 비터크리크 계곡 쪽으로 내려간 다음, 다시 대서양과 태평양의 분수령까지 올라간다. 이 산악 지대에는 강이 많아서 작은 다리를 통해 머디 강, 그린 강, 그 밖의 다른 강들을 건너야 했다. 파스파르투는 목적지에 다다를수록 더욱 초조해졌다. 픽스도 난관이 많은 이 지역을 어서 벗어나고 싶었다. 그는 기차가 늦게 도착할까 봐 걱정하고 사고를 두려워하는 등 필리어스 포그보다도 서둘러 영국 땅에 닿고 싶어했다.

밤 10시에 기차는 포트브리저 역에 멈춰 섰다가 곧 다시 출발했다. 콜로라도 수계의 한 부분을 이루는 비터크리크 계곡을 따라 20마일을 더 가서 기차는 예전의 다코타인 와이오밍주에 들어섰다. 다음 날인 12월 7일, 기차는 그린리버 역에서 15분간 정차했다. 간밤에 꽤 많은 눈이 내렸지만, 비와 섞여 반은 녹았기 때문에 기차 운행에 방해가 되지는 않았다.

그럼에도 파스파르투는 이 나쁜 날씨 때문에 걱정이 되었다. 쌓인 눈이 기차 바퀴에 붙어 여행에 지장을 줄 수도 있기 때문이다.

「도대체 주인님은 왜 겨울에 여행할 생각을 하셨담! 내기에 이길 확률이 높은 좋은 계절을 기다렸으면 좋았잖아?」

이 충직한 청년이 기상 상태와 기온이 떨어질 것을 걱정하고 있을 때, 아우다 부인은 전혀 다른 이유 때문에 불안해하고 있었다.

기차가 서자 몇몇 승객은 기차에서 내려 그린리버 역의 플랫폼을 거닐었다. 차창 밖을 보고 있던 아우다 부인이 이 사람들 사이에서 샌프란시스코 집회 때 필리어스 포그에게 무례하게 대했던 스탬프 프록터 대령을 알아본 것이다. 아우다 부인은 그의 눈에 띄지 않으려고 몸을 뒤로 젖혔다. 이런 상황은 젊은 부인을 걱정에 휩싸이게 만들었다. 부인은 차갑기는 하지만 매일 극진한 헌신을 보이는 포그 씨에게 끌리고 있었다. 물론 부인 자신도 생명의 은인이 불러일으킨 이 감정의 깊이를 완전히 알아차리지는 못한 상태였다. 아직 감사라는 명목을 붙여놓은 이 감정이 자신도 모르는 사이, 그 이상의 것으로 자리잡고 있었던 것이다. 그녀는 포그 씨가 언젠가는 결투를 신청하려고 마음먹고 있는 그 무례한 인물과 마주칠까 봐 마음을 졸였다. 물론 프록터 대령이 이 기차에 탄 것은 우연이었을 테지만, 어쨌든 그 사람이 기차에 타고 있으니 무슨 수를 써서라도 필리어스 포그가 적을 발견하지 못하도록 해야 했다.

기차가 다시 달리기 시작하자, 아우다 부인은 포그 씨가 잠든 틈을 타 픽스와 파스파르투에게 상황을 알렸다.

「프록터가 기차에 타고 있다니! 으음, 안심하십시오, 부인. 그자가…… 아니 포그 씨가 처리하기 전에 제가 처리할 겁니다! 그날 가장 심한 모욕을 당한 사람은 바로 저니까요.」

픽스가 소리쳤다.

「저도 녀석을 가만두지 않겠습니다. 그가 대령이라 해도 말이죠.」

파스파르투가 덧붙였다.

「픽스 씨, 포그 씨는 어떤 사람에게도 복수하는 일을 맡기지 않을 거예요. 그분 자신이 말했듯이 그분은 자신을 모욕한 그 사람을 만나러 미국으로 다시 올 분이죠. 만일 그분이 프록터 대령을 알아본다면, 비참한 결과를 가져올 결투를 막을 수는 없을 거예요. 그러니 그분이 그 사람을 보지 못하게 해야 해요.」

아우다 부인이 말했다.

「옳은 말씀입니다. 한 번의 만남이 모든 것을 앗아갈 수도 있지요. 이기든 지든 포그 씨는 늦어지게 될 거고, 그러면…….」

픽스의 말에 파스파르투가 끼어들었다.

「그러면 혁신클럽의 신사들이 내기에서 이기게 되죠. 나흘 뒤면 우리는 뉴욕에 도착합니다! 음, 주인님이 나흘 동안만 자리를 지키시면 그 빌어먹을 미국 놈과 마주치는 일은 없을 텐데! 우리가 잘해야…….」

대화는 거기서 중단되었다. 포그 씨가 잠에서 깨어나 눈으로 얼룩진 창 너머로 들판을 바라보았다. 잠시 후, 파스파르투가 주인과 아우다 부인에게 들리지 않게 형사에게 물었다.

「정말로 주인님을 위해 싸울 겁니까?」

「그를 산 채로 유럽으로 데려가기 위해서라면 뭐든 할 거요!」

픽스는 단호한 목소리로 간단하게 대답했다.

파스파르투는 온몸이 오싹해지는 것을 느꼈지만, 주인에 대한 믿음은 약해지지 않았다. 포그 씨를 이 기차 칸에 잡아두어 대령과 아예 만나지 못하게 할 방법이 없을까? 이 신사는 거의 움직이지도 않고 호기심도 없으므로 어려울 것 같지 않았다. 한편, 형사는 방법을 찾아냈는지 잠시 뒤 필리어스 포그에게 말을 건넸다.

「이렇게 기차를 타고 가자니 시간이 길고 느리게만 느껴지는군요.」

「사실입니다. 하지만 시간은 흐르기 마련이지요.」

신사가 대답했.

「배에서 휘스트를 자주 하셨지요?」

픽스가 물었다.

「그렇습니다만 여기서는 어려울 겁니다. 카드도 없고 상대도 없으니까요.」

필리어스 포그가 대답했다.

「아! 카드라면 살 수 있을 겁니다. 미국 기차 안에서는 온갖 것을 다 팔거든요. 게임 상대라면 혹시 부인께서…….」

「물론이에요. 저도 휘스트를 할 줄 압니다. 휘스트는 영국 교육 과정에 들어 있거든요.」

젊은 부인이 활기차게 대답했다.

「저도 휘스트를 잘한다고 약간은 자부하고 있습니다. 그러니 우리 셋에다 자리만 채워줄 한 사람을 더해…….」

픽스가 말했다.

「그럼 그렇게 하시지요.」

필리어스 포그는 자신이 가장 좋아하는 게임을 기차에서도 할 수 있게 되자 기쁜 마음으로 대답했다.

파스파르투가 서둘러 급사장을 찾아 나섰고, 곧 카드 두 벌, 점수판, 동전, 그리고 천을 씌운 작은 탁자를 가지고 돌아왔다. 게임에 필요한 모든 것이 갖춰졌다. 게임이 시작되었다. 아우다 부인은 휘스트 게임을 잘 알고 있었고, 엄격한 필리어스 포그로부터 약간의 찬사까지 받았다.

형사 역시 수준급이었고, 포그 씨와 겨룰 만했다.

「이제야 주인님을 붙잡아 놓았군. 주인님은 자리를 뜨지 않으실 거야!」

파스파르투가 혼자 중얼거렸다.

오전 11시, 기차는 두 대양이 갈라지는 지점에 이르렀다. 그곳은 브리저 고개로, 영국 단위로 해발 7,524피트 지점이며, 로키 산맥을 지나는 철도 구간 가운데서도 꽤 높은 곳에 속한다. 200마일쯤 더 가면 승객들은 철도 건설에 좋은 자연 조건을 가진, 대서양까지 펼쳐지는 긴 평원 위를 달리게 될 것이다.

대서양으로 향하는 평원의 경사에서는 벌써 노스플랫 강의 지류, 혹은 그 지류의 지류인 작은 강들이 보이기 시작했다. 래러미 산 정상이 우뚝 솟아 있는 북부 로키 산맥은 거대한 반원형 커튼처럼 북쪽과 동쪽 지평선을 덮고 있었다. 굽은 모양의 산과 철길 사이에 비옥하고 넓은 평원이 펼쳐져 있었다. 철길 오른쪽에서 남쪽으로는 미주리 강의 큰 지류인 아칸소 강의 수원지까지 뻗쳐 있는 산비탈들이 거듭 포개져 있었다.

낮 12시 30분, 여행자들은 이 지역을 관할하는 할렉 요새를 스쳐 지나갔다. 몇 시간 후면 로키 산맥 횡단은 끝날 것이다. 따라서 기차가 아무 사고 없이 이 험준한 지역을 통과하리라는 기대를 해볼 만도 했다. 눈이 그쳤다. 날씨가 차갑고 건조해지기 시작했다. 기관차에 질겁한 큰 새들이 멀리 달아나고 있었다. 곰이나 늑대 같은 맹수는 평원에 없었다. 황량하기 짝이 없는 벌판이었다.

포그 씨와 그의 게임 상대들은 객차로 가져온 점심을 편안히 먹고 나서 끝날 줄 모르는 휘스트 게임을 다시 시작했다. 바로 그때, 고막이 찢어질 듯한 기적 소리가 들렸다. 기차가 멈췄다.

파스파르투가 차 문 밖으로 머리를 내밀어 보았지만, 기차를 멈추게 한 원인은 알 수 없었다. 역도 보이지 않았다.

아우다 부인과 픽스는 포그 씨가 철길 위에 내려설 생각을 하지 않을까 잠시 걱정했다. 그러나 그 신사는 하인에게 이렇게 말했을 뿐이다.

「무슨 일인지 알아보게.」

파스파르투는 객차 밖으로 뛰어나갔다. 40여 명의 승객이 벌써 나와 있었다. 이들 가운데에는 스탬프 프록터 대령도 있었다.

기차는 철길을 가로막는 빨간 불 앞에 멈춰 서 있었다. 기관사와 차장이 내려와 다음 역인 메디신보의 역장이 보낸 선로공 한 명과 열띤 논쟁을 벌이고 있었다. 승객들도 다가가 이야기에 끼어들었다. 그 사이에 큰 목소리와 오만한 손짓으로 이야기하고 있는 프록터 대령이 눈에 띄었다.

모여 있는 사람들에게 다가간 파스파르투는 선로공의 말을 들었다.

「안 됩니다! 통과할 방법이 없다니까요! 메디신보 다리가 흔들릴 거고, 기차의 무게를 견디지 못할 겁니다.」

문제의 다리는 급류 위에 놓인 다리로, 지금 기차가 멈춰 서 있는 곳에서 1마일 떨어진 곳에 있었다. 선로공은 여러 가닥의 줄이 끊어져 있어서 다리가 붕괴될 위험이 있기 때문에 기차를 통과하게 할 수 없다고 했다. 그렇게 단언하는 선로공의 말은 전혀 과장된 것이 아니었다. 게다가 평소 미국인들의 태평스런 태도와 대조적으로 이렇게 조심하는 것을 볼 때, 거기에는 충분한 이유가 있을 것이었다.

파스파르투는 주인에게 알리러 갈 용기가 나지 않아 이를 악문 채 바위처럼 꼼짝 않고 듣고 있었다.

「이런! 설마 우리더러 눈 속에서 얼어 죽으란 말은 아니겠지!」

프록터 대령이 소리쳤다.

「대령님, 오마하 역에 전보를 쳐서 기차 한 대를 요청했습니다만, 여섯 시간 전에는 메디신보 역에 도착할 것 같지 않습니다.」

차장이 말했다.

「여섯 시간이라니!」

파스파르투가 외쳤다.

「틀림없습니다. 게다가 걸어서 그 역까지 가려면, 그 정도의 시간은 필요합니다.」

차장이 말을 받았다.

「걸어간다고?」

승객들이 동시에 소리쳤다.

「그 역이 그렇게 멉니까?」

한 승객이 물었다.

「12마일입니다. 강도 건너야 하고요.」

「눈 속을 12마일이나 걸어가라고?」

스탬프 프록터가 외쳤다.

대령은 욕설을 퍼부으며 회사와 차장을 나무랐다. 파스파르

투도 화가 치밀어 대령과 목소리를 맞췄다. 이 물리적 장애물
이야말로 주인의 지폐를 몽땅 쏟아 부어도 제거할 수 없는 것
이었다.

게다가 연착은 제쳐놓더라도, 눈 덮인 평원을 15마일 가량
걸어야 하는 처지에 놓인 승객들로서는 크게 실망할 수밖에 없
었다. 그들은 웅성대다가 소리를 질렀고 욕설을 퍼부었다. 만
일 필리어스 포그가 게임에 열중하지 않았다면 틀림없이 이 상
황을 눈치 챘을 것이다.

파스파르투는 주인에게 사실을 알려야 했기에 고개를 떨군
채 객차 쪽으로 향했다. 그때, 포스터라는 진짜 양키 이름을 가
진 기관사가 목소리를 높여 말했다.

「여러분, 한 가지 방법이 있습니다.」

「다리를 건널 수 있단 말이오?」

한 승객이 대꾸했다.

「다리를 건널 수 있습니다.」

「우리가 타고 온 기차로 말인가?」

대령이 물었다.

「우리 기차로요.」

파스파르투는 걸음을 멈추고 기관사의 말에 귀를 기울였다.

「하지만 다리가 무너지려고 하는데!」

차장이 말을 받았다.

「상관없어요. 최대속력으로 기차를 몰면 건널 수 있을지도
모릅니다.」

포스터가 대답했다.

「맙소사!」

파스파르투가 내뱉었다.

그러나 일부 승객은 즉각 그 말에 솔깃했다. 그 제안은 특히 프록터 대령의 맘에 들었다. 이 성질 급한 사람은 한번 해볼 만한 일이라고 생각했다. 튼튼한 기차를 전속력으로 몰면 다리가 없어도 강을 건널 수 있다고 한 어떤 기술자의 말이 떠올랐다. 결국 이 제안에 흥미를 느낀 사람들은 모두 기관사와 의견을 같이하게 되었다.

「건널 확률은 50퍼센트입니다.」

한 승객이 말했다.

「60퍼센트요.」

다른 승객이 말을 받았다.

「80…… 아니 90퍼센트!」

파스파르투는 질겁을 했다. 그도 메디신보 다리를 건너기 위해서라면 무슨 짓이든 해볼 참이었지만, 이 시도는 지나치게 미국적인 것 같았다.

그는 '훨씬 간단한 방법이 있는데, 사람들은 그것을 생각조차 않고 있군!' 하고 생각하며 한 승객에게 말했다.

「기관사가 제안한 방법은 약간 무모한 것 같은데…….」

「80퍼센트의 확률이라고요!」

승객이 대답하고 등을 돌렸다.

「잘 압니다.」

파스파르투가 대답했다.

「하지만 조금만 더 생각해보면…….」

그는 다른 신사에게 또 말을 붙였다.

「생각은 무슨 생각! 기관사가 건널 수 있다고 하잖아요.」

파스파르투가 말을 건넨 미국인이 어깨를 으쓱거리며 대답했다.

「물론 건널 수야 있겠지요. 하지만 좀 더 신중하게…….」

「무슨 소리요? 신중하라니!」

프록터 대령이 이 말을 듣고 펄펄 뛰며 소리쳤다.

「엄청난 속력을 낸다고 하지 않소! 알겠소? 엄청난 속력을 낸다 말이오!」

「알아요……. 알아들었어요……. 신중이라는 말이 귀에 거슬린다면, 적어도 좀 더 자연스러운…….」

파스파르투가 말을 반복했지만 아무도 그의 말이 끝나도록 가만두지 않았다.

「누구야? 뭐야? 뭐라고? 자연스러운 게 어떻다는 거야?」

사방에서 외쳐댔다.

가엾은 젊은이는 이제 누구에게 말을 해야 할지 몰랐다.

「당신, 두렵소?」

프록터 대령이 물었다.

「내가? 두렵냐고? 그래, 좋아요! 여기 모인 사람들에게 프랑스인도 미국인과 같다는 걸 보여주겠습니다!」

파스파르투가 소리쳤다.

「열차에 타십시오! 열차에 타세요!」

차장이 외쳤다.

「그래, 열차에 타자고요! 타! 하지만 승객들이 걸어서 다리를

건넌 다음, 기차를 건너게 하는 것이 보다 자연스러운 방법이
라는 내 생각은 절대로 바꾸지 못할 겁니다!」

파스파르투가 말했다.

그러나 아무도 이 현명한 생각을 들으려 하지 않았고, 어느
누구도 이 생각이 옳다는 것을 인정하려고 하지 않았다. 승객
들이 다시 객차 안으로 들어왔다. 파스파르투도 자기 자리로
돌아왔다. 그는 무슨 일이 일어났는지 한마디도 하지 않았다.
휘스트를 하던 사람들은 그것에 계속 몰두했다. 기관
차가 힘차게 기적을 울렸다. 기관사는 도약하기 전
도움닫기를 하려는 선수처럼 기차를 1마일 가
량 후진시켰다.

기차는 두 번째 기적 소리를 내며 앞으로 달리
기 시작했다. 속도가 빨라졌고, 곧 무시무시한 속도가 났다. 기
차가 내는 날카로운 소리만 들렸다. 피스톤은 1초에 스무 번이
나 움직였고, 차축은 기름통 속에서 연기를 내뿜었다. 기차가
시간당 100마일의 속도로 달리자, 차체가 레일 위에 있는 것
같지 않았다. 속력이 무게를 삼켜버린 것이다.

강을 건넜다! 마치 번개와 같았다. 다리는 보이지 않았다. 열
차가 이쪽 강가에서 저쪽 강가로 건너뛰었다고나 할까. 기관사
는 역을 5마일이나 지나서야 속력이 붙었던 기차를 멈출 수 있
었다. 하지만 기차가 강을 건너자마자 다리는 완전히 망가져,
우르르 무너지는 소리를 내며 메디신보의 급류 속에 잠겼다.

29 유니언 철도에서만 만날 수 있는
여러 가지 사건

그날 저녁, 기차는 아무런 장애물 없이 계속 달려, 샌더스 요새를 지나 샤이엔 고개를 넘어 에번스 고개에 이르렀다. 이곳에서 철도는 노선에서 가장 높은 지점인 해발 8,091피트에 다다랐다. 승객들은 이제 대서양까지 끝없는 자연이 펼쳐진 평원을 내려가기만 하면 되었다. 그곳에서 대횡단선은 콜로라도주의 주요 도시인 덴버로 향하는 지선으로 갈라진다. 이 영토는 금광과 은광이 풍부해 벌써 5만여 시민이 정착하여 살고 있었다.

샌프란시스코에서부터 이곳까지 사흘 낮과 밤 동안 1,382마일을 달려왔다. 여러 가지 사정을 종합해보건대, 뉴욕까지 도착하는 데 나흘이면 충분할 것 같았다. 그러므로 필리어스 포그는 예정된 시간을 지키고 있는 셈이었다. 밤사이 기차는 월바 부대를 왼편으로 지났다. 와이오밍주와 콜로라도주를 직선으로 나누는 경계선을 따라 로지폴 강이 철길과 나란히 흐르고 있었다.

11시에 기차는 네브래스카주에 들어섰고, 세지윅 옆을 지나 플랫 강 남쪽 지류에 위치한 줄스버그에 이르렀다.

바로 여기서 1867년 11월 23일, 유니언 퍼시픽 철도의 개통식이 열렸었다. 공사 총책임자는 도지 장군이었다. 개통식에는 아홉 대의 객차가 연결된 두 대의 튼튼한 기관차가 부사장인 토머스 듀랜트를 포함한 초대 손님을 싣고 왔다. 환호성이 터졌고, 수족과 포니족의 모의 인디언 전쟁 장면이 공연되었다. 불꽃놀이도 있었다. 휴대용 인쇄기를 이용, 〈철도 개척자〉 창간호가 나왔다. 이처럼 횡단 철도의 개통식은 성대하게 치러졌다. 진보와 문명의 도구인 대철도는 사막을 지나, 그때까지는 아직 생기지도 않은 도시와 도시를 연결해주었다. 암피온의 하프 소리보다 더욱 힘찬 기관차의 기적 소리는 곧 미국 땅에 도시들을 솟아나게 할 기세였다.

아침 8시에 기차는 맥퍼슨 요새를 지났다. 여기서 오마하까지는 357마일이었다. 철길은 플랫 강에서 갈라진 구불구불한 남쪽 지류의 왼편을 따라 달렸다. 9시, 기차는 플랫 강의 두 지류 사이에 세워진 노스플랫에 닿았다. 이 두 지류는 도시 외곽에서 합쳐져 하나의 큰 강이 되고, 다시 오마하 북쪽에서 미주리 강으로 흘러 들어간다.

자오선 101도를 지났다.

포그 씨와 일행은 다시 게임을 시작했다. 아무도 여행이 지루하다고 불평하지 않았다. 픽스가 몇 기니를 따다가 다시 잃기 시작했다. 하지만 포그 씨 못지않게 열정을 보였다. 그날 아침에는 특히 포그 씨에게 운이 따랐다. 좋은 패가 그의 손으로 쏟아져 들어왔다. 포그 씨가 대담한 수를 짜내어 스페이드를 내려고 하려는 순간, 의자 뒤에서 「나라면 다이아몬드를 내겠는데……」라고 하는 소리가 들렸다.

포그 씨와 아우다 부인, 그리고 픽스가 고개를 들었다. 프록터 대령이 옆에 서 있었다.

스탬프 프록터와 필리어스 포그는 곧바로 서로를 알아보았다.

「아! 당신, 그 영국인이로구먼. 스페이드를 내려는 모양이지?」

대령이 소리쳤다.

「아니, 누가 게임을 하는데.」

필리어스 포그가 스페이드 10을 내놓으면서 차갑게 대답했다.

「글쎄, 다이아몬드가 더 좋다니까.」

프록터 대령이 성난 목소리로 반박했다.

그러고는 내놓은 카드를 집으려 들며 덧붙였다.

「당신은 이 게임을 전혀 모르는군.」

「아마 다른 승부에 더 능숙할 거요.」

필리어스 포그가 일어서며 말했다.

「존 불의 아들 녀석아, 어디 한번 해보시지!」

무례한 인물이 대꾸했다.

아우다 부인의 얼굴이 하얗게 질렸다. 온몸의 피가 심장으로 역류하는 것 같았다. 그녀가 필리어스 포그의 팔을 잡았으나, 포그 씨는 이를 부드럽게 뿌리쳤다. 파스파르투는 주인을 몹시 모욕적인 태도로 쳐다보고 있는 그 미국인에게 곧 달려들 기세였다. 그러나 픽스가 먼저 일어나 프록터 대령에게 다가가 말했다.

「당신과 볼일이 있는 사람은 나라는 걸 잊었나? 당신은 날

모욕했을 뿐만 아니라 때리기까지 했어!」

「픽스 씨, 실례지만 이 일은 내게 관련된 일이오. 스페이드를 내는 것이 잘못이라 주장하면서 대령은 또다시 나를 모욕했소. 그러니 그는 나와 결투해야 할 것이오.」

포그 씨가 말했다.

「당신이 원하는 시간, 원하는 장소에서 당신 마음에 드는 무기로 하지!」

미국인이 말을 받았다.

아우다 부인은 포그 씨를 만류하려 했지만 소용없었다. 형사도 자기가 대신 싸워보려 했지만 헛일이었다. 파스파르투는 대령을 문 밖으로 던져버리고 싶었지만, 주인의 눈짓에 꾹 참았다. 필리어스 포그는 객차 밖으로 나갔고, 미국인도 그를 따라 나섰다.

「선생, 내게는 유럽으로 돌아가는 일이 아주 급하오. 어떤 일로라도 늦어지면 치명적인 손실을 입게 되오.」

포그 씨가 자신의 적에게 말했다.

「그게 나하고 무슨 상관이지?」

「선생, 우리가 샌프란시스코에서 만난 뒤로, 나는 유럽에서 일을 마치면 곧바로 선생을 만나러 다시 미국으로 올 계획이었소.」

포그 씨가 아주 정중하게 말을 받았다.

「그래?」

「6개월 뒤에 만날 수 있겠소?」

「왜 6년 뒤가 아니고?」

「6개월이오. 약속 장소에 정확히 나올 거요.」

「도망치려는 수작이군! 당장 하지 않으면 그만두겠어.」

스탬프 프록터가 소리쳤다.

「좋소. 뉴욕에 가는 겁니까?」

포그 씨가 물었다.

「아니.」

「시카고?」

「아니.」

「오마하?」

「당신한테는 중요하지 않을 텐데! 플럼크리크라고 아나?」

「모르오.」

포그 씨가 대답했다.

「다음 역이야. 한 시간 뒤면 도착하지. 기차는 그곳에서 10분간 정차할 거야. 10분이면 권총 몇 발은 주고받을 수 있겠지.」

「좋소, 플럼크리크에서 내리겠소.」

「당신이 영원히 그곳에 머물게 될 거라는 생각이 드는군!」

미국인은 말할 수 없이 건방지게 덧붙였다.

「누가 알겠소?」

포그 씨가 대답했다. 그리고 평소처럼 침착하게 객차로 돌아왔다.

자리에 앉은 신사는 허풍 떠는 사람들은 결코 무서워할 필요가 없다고 말하며 아우다 부인을 안심시켰다. 그리고 나서 픽스에게 곧 있을 결투의 증인이 되어달라고 부탁했다. 픽스는 거절할 수 없었고, 필리어스 포그는 침착하게 스페이드를 꺼내며 중단되었던 게임을 다시 시작했다.

11시에 기적 소리가 플럼크리크 역에 가까이 왔음을 알렸다. 포그 씨는 일어나서 픽스와 함께 바깥 통로로 갔다. 파스파르투가 권총 두 자루를 가지고 따라나섰다. 아우다 부인은 죽은 사람처럼 창백한 얼굴로 객차에 남았다.

그때, 다른 객차의 문이 열리며 프록터 대령이 자기와 비슷한 미국인 한 사람을 증인으로 거느리고 통로에 나타났다. 두 적수가 철로에 내려서려 할 때, 차장이 뛰어와 소리쳤다.

「여러분, 내리지 마십시오.」

「무슨 일인가?」

대령이 물었다.

「20분이나 연착됐기 때문에 기차는 여기에 서지 않을 겁니다.」

「하지만 나는 이 사람과 결투를 해야 해.」

「죄송합니다만, 바로 떠날 겁니다. 종이 울리지 않습니까!」

정말로 종이 울렸고, 기차는 다시 움직이기 시작했다.

「정말 죄송합니다, 여러분. 상황이 달랐다면 여러분의 뜻에 따를 수 있었을 겁니다. 하지만 여기서는 결투할 시간이 없으니, 가면서 하시는 건 어떻겠습니까?」

차장이 말했다.

「아마 이 사람은 원치 않을 거야!」

프록터 대령이 빈정거리는 말투로 말했다.

「나는 좋소.」

필리어스 포그가 대답했다.

파스파르투는 '과연 미국이군! 기차 차장도 상류층 신사 같잖아!' 하고 생각하며 주인을 따랐다.

두 결투자와 증인들은 차장을 앞세우고 객차에서 객차를 지나 맨 끝 칸에 이르렀다. 맨 뒤 객차에는 10여 명의 승객밖에 없었다. 차장은 승객들에게 명예를 걸고 해결해야 할 일이 있는 두 신사 분을 위해 잠깐 자리를 비켜줄 수 있는지 물어보았다. 이게 무슨 소리란 말인가! 그러나 승객들은 아주 기꺼이 두 신사의 편의를 봐주었고, 바깥 통로로 물러났다.

길이가 50피트쯤 되는 이 객차는 결투하기에 알맞았다. 두 결투자는 좌석 사이의 통로로 서로를 향해 걸어가다 총을 겨눌 수 있었다. 어떤 결투보다도 간단했다. 포그 씨와 프록터 대령은 각자 여섯 발의 총알이 든 권총을 가지고 객차로 들어왔다. 증인들은 밖에서 그들이 뛰쳐나오지 못하도록 문을 닫았다. 기관차의 첫 기적 소리에 맞춰 총을 쏘기로 했다……. 그리고 2분 후, 두 신사 중 살아남은 사람은 객차 밖으로 나올 것이었다.

이보다 더 간단할 수는 없었다. 너무나 간단해서 픽스와 파스파르투는 심장이 터질 것 같았다.

약속된 기적 소리를 기다리는데, 갑자기 야만스런 고함 소리가 들려왔다. 폭발음도 함께 들렸지만, 결투자들이 있는 객차에서 나는 소리는 아니었다. 이 폭발음은 오히려 차 앞쪽에서부터 객차 전체로 울려 퍼졌다. 공포에 찬 비명

소리가 앞쪽 객차 안에서 터져 나왔다. 프록터 대령과 포그 씨
는 손에 권총을 들고, 곧바로 객차 밖으로 나와 폭발음과 비명
소리가 거칠게 울려 퍼지는 앞쪽으로 달려갔다. 그들은 기차가
수족 무리의 공격을 받았다는 것을 알 수 있었다.

이 대담한 인디언들은 시험 삼아 기차를 공격하는 것이 아니
었다. 벌써 여러 번 기차를 세운 경험이 있었다. 이들은 습관대
로 기차가 멈추기를 기다리지 않고, 달리는 말에 올라타는 광대
처럼 100여 명이 발판에 몸을 날려 객차 위로 기어 올라왔다.

수족은 소총을 가지고 있었다. 그래서 폭발음이 들렸던 것이
다. 이에 대항하여 무장을 한 승객들도 권총을 쏘며 반격했다.
인디언들은 맨 먼저 기관차의 엔진 쪽으로 달려갔다.

기관사와 화부는 도끼에 맞아 반쯤 죽어 있었다. 수족 족장
이 기차를 멈추려 했지만, 조정기의 손잡이를 조작할 줄 몰라
닫아야 할 증기 투입구의 밸브를 활짝 열어버렸다. 기관차는
이내 무서운 속도로 달리기 시작했다.

동시에 수족이 객차에 침입하여 성난 원숭이처럼 지붕 위를
달리고, 문을 부수고, 승객들과 몸싸움을 벌였다. 그들은 화물
칸 밖으로 짐을 끌어내 탈취한 뒤, 가방은 철로에 내던졌다. 비
명과 총소리가 끊이지 않았다.

그 와중에서도 승객들은 용감하게 맞섰다. 바리케이드를 친
몇 대의 객차는 시속 100마일 속도로 달리면서도, 움직이는 요
새처럼 공격을 버텨냈다.

아우다 부인은 습격이 시작될 때부터 용감하게 대처했다. 야
만인이 앞에 나타날 때면 마치 영웅처럼 자신을 방어하면서 깨

진 창문 사이로 손에 든 권총을 발사했다. 20여 명의 치명상을 입은 수족이 철로 위에 떨어졌고, 기차 바퀴가 그들을 벌레처럼 짓이기고 지나갔다. 몇몇 승객도 총탄이나 도끼에 맞아 중상을 입고 의자 위에 쓰러졌다.

빨리 끝내야 했다. 이 싸움은 벌써 10분이나 계속되고 있었고, 만일 기차가 멈추지 않는다면 싸움은 수족의 승리로 끝나게 될 것이었다. 커니 요새 역까지는 2마일도 남지 않은 상태였다. 그곳에는 미군 초소가 있는데, 그 초소를 지나치면 수족이 커니 요새 역과 다음 역 사이에서 기차를 점령해버릴 것이었다.

차장이 포그 씨 옆에서 싸우다가 총에 맞아 쓰러지며 소리쳤다.

「기차를 5분 이내에 세우지 못하면 우리가 집니다!」

「세울 것이오!」

필리어스 포그는 그렇게 대답하고 객차 밖으로 몸을 던지려 했다.

그때 파스파르투가 소리쳤다.

「그냥 계십시오. 제 몫입니다!」

필리어스 포그가 막을 새도 없이 이 용감한 젊은이는 인디언에게 들키지 않게 문을 열고, 객차 밑으로 미끄러져 들어갔다. 싸움이 계속되고, 총알이 머리 위로 씽씽 날아다니는 동안 그는 광대 시절의 민첩성과 유연성을 되살려 객차 아래로 교묘히 빠져나갔다. 체인에 매달리고 제동기의 지렛대와 차체의 축을 붙잡으며, 놀라운 솜씨로 차량 밑을 한 칸 한 칸 지나 마침내 기차 앞머리에 이르렀다. 아무한테도 발각되지 않았고, 발각될 수도 없었다.

파스파르투가 한 손으로 화물칸 사이에 매달린 채 다른 한 손으로 안전 사슬을 풀었다. 만일 기계에 충격이 가해져 연결 고리가 튕겨나가지 않았다면, 끌어당기는 힘의 작용 때문에 결코 연결 장치를 풀어내지 못했을 것이다. 기관차와 분리된 객차는 조금씩 뒤로 쳐졌고, 기관차는 더욱 속도를 내어 멀어져 갔다. 기차는 달리던 힘에 이끌려 몇 분간 계속 굴러 갔지만, 객차 안에서 누군가가 제동기를 작동해 차량은 커니 역을 백 걸음쯤 앞에 두고 멈춰 섰다.

그곳으로 총소리를 들은 요새의 병사들이 서둘러 달려왔다. 수족은 병사들을 기다리지 않고, 기차가 완전히 서기도 전에 모두 달아나 버렸다.

그러나 역의 플랫폼에서 승객들의 인원 점검을 했을 때, 몇 명이 없어졌다는 사실이 확인되었다. 누구보다도 방금 헌신적으로 승객들을 구한 용감한 프랑스인이 보이지 않았다.

파스파르투를 포함해서 세 명의 승객이 보이지 않았다. 전투 중에 죽은 것일까? 아니면 수족의 포로가 되었을까? 아직은 알 수 없었다.

부상자는 꽤 많았지만, 치명상을 입은 사람은 없었다. 크게 다친 사람 가운데에는 용감하게 싸우다 허벅지에 총알을 맞은 프록터 대령도 있었다. 그는 응급 치료를 받아야 할 다른 승객들과 함께 역으로 옮겨졌다.

아우다 부인은 무사했다. 필리어스 포그도 힘껏 싸웠지만 긁힌 자국 하나 없었다. 픽스는 팔에 상처를 입었지만 대수롭지 않은 것이었다. 파스파르투만 없었다. 젊은 부인의 눈에서 눈물이 흘렀다.

승객들은 모두 기차에서 내렸다. 기차 바퀴는 피로 얼룩져 있었다. 바퀴통과 바퀴살에는 형태를 알아볼 수 없는 살점들이 붙어 있었다. 멀리 눈 덮인 하얀 평원 위로 붉은 핏자국이 길게 이어졌다. 인디언의 마지막 대열이 리퍼블리컨 강이 있는 남쪽으로 사라지고 있었다.

포그 씨는 팔짱을 낀 채 꼼짝도 하지 않았다. 중대한 결심을 해야 했다. 아우다 부인은 곁에서 한마디 말도 없이 그의 얼굴만 바라보았다……. 포그 씨는 그 눈길의 의미를 알고 있었다. 만일 하인이 포로가 되었다면, 어떤 위험을 감수하고라도 그를 구해내야 한다!

「그가 죽었든 살았든 반드시 찾아내겠소.」

포그 씨가 아우다 부인에게 간단히 말했다.

「아! 포그 씨!」

아우다 부인이 포그 씨의 손을 잡고 눈물을 흘리면서 외쳤다.

「살아 있기를! 1분도 지체하지 맙시다!」

포그 씨가 덧붙였다.

이 결심으로 포그 씨는 자신의 모든 것을 희생해야 했다. 그는 방금 자신의 파산을 선고한 셈이었다. 단 하루만 늦어도 뉴욕행 여객선을 놓치게 된다. 그러면 내기에서 당연히 지는 것이다. 그러나 포그 씨는 '이것은 나의 의무다!' 라고 생각하면서 조금도 주저하지 않았다.

커니 요새를 지휘하는 대위가 그곳에 있었다. 100여 명쯤 되는 그의 부하들은 수족이 역을 직접 공격해올 경우를 대비하여 방어 태세를 취하고 있었다.

「대위님, 승객 세 명이 사라졌습니다.」

포그 씨가 대위에게 말했다.

「살해되었습니까?」

대위가 물었다.

「살해되거나 포로가 되었겠죠. 그것을 밝혀야 합니다. 수족을 추적할 생각이신지요?」

「쉽지 않은 문제입니다. 그 인디언들은 아칸소주 너머까지 달아났을 겁니다! 제가 맡고 있는 요새를 버려둘 수는 없습니다.」

대위가 말했다.

「세 사람의 목숨과 관계된 일입니다.」

필리어스 포그가 다시 말을 받았다.

「그야 그렇지요……. 하지만 세 명을 살리자고 50명의 목숨을 위험에 빠뜨릴 수는 없습니다.」

「당신이 그렇게 할지는 모르겠지만 그건 당신이 해야 할 일입니다.」

「선생, 여기서는 어느 누구도 내게 의무를 가르치지 않습니다.」

대위가 대답했다.

「좋습니다. 저 혼자 가겠습니다.」

필리어스 포그가 차갑게 말했다.

「당신 혼자서 인디언들을 뒤쫓겠다고요?」

픽스가 다가오며 소리쳤다.

「여기 살아 있는 모든 사람의 생명을 구한 그 불쌍한 친구를 죽게 내버려두란 말입니까? 난 가겠습니다.」

「아니, 안 됩니다. 당신 혼자 갈 수는 없습니다! 당신은 정말 용기 있는 분이시군요!」

대위가 감동하여 소리쳤다.

그리고 자기 부하들 쪽으로 돌아서며 덧붙였다.

「지원자 30명!」

중대원 전체가 무더기로 나왔다. 대위는 이 용감한 사람 가운데 고르기만 하면 되었다. 서른 명의 병사가 정해졌고, 나이 든 하사관이 그 지휘를 맡았다.

「고맙습니다, 대위님!」

포그 씨가 말했다.

「저도 같이 가도 되겠습니까?」

픽스가 신사에게 물었다.

「좋을 대로 하십시오. 하지만 저를 돕고 싶으시다면 아우다 부인 곁에 있어 주시기 바랍니다. 만일 제게 불행한 일이 생기면…….」

필리어스 포그가 대답했다.

형사의 얼굴이 갑자기 창백해졌다. 그렇게 집요하게 한 발 한 발 뒤쫓아왔는데 이 사람과 떨어져야 하다니! 그가 모험을 하도록 이 허허벌판에 놔주어야 하다니! 픽스는 신사를 뚫어지게 쳐다보았다. 여태껏 추적의 고삐를 늦추지 않고 쫓고 있는 그가 도망갈지도 모른다. 예방책을 세워야 했지만 조용하면서도 솔직한 그의 시선 앞에서 형사는 눈을 내리깔았다.

「그럼 전 남겠습니다.」

잠시 뒤, 포그 씨는 젊은 부인과 악수를 나누었다. 그리고 귀중한 여행 가방을 부인에게 맡긴 다음, 하사관이 이끄는 소부대와 함께 출발했다.

출발하기 전 포그 씨가 병사들에게 말했다.

「여러분, 포로들을 구출하는 대가로 1천 파운드를 드리겠습니다!」

그때 시각은 정오를 조금 지나고 있었다.

아우다 부인은 역에 딸린 방에 틀어박혀 있었다. 거기서 혼자 포그 씨를 기다리며, 순수하면서도 대담한 의협심과 침착한 용기를 지닌 포그 씨를 생각했다. 포그 씨는 자신의 재산을 희생했고, 이제는 생명까지 내걸었다. 그는 이 모든 일을 전혀 주저하지 않고 조용히 의무로 받아들였다. 부인의 눈에 포그 씨는 영웅이었다.

픽스 형사는 그렇게 생각하지 않았다. 그는 마음의 동요를 억누를 수 없었다. 흥분하여 역의 플랫폼을 서성거렸다. 잠시 포그에게 사로잡혔지만, 다시 정신을 차렸다. 포그는 이미 떠났다. 그제야 그를 떠나게 내버려둔 것은 어리석은 짓이었다는 생각이 들었다. 아니! 세계를 돌면서 뒤쫓아온 그 사내를 그렇게 떠나보내다니! 그의 천성이 되살아났고, 픽스는 자신을 탓하고 책망했다. 마치 순진한 실수를 저지른 형사를 현장에서 발견하고 꾸짖는 런던의 경찰국장이나 된 것처럼 자신을 나무랐다.

'내가 어리석었어! 그자는 내가 누구인지 알아챈 거야! 떠났으니 다시는 돌아오지 않겠지! 이제 어디서 다시 붙잡는단 말인가! 그런데 어떻게 내가, 천하의 픽스 형사인 내가, 주머니에 체포 영장까지 가지고 있는 내가 그렇게 홀려버릴 수 있었을까! 정말 내가 바보지!'

이런 생각을 하고 있는 픽스에게 시간은 느리게만 흘러가는 것 같았다. 그는 무엇을 어떻게 해야 할지 몰랐다. 가끔 아우다 부인에게 모든 것을 말해버리고 싶었다. 그러나 부인이 어떻게 받아들일지 뻔했다. 어떤 방법을 취해야 하나? 그는 포그를 따라 길게 뻗은 하얀 평원으로 떠나고 싶다는 생각에 사로잡혔다! 그를 다시 찾아내는 일이 불가능할 것 같지도 않았다. 부대가 남긴 발자국이 아직 눈 위에 남아 있지 않은가! 그러나 곧 새로 쌓인 눈이 발자국을 모두 지워버렸다.

픽스는 낙담했다. 승부를 포기하고 싶은 마음이 굴뚝같았다. 그런데 그때 마침, 실망투성이가 되어버린 이 여행을 계속할 수 있는 기회가 만들어졌다.

오후 2시쯤 함박눈이 내리는 가운데 동쪽에서부터 긴 기적 소리가 들려왔다. 거대한 그림자가 엷은 황갈색 헤드라이트를 앞세우며 천천히 다가왔다. 안개 때문에 엄청나게 확대되어 보이는 모습이 환상적이었다.

그러나 동쪽에서 기차가 이렇게 빨리 오리라고는 아무도 예상하지 못했다. 전보로 요청한 기차가 그렇게 빨리 도착할 리 없었고, 오마하에서 샌프란시스코로 가는 기차는 다음 날이 되어야 통과할 예정이었다. 사정은 곧 밝혀졌다.

기적 소리를 크게 울리며 느릿느릿 다가오는 이 기관차는, 객차와 분리된 뒤 기절한 기관사와 화부를 싣고 무서운 속도로 달려나갔던 그 기관차였다. 기관차는 그렇게 몇 마일이나 레일 위를 달렸다. 그리고 연료가 부족해 화력이 줄고 증기량도 줄었다. 한 시간 후, 속력이 조금씩 떨어지던 기관차는 마침내 커니 역을 20마일쯤 지나 멈춰 섰다.

기관사도 화부도 죽지 않았다. 다만 꽤 오래 기절해 있었고, 얼마 후에야 정신을 차렸다.

그들이 깨어났을 때 기관차는 멈춰 있었다. 기관사는 자신이 끝없는 벌판에서 객차를 달지 않은 기관차 안에 있는 것을 보고는 무슨 일이 있었는지 알아차렸다. 객차와 기관차가 어떻게 분리됐는지는 짐작할 수 없었지만, 뒤에 남은 기차가 어려움을 겪고 있으리라는 것은 의심할 여지가 없었다.

기관사는 무엇을 해야 할지 주저하지 않았다. 오마하 쪽으로 계속 가는 것이 현명한 처사였을 것이다. 어쩌면 아직도 인디언들의 공격을 받고 있을지도 모르는 기차로 돌아가는 것은 매우 위험한……. 무슨 상관인가! 두 사람은 석탄과 장작을 여러 차례 삽질하여 보일러 아궁이에 넣었다. 불이 되살아났고 증기압이 다시 상승했다. 오후 2시쯤 기관차는 후진하여 커니 역으로 되돌아왔다. 안개 속에서 기적을 울린 것은 바로 그 기관차였다.

기관차와 객차가 연결되는 것을 보고 승객들은 몹시 기뻐했다. 그렇게 불운하게 중단되었던 이 여행을 이제 계속할 수 있게 된 것이다.

기관차가 도착하는 것을 본, 아우다 부인은 역사에서 나와 차장에게 말을 건넸다.

「이제 떠나나요?」

「곧 떠납니다, 부인.」

「하지만 포로로 잡혀 있는 그 사람들…… 가엾은 우리 일행

은…….」

「기차 운행을 지체할 수는 없습니다. 벌써 세 시간이나 늦었습니다.」

차장이 대답했다.

「샌프란시스코에서 오는 다음 기차는 언제 도착하죠?」

「내일 저녁입니다, 부인.」

「내일 저녁! 그건 너무 늦어요. 그들을 기다려야 하는데…….」

「안 됩니다. 출발하시려면 차에 오르세요.」

「저는 떠나지 않겠어요.」

젊은 부인이 대답했다.

픽스는 이 대화를 듣고 있었다. 조금 전, 교통수단이 전혀 없었을 때는 어떻게든 커니 역을 떠날 작정이었다. 그러나 이제 떠날 준비를 하고 있는 기차가 있고, 좌석에 돌아가 앉기만 하면 되는데, 저항할 수 없는 힘이 그를 땅에 붙들어 매어놓고 있었다. 이 역의 플랫폼에 디딘 발이 불타는 듯 화끈거렸지만 한 걸음도 뗄 수가 없었다. 마음속에서 또다시 갈등이 시작되었다. 실패한 것이 화가 나서 가슴이 답답했다. 끝까지 겨뤄보고 싶었다.

승객들과 몇몇 부상자—그중에는 심각한 상처를 입은 프록터 대령도 있었다—는 객차에 자리를 잡았다. 가열된 보일러에서 윙윙 소리가 났고, 밸브에서 증기가 새어 나왔다. 기관사는 기적을 울렸고, 기차는 움직이기 시작하더니 소용돌이치는 눈발 속에 연기를 내뿜으며 이내 사라졌다.

픽스 형사는 남았다.

몇 시간이 흘렀다. 날씨는 나빴고, 몹시 추웠다. 픽스는 역 의자에 앉은 채 꼼짝하지 않았다. 마치 잠이 든 것 같았다. 아우다 부인은 돌풍에도 아랑곳하지 않고 자신에게 마련된 방을 떠나 몇 번이나 밖으로 나왔다. 플랫폼 끝으로 가, 휘몰아치는 눈보라 너머로 무엇이 보이는지 찾아보고, 시야를 가리는 저 지평선 안개 속에서 무슨 소리가 들리는지 귀를 기울여봤다. 그러나 아무것도 없었다. 그녀는 온몸이 꽁꽁 언 채로 방에 들어갔다가 잠시 후 다시 나왔다. 매번 헛걸음이었다.

저녁이 되었다. 파견된 병사들은 돌아오지 않았다. 지금 어디에 있는 걸까? 인디언을 찾아냈을까? 전투가 벌어졌을까? 아니면 안개 속에서 이리저리 길을 헤매고 있을까? 커니 요새의 대위는 내색하지 않으려 했지만 몹시 걱정하고 있었다.

밤이 되고 눈발이 약해졌지만, 추위는 더욱 매서워졌다. 아무리 대담한 사람이라 해도 이 어두운 광활함을 보면 두려움에 휩싸일 것이다. 평원은 쥐 죽은 듯 고요했다. 새 한 마리 날지 않고 맹수 한 마리 지나가지 않아, 평원의 정적은 깨지지 않았다.

아우다 부인은 밤새 불길한 예감에 사로잡혀, 고통스러운 마음으로 초원 언저리를 헤맸다. 상상은 꼬리에 꼬리를 물어 수천 가지 위험한 장면을 만들어냈다. 이 기나긴 시간 동안 그녀가 겪은 고통은 말로 다 할 수 없을 것이다.

같은 자리에 꼼짝 않고 있던 픽스 역시 잠을 이루지 못했다. 어떤 남자가 다가와 그에게 말을 시켰지만 픽스는 거절하는 몸짓으로 그 남자를 돌려보냈다.

그렇게 밤이 지났다. 새벽녘, 안개 낀 지평선 너머로 태양이 반쯤 떠올랐다. 시야는 2마일 정도 먼 곳까지 미칠 수 있었다. 필리어스 포그와 파견대가 남쪽 방향으로 떠났는데……. 남쪽으로는 사람 그림자 하나 보이지 않았다. 그때 시각이 아침 7시였다.

몹시 걱정이 된 대위는 어떤 조치를 취해야 할지 몰랐다. 두 번째 파견대를 보내 첫 번째 파견대를 구해야 할까? 먼저 희생된 사람들을 구할 가망도 거의 없는데 또 부하들을 희생시켜야 하나? 그러나 그의 망설임은 오래가지 않았다. 그는 손짓으로 중위 한 명을 불러 남쪽으로 정찰대를 보내라는 명령을 내렸다. 그때, 여러 발의 총성이 울렸다. 무슨 신호일까? 병사들은 요새 밖으로 뛰쳐나왔다. 작은 부대가 반 마일 떨어진 곳에서 질서정연하게 돌아오고 있었다.

포그 씨가 맨 앞에서 걷고 있었고, 그 곁에는 수족에게서 구출한 파스파르투와 두 승객이 있었다.

전날, 커니에서 남쪽으로 10마일 떨어진 곳에서는 전투가 벌어졌었다. 포그 씨와 병사들이 도착하기 바로 전, 파스파르투와 두 포로는 벌써 보초들을 상대로 싸움을 벌였고, 그 프랑스인은 주먹으로 이미 세 명을 때려눕힌 뒤였다. 그때 그의 주인과 병사들이 달려간 것이다.

구출하러 갔던 사람도 구출된 사람도 모두 기쁨의 함성으로 환영받았다. 필리어스 포그는 병사들에게 약속했던 상금을 나누어주었다. 한편 파스파르투는 어느 정도 타당한 말로 자꾸 투덜거렸다.

「정말이지 난 주인님께 돈깨나 드는 놈이로군!」

픽스는 말 한마디 하지 않고 포그 씨를 바라보았다. 그의 마음속에서 일어나고 있는 갈등을 설명하기가 어려웠다. 아우다 부인은 말없이 신사의 손을 자신의 두 손으로 꼭 쥐었다!

파스파르투는 역에 도착하자마자 기차부터 찾았다. 그는 기차가 오마하로 달릴 준비를 마친 채 역에 있을 거라 믿었고, 그러면 잃어버린 시간을 만회할 수 있으리라 기대했다.

「기차, 기차!」

그가 소리쳤다.

「떠났소.」

픽스가 대답했다.

「다음 기차는 언제 지나갑니까?」

필리어스 포그가 물었다.

「오늘 저녁입니다.」

「아!」

태연한 신사는 담담히 대답했다.

31 진정으로 애를 쓰는 픽스 형사

필리어스 포그는 예정보다 스무 시간이나 늦어졌다. 본의 아니게 일을 이렇게 만든 파스파르투는 절망했다. 결정적으로 자신이 주인을 파산시킨 셈 아닌가!

그때 형사가 포그 씨에게 다가왔다.

「정말로 급하십니까?」

「정말로 급합니다.」

필리어스 포그가 대답했다.

「다시 묻겠습니다. 11일 밤 9시, 리버풀 여객선이 출발하기 전에 정말로 뉴욕에 도착하고 싶습니까?」

픽스가 다시 물었다.

「꼭 그렇게 해야 합니다.」

「인디언들의 공격으로 여행이 중단되지 않았다면, 당신은 11일 아침에 뉴욕에 도착했겠지요?」

「그랬겠지요. 여객선이 떠나기 열두 시간 전에 도착했을 겁니다.」

「됐습니다. 그럼 당신은 스무 시간 늦었군요. 20과 12의 차이는 8입니다. 그러니까 여덟 시간만 따라잡으면 되는 셈입니다. 그렇게 해보시겠습니까?」

「걸어서 말입니까?」

포그 씨가 물었다.

「아니, 썰매입니다. 돛을 단 썰매입니다. 어떤 남자가 제게 이 교통수단을 제안했습니다.」

픽스가 대답했다.

간밤에 형사에게 말을 건넨 그 사람이었다. 픽스는 그 제안을 거절했었다.

필리어스 포그는 대답하지 않았다. 그러나 픽스가 역 앞을 산책하고 있는 문제의 그 사람을 가리키자, 신사는 그 사람에게로 갔다. 잠시 후, 필리어스 포그와 머지라는 이름의 그 미국인은 커니 요새 아래쪽에 세워진 한 오두막으로 들어갔다.

거기서 포그 씨는 꽤 특이하게 생긴 교통수단을 자세히 살펴보았다. 썰매 널빤지처럼 앞이 약간 들린 두 개의 긴 철판 위에 차체의 뼈대 같은 것을 달아, 그 위에 대여섯 명이 탈 수 있도록 해놓은 것이었다. 앞에서 3분의 1 되는 지점에 아주 높은 돛대를 세워놓고, 그 돛대 위에 커다란 돛을 달았다. 철사로 단단히 묶은 이 돛대에는 커다란 삼각돛을 세우는데 쓰는 철제 버팀줄을 늘어뜨렸다. 뒤쪽은 일종의 키와 노 구실을 하는 장비를 갖추어 썰매를 조종할 수 있게 되어 있었다.

돛단배처럼 만들어진 썰매였다. 겨울에 기차가 눈 때문에 멈춰 서면, 얼어붙은 평원 위를 이 썰매로 달려 역에서 역으로 빠르게 건널 수 있었다. 게다가 놀랄 만큼 큰 돛―경주용 쾌속선에 달아도 뒤집힐 위험이 있는 돛보다 더 큰 돛―을 달아, 순풍을 받으면 급행열차만큼, 아니 그보다 더 빠른 속도로 평원 위를 미끄러지듯 달릴 수 있었다.

포그 씨와 육상용 배 주인의 흥정은 몇 분 만에 끝났다. 바람이 좋았다. 서풍이 강하게 불어오고 있었다. 머지는 눈이 단단하게 얼어붙어 몇 시간이면 포그 씨를 오마하 역까지 데려다 줄 수 있다고 장담했다. 오마하 역에는 기차가 자주 정차하고, 시카고와 뉴욕으로 가는 노선이 많기 때문에 지체된 시간을 회복하는 것이 불가능한 일도 아니었다. 이 모험을 앞두고 머뭇거릴 이유가 없었다.

썰매가 빠른 속도로 달리면 추위가 더욱 심해지므로 포그 씨는 아우다 부인에게 파스파르투의 보호 아래 커니 역에 남아 있을 것을 제안했다. 이런 추위 속에서 바람을 맞으며 평원을 건너는 고통을 겪게 하고 싶지 않았던 것이다. 그는 이 성실한 청년이 책임지고 젊은 부인을 좀 더 나은 길과 괜찮은 조건으로 유럽에 데리고 갈 것이라고 말했다. 그러나 아우다 부인은 포그 씨와 헤어지는 것을 거절했고, 파스파르투도 그녀의 결정에 몹시 만족했다. 픽스가 주인과 동행하는 한 파스파르투는 무슨 일이 있어도 주인 곁을 떠나고 싶지 않았다.

픽스가 무슨 생각을 했는가에 관해서는 말하기가 쉽지 않다. 필리어스 포그가 돌아와서 그의 확신이 흔들렸을까? 아니면 필리어스 포그를 세계일주 완수 후 영국에서 아주 안전하게 살 수 있을 것이라 믿는 최고의 악당이라고 생각했을까? 필리어스 포그에 관한 픽스의 생각이 조금은 바뀌었을지도 모른다. 하지만 픽스는 자신의 임무를 수행하기로 결심했고, 어느 누구보다도 서둘러 모든 힘을 다해 영국으로 재빨리 돌아가기로 마음먹었다.

8시에 썰매는 출발 준비를 마쳤다. 여행객들은-승객들이라고 말할 수도 있을 것이다-자리를 잡고, 여행용 모포로 몸을 빈틈없이 감쌌다. 넓은 돛 두 개가 세워지자, 썰매는 바람에 밀려 시속 40마일의 속력으로 꽁꽁 언 눈 위를 달렸다.

커니 요새와 오마하 사이의 거리는 직선 거리-미국인들의 표현에 따르자면, 꿀벌 노선-로 기껏해야 200마일이었다. 바람만 잘 불어준다면 다섯 시간 안에 닿을 수 있는 거리였다. 사고만 일어나지 않는다면 썰매는 오후 1시에 오마하에 도착할 수 있을 것이다.

이 얼마나 고생스러운 여행인지! 서로서로 바짝 붙어 있는 여행객들은 대화를 할 수 없었다. 속도만큼 더해지는 추위가 말을 삼켜버렸다. 썰매는 파도만 없을 뿐, 물 위를 달리는 보트처럼 평원 위에서 가볍게 미끄러졌다. 바람이 땅을 스치며 불 때면 커다란 날개처럼 넓게 펼쳐진 돛이 썰매를 땅 위로 들어 올리는 것 같았다. 키를 잡은 머지는 직선 방향을 똑바로 유지했고, 자꾸만 한쪽으로 기울어지려는 썰매를 노를 저어 바로잡았다. 돛은 모두 올려졌다. 중간 돛을 세우자, 앞쪽의 돛이 바람을 받아 다른 돛에 추진력을 더해주었다. 정확히 측정할 수는 없지만, 썰매의 속도는 틀림없이 시속 40마일 이상이었을 것이다.

「부서지지만 않으면, 시간 내에 도착할 겁니다!」

머지가 말했다.

자기 방식에 충실한 포그 씨가 엄청난 사례금으로 유혹했기 때문에, 머지는 약속한 시간 내에 도착하려고 노력했다.

썰매가 똑바로 달려나가고 있는 초원은 바다처럼 평평했다. 마치 거대한 연못이 얼어붙은 것 같았다. 이 지역에 이르는 철도는 남서쪽에서 북서쪽으로 거슬러 올라간다. 그랜드아일랜드, 네브래스카주의 주요 도시인 콜럼버스, 쉴러, 프레몬트, 그리고 오마하를 지나며, 운행 내내 플랫 강의 오른쪽 기슭을 따라간다. 썰매는 이 길을 단축하기 위해서 철도가 그리는 둥근 활 모양의 노선을 따랐다. 머지는 프레몬트에 다다르기 직전, 작은 굽이를 이루는 플랫 강 때문에 썰매를 운행하지 못할까 봐 걱정하지 않았다. 강물이 꽁꽁 언 덕분이다. 따라서 길에는 장애물이 전혀 없었고, 이제 필리어스 포그가 걱정할 것이라고는 두 가지 상황뿐이었다. 하나는 썰매가 파손되는 것이고, 다른 하나는 바람의 방향이 바뀌거나 그 속도가 떨어지는 것이었다.

그러나 바람은 약해지지 않았다. 오히려 그 반대였다. 바람은 쇠밧줄로 단단히 매어놓은 돛대가 휠 정도로 세게 불었다. 이 쇠밧줄은 마치 활의 움직임에 따라 진동하는 악기의 줄처럼 울렸다. 썰매는 아주 독특한 강도로 구슬픈 화음을 내며 달렸다.

「이 줄은 온갖 음을 다 내는군요.」

포그 씨가 말했다.

포그 씨가 썰매 여행을 하는 동안 입 밖에 낸 유일한 말이었다. 아우다 부인은 모피와 여행용 모포로 가능한 한 몸을 감싸며 추위를 막고 있었다.

파스파르투는 안개 속으로 사라지는 태양처럼 불그레한 얼굴로 살을 에는 듯한 공기를 들이마시고 있었다. 천성적으로 천하태평인 그는 다시 희망을 품기 시작했다. 뉴욕에는 아침이 아닌 저녁에 도착하겠지만, 리버풀 여객선이 떠나기 전에 도착할 가능성은 아직도 조금 남아 있었다.

파스파르투는 협력자인 픽스의 손을 꽉 잡아주고 싶은 마음까지 들었다. 그는 이 돛을 단 썰매를 구한 사람이 형사라는 사실을 잊지 않고 있었다. 썰매는 제시간에 오마하에 도착하게 할 수 있는 유일한 수단이었다. 그러나 알 수 없는 예감 때문에 평소처럼 조심스럽게 행동했다. 어쨌든 파스파르투가 결코 잊지 못할 한 가지 일은 포그 씨가 수족의 손아귀에서 자신을 구하기 위해 주저하지 않고 희생을 했다는 것이었다. 그 일로 포그 씨는 재산뿐 아니라 목숨까지도 잃을 뻔했다……. 그는 이 사실을 잊지 않을 것이다! 절대로!

여행객들이 각자 이런저런 생각에 잠겨 있는 동안, 썰매는 눈 덮인 거대한 양탄자 위를 날았다. 썰매가 리틀블루 강의 지류, 혹은 그 지류의 지류를 몇 개나 건넜지만, 아무것도 볼 수 없었다. 들판도 강도 온통 하얀빛 아래로 자취를 감추었기 때문이다. 평원에는 사막처럼 아무것도 없었다. 유니언 퍼시픽 철도와 세인트조지프에서 커니로 가는 지선 사이에 있는 이 평원은 커다란 무인도 같았다. 마을이나 역도 없었고, 요새도 없었다. 이따금 나무 몇 그루가 번개처럼 스쳐 지나갔다. 하얗고 앙상한 가지가 바람에 비틀거리고 있었다. 또 가끔 들새 떼가 일제히 날아갔다. 때로는 굶주려 비쩍 마른 초원의 늑대 무리가 잔인한 욕구에 사로잡혀 썰매와 속도 경쟁을 벌였다. 그러면 파스파르투는 손에 권총을 들고, 가장 가까이 접근하는 놈을 쏠 준비를 하곤 했다. 만약 어떤 사고가 일어나 썰매가 멈췄다면, 여행객들은 이 사나운 맹수들의 공격을 받아 큰 위험에 처했을 것이다. 그러나 썰매는 잘 견뎌냈고 쏜살같이 앞서 나가, 울부짖는 늑대 무리는 곧 뒤쳐졌다.

정오 무렵, 머지는 얼어붙은 플랫 강을 건넜다는 몇 가지 증거물을 발견했다. 그는 아무 말도 하지 않았지만 20마일쯤 더 가면 오마하 역에 닿을 것이라고 벌써부터 확신하고 있었다.

실제로 이 노련한 길잡이가 키를 버려두고, 재빨리 돛을 내린 것은 1시도 채 안 되었을 때였다. 썰매는 가던 속도에 밀려 돛도 없이 반 마일을 더 나아갔다. 마침내 썰매가 멈췄고, 머지가 눈 덮인 하얀 지붕을 가리키며 말했다.

「다 왔습니다.」

도착했다! 여러 기차를 통해서 매일같이 미국 동부와 연결되는 이 역에 정말로 도착한 것이다!

파스파르투와 픽스는 땅으로 뛰어내려 마비되다시피 한 팔다리를 흔들었다. 그리고 포그 씨와 젊은 부인이 썰매에서 내리는 것을 도와주었다. 필리어스 포그는 머지에게 후한 사례금을 주었고, 파스파르투는 친구에게 하듯 그의 손을 꼭 잡았다. 일행은 서둘러 오마하 역으로 갔다.

미시시피 강 유역과 태평양을 연결하는 이른바 퍼시픽 철도는 네브래스카주의 이 주요 도시에서 끝난다. 오마하에서 시카고로 가려면 '시카고-록아일랜드 노선' 이라는 철도를 타고

50개 역을 지나면서 곧장 동쪽으로 달리면 된다.

직행열차 한 대가 막 떠나려 하고 있었다. 필리어스 포그와 일행은 간신히 객차로 뛰어올랐다. 그들은 오마하에서 아무것도 보지 못했지만, 파스파르투는 아쉬워할 필요가 없으며 보는 것이 중요한 것이 아니라고 스스로에게 타일렀다.

기차는 엄청난 속도로 아이오와주로 들어가 카운슬블러프스, 디모인, 아이오와 시티를 거쳤다. 그리고 밤사이에 대븐포트에서 미시시피 강을 건너고, 록아일랜드를 거쳐 일리노이주로 들어섰다. 이튿날인 10일 오후 4시, 기차는 대화재의 폐허를 딛고 일어서서 아름다운 미시간 호숫가에 그 어느 때보다도 당당하게 자리 잡고 있는 시카고에 도착했다.

시카고와 뉴욕은 900마일 떨어져 있다. 시카고에는 기차가 많았다. 포그 씨는 바로 다른 기차로 갈아탈 수 있었다. '피츠버그-포트웨인-시카고 철도'의 멋진 기관차는 이 훌륭한 신사가 서두르고 있다는 것을 알고 있기라도 한 듯 전속력으로 달렸다. 기차는 인디애나주, 오하이오주, 펜실베이니아주, 뉴저지주를 번개처럼 지났다. 옛 지명을 가진 몇몇 마을을 통과했는데, 그중 일부는 길이 나 있고 전차도 다녔지만 아직 집이 없었다. 드디어 허드슨 강이 눈에 들어왔다. 12월 11일 밤 11시 15분, 기차는 허드슨 강의 오른쪽 연안으로 들어가 커나드 해운사, 다시 말해 '영국-북아메리카 우편선 회사'의 기선이 드나드는 항구 바로 앞에 있는 역에 닿았다.

그러나 리버풀로 가는 '차이나' 호는 45분 전에 떠나고 없었다!

32 불운에 직접 맞서는 필리어스 포그

'**차**이나' 호는 출항과 함께 필리어스 포그의 마지막 희망을 앗아가 버린 것 같았다.

미국과 유럽을 직항하는 다른 여객선들, 즉 프랑스의 대서양 횡단 선박, 화이트 스타 라인 선박, 임맨 회사 기선, 함부르크 항로 기선, 그리고 그 밖의 여객선들까지도 신사의 계획에 도움을 주는 배는 아무것도 없었다.

프랑스 대서양 횡단 회사의 '페레이레' 호는 빼어난 건축 솜씨만큼이나 속도도 빨랐으며 다른 회사의 여객선보다 훨씬 쾌적했지만, 이틀 뒤인 12월 14일에야 출항할 예정이었다. 더구나 이 배는 함부르크 회사의 여객선들과 마찬가지로 곧장 리버풀이나 런던으로 가는 것이 아니라 르아브르에 먼저 도착한다. 르아브르에서 사우샘프턴까지의 추가 횡단은 필리어스 포그를 늦어지게 하면서 그의 마지막 노력을 물거품으로 만들 것이었다.

임맨 회사의 여객선 가운데 하나인 '시티 오브 파리' 호는 이튿날 바다에 출항하지만, 생각할 필요조차 없었다. 이 여객선은 이민 수송용으로 특별히 만들어져 엔진의 힘이 약했고, 증기와 돛을 동시에 이용하여 운항하기 때문에 속력도 보잘것없었다. 이 여객선이 뉴욕에서 영국까지 가려면 포그 씨에게 남은 시간보다 더 오랜 시간이 걸린다.

대양을 넘나드는 배들의 움직임을 하루 단위로 알려주는 브래드쇼 책자를 참고로 하고 있는 신사는 이 모든 것을 완벽하게 알고 있었다.

파스파르투는 절망에 빠졌다. 45분 차이로 여객선을 놓치고 말았다는 사실이 그를 괴롭게 했다. 자신의 잘못이었다. 주인을 돕기는커녕 길마다 끊임없이 방해물을 뿌려놓은 자신의 잘못이었다! 그는 여행 중에 일어났던 사고들을 머릿속에 다시 떠올려보고, 주인이 자신을 구하기 위해 헛되이 낭비한 비용을 따져보고, 헛수고로 끝날 이 여행에 쓴 상당한 경비와 더불어 내기에서 잃을 엄청난 금액이 포그 씨를 완전히 파산시킬 거라고 생각하면서 자신에게 욕설을 퍼부었다.

그러나 포그 씨는 그를 나무라지 않았다. 대서양 횡단 여객선들이 있는 부두를 떠나며, 다음과 같이 말했을 뿐이다.

「내일 생각해보기로 하지. 가세.」

필리어스 포그, 아우다 부인, 픽스, 그리고 파스파르투는 저지시티의 연락선을 타고 허드슨 강을 건넌 다음, 마차를 빌려 브로드웨이에 있는 세인트니콜라스 호텔에 도착했다. 그들은 각자의 방을 정하고, 밤을 보냈다. 잠을 푹 잔 포그 씨에게는 짧은 밤이었지만, 마음의 평온을 찾을 수 없어 편히 쉬지 못한 아우다 부인과 일행에게는 길기만 한 밤이었다.

다음 날은 12월 12일이었다. 12일 아침 7시부터

21일 저녁 8시 45분까지는 9일 13시간 45분이 남은 셈이었다. 만일 필리어스 포그가 전날 커나드 해운사의 여객선 중 최고의 성능을 자랑하는 '차이나' 호를 타고 떠났다면, 리버풀과 런던에 원하는 시간에 도착할 수 있었을 것이다!

포그 씨는 하인에게 기다리라고 말하고, 아우다 부인에게는 언제라도 떠날 수 있게 준비해두라고 당부한 뒤 홀로 호텔을 떠났다.

포그 씨는 허드슨 강가에 가서, 부두에 정박해 있거나 강 위에 닻을 내리고 있는 배 가운데 출항 준비가 된 배를 열심히 찾았다. 몇몇 큰 배가 출발 깃발을 달고 아침 만조에 맞춰 출항할 준비를 하고 있었다. 이 넓고 훌륭한 뉴욕 항구에는 날마다 세계 곳곳으로 떠나는 배가 백 척 가량 있었지만, 대부분이 범선이라 필리어스 포그에게는 적당하지 않았다.

이 신사의 마지막 시도마저 실패할 것 같았다. 그때, 포대 앞에 닻을 내리고 있는 날쌘 모양의 스크루 상선 한 척이 포그 씨의 눈에 들어왔다. 굴뚝으로 뭉게뭉게 연기를 내뿜고 있는 걸로 보아 출항을 앞두고 있는 게 분명했다.

필리어스 포그가 보트를 소리쳐 불러 타고, 몇 번 노를 저어 그 배 '헨리에타' 호의 사다리 앞에 이르렀다. '헨리에타' 호는 선체 바깥쪽이 강철로 되어 있고 윗부분은 나무로 되어 있는 증기선이었다.

'헨리에타' 호의 선장은 배에 있었다. 필리어스 포그는 갑판으로 올라가 선장을 찾았다. 바로 선장이 나타났다.

쉰 살쯤 되어 보이는 선장은 노련한 뱃사람 같았다. 불평불

만을 가득 담은 얼굴이 다가가기 쉽지 않은 인상을 주었다. 부리부리한 눈, 녹슨 구릿빛 피부, 붉은 머리털, 큰 몸집, 사교계 사람 같은 모습이라곤 조금도 없었다.

「선장님이십니까?」

포그 씨가 물었다.

「그렇소만.」

「런던에서 온 필리어스 포그라고 합니다.」

「카디프의 앤드루 스피디요.」

「출항할 겁니까?」

「한 시간 뒤에요.」

「가시는 곳이…….」

「보르도요.」

「화물은 실으셨습니까?」

「바닥에 자갈만 실었소. 운임료도 없지요. 바닥 짐만 싣고 떠납니다.」

「승객은 있습니까?」

「없소. 승객은 절대로 태우지 않아요. 승객은 귀찮고 말 많은 화물이니까요.」

「배는 빠릅니까?」

「11 내지 12노트라오. ‘헨리에타’ 호의 속도는 잘 알려져 있지요.」

「저와 일행 세 사람을 리버풀까지 태워다 주실 수 있겠습니까?」

「리버풀? 왜, 중국이라고 하시지?」

「리버풀이라고 했습니다.」

「싫소.」

「거절하시는 겁니까?」

「그래요, 내 목적지는 보르도입니다. 그러니까 나는 보르도로 갈 거요.」

「어떤 가격에라도요?」

「어떤 가격에라도 싫습니다.」

반박할 여지도 없이 단호한 어조로 선장이 말했다.

「그럼 '헨리에타' 호의 선주는…….」

필리어스 포그가 말을 이었다.

「내가 선주요. 배는 내 것이지요.」

선장이 대답했다.

「제가 빌리지요.」

「싫습니다.」

「그럼 사겠습니다.」

「안 팝니다.」

필리어스 포그는 눈썹 하나 까닥하지 않았다. 그러나 상황은 심각했다. 뉴욕은 홍콩과 사정이 달랐고, '헨리에타' 호의 선장은 '탕카데르' 호의 선장과 달랐다. 지금까지 이 신사는 돈으로 장애물을 헤쳐왔다. 그러나 이번에는 돈이 먹히지 않았다.

어쨌든 배로 대서양을 건너는 방법을 찾아야 했다. 기구를 타고 건널 것이 아니라면 말이다. 그러나 기구를 탄다는 것은 대단히 위험할 뿐 아니라, 실현 불가능한 일이었다.

그럼에도 선장에게 다음과 같이 말하는 것으로 보아, 필리어스 포그에게 한 가지 묘안이 있는 듯했다.

「그럼, 저를 보르도까지 태워다 주시겠습니까?」

「2백 달러를 준대도 싫소!」

「2천 달러를 드리겠습니다.」

「한 사람당?」

「한 사람당.」

「네 명이라고 했지요?」

「그렇습니다.」

스피디 선장은 마치 피부를 벗겨내기라도 하려는 듯, 이마를 벅벅 긁어대기 시작했다. 자신의 행로를 바꾸지 않고 8천 달러를 벌 수 있다면, 어떤 승객이라도 무조건 싫다고 했던 자신의 불친절함을 고칠 만한 가치가 있었다. 더구나 한 사람당 2천 달러짜리 승객이라면 그들은 승객이 아니라 귀중한 상품인 것이다.

「9시에 출항할 겁니다. 당신과 당신 일행이 그 시간에 올 수 있다면야……..」

스피디 선장이 간단히 말했다.

「9시에 배에서 봅시다!」

포그 씨도 간단히 대답했다.

그때 시각은 8시 30분이었다. 포그 씨는 '헨리에타' 호에서 내려와 마차에 올랐고, 세인트니콜라스 호텔에 도착하여 아우다 부인, 파스파르투, 그리고 픽스에게까지 배에 탈 것을 정중하게 권했다. 그는 이 모든 일을 어떤 상황에서도 변함없는 그 침착한 태도로 해냈다.

'헨리에타' 호가 출항할 때, 네 사람은 모두 배에 타고 있었다. 파스파르투는 이 마지막 여행의 경비를 알고, 「오!」 하고 반음계씩 내려가며 길게 소리를 질렀다.

픽스 형사는 영국은행이 이 일로 손해를 입게 될 거라고 생각했다. 포그라는 자가 이제 더는 바다에 돈을 던지지 않는다 하더라도, 영국에 도착했을 때 지폐 가방에서는 7천 파운드 이상이 부족할 것이기 때문이다.

33 필리어스 포그의 위기 대처 능력

한 시간 뒤, '헨리에타' 호는 허드슨 강의 하구를 표시하는 등대선을 지나고 샌디훅 곶을 돌아 바다로 나갔다. 그날 낮 동안에는 롱아일랜드 섬을 따라 파이어아일랜드 등대가 있는 바다로 나아가 동쪽으로 빠르게 달렸다.

이튿날인 12월 13일 정오에 한 남자가 현재 위치를 측정하려고 배다리로 올라왔다. 물론 여러분은 그를 스피디 선장이라고 생각했을 것이다! 그런데 그렇지 않았다. 그 남자는 필리어스 포그 경이었다.

스피디 선장은 열쇠를 채운 자신의 선실에 갇힌 채, 정신이 돌 만큼 화를 내면서 고래고래 소리를 지르고 있었다.

어떤 일이 벌어졌는지, 이는 아주 간단하다. 필리어스 포그는 리버풀로 가고자 했고, 선장은 그곳으로 데려다 주려고 하지 않았다. 그러자 필리어스 포그는 보르도로 가는 것을 받아들였다. 그런 다음 배에 타고 있던 서른 시간 동안 돈으로 책략을 써서 선원과 화부로 이루어진 뱃사람들을—그들은 암거래를 조금씩 하는 사람들로 선장과는 사이가 꽤 나빴다—자기 편으로 만들었다. 그러니 이제 왜 필리어스 포그가 스피드 선장

을 대신하여 지휘하게 되었는지, 왜 선장이 자기 선실에 갇혔
는지, 또 왜 '헨리에타' 호가 리버풀로 향하게 되었는지 알았을
것이다. 포그 씨가 배를 조종하는 솜씨로 보아 그는 전에 선원
이었던 게 분명했다.

이제 이 대담한 일이 어떻게 끝날지는 나중에 알게 될 것이
다. 아우다 부인은 이 일에 대해 아무 말도 하지 않았지만 몹시
불안해했다. 처음에 픽스는 기가 막혀 멍하니 있었다. 파스파
르투에게는 그저 아주 근사한 일일 뿐이었다.

스피디 선장이 11에서 12노트 사이라고 했는데, 정말로 '헨
리에타' 호는 평균적으로 이 속도를 유지했다.

그러니까 만일―아직도 만일이라니!―바다가 아주 사나워지
지 않고, 바람이 동쪽으로 급변하지 않는다면, 그리고 배에 고
장이나 엔진 사고가 일어나지 않는다면, '헨리에타' 호는 12월
12일에서 21일까지의 9일 동안 뉴욕과 리버풀 사이의 거리인 3
천 마일을 건널 수 있을 것이다. 그러나 일단 도착하면, 영국은
행 사건에 '헨리에타' 호 사건이 더해져, 이 신사를 뜻하지 않은
사태로까지 몰고 갈 수 있는 것도 사실이었다.

처음 며칠간의 항해는 아주 좋은 조건에서 이루어졌다. 바다
는 그다지 사납지 않았고, 바람은 북동풍으로 고정된 것 같았
다. 돛을 올린 스쿠너 '헨리에타' 호는 진짜 대서양 횡단 여객선
처럼 달렸다.

파스파르투는 기분이 좋았다. 결과가 어떻게 될 것인가는 생
각하고 싶지도 않았고, 단지 주인이 거둔 마지막 쾌거에 열광
하고 있었다. 선원들은 이처럼 명랑하고 민첩한 젊은이를 한

번도 본 적이 없었다. 파스파르투는 선원들과 친하게 지내며, 공중 곡예로 그들을 놀라게 했다. 선원들에게 가장 멋진 별명을 지어주고, 아주 맛있는 술을 내주었다. 파스파르투를 위해 선원들은 신사처럼 배를 몰았고, 화부들은 용감하게 불을 지폈다. 모든 사람이 파스파르투의 사교적이고 쾌활한 성격을 마음에 들어했다. 파스파르투는 지난 일, 짜증났던 일, 위험했던 일 등을 모두 잊고, 눈앞에 다가온 성공만을 생각했다. 때로는 조급한 마음에 '헨리에타' 호의 보일러에 달구어진 사람처럼 참을성 없이 안절부절못했다. 이 성실한 젊은이는 종종 픽스 주변을 살폈다. 의미심장한 눈길로 형사를 바라보았지만, 말을 걸지는 않았다. 친구였던 두 사람 사이에 이젠 어떤 친밀감도 없었기 때문이다.

한편 픽스는 이 상황을 전혀 이해할 수 없었다! '헨리에타' 호를 갈취하고, 승무원을 매수한 다음, 포그는 노련한 선원처럼 배를 조종하고 있었다. 이 모든 일은 그를 어리둥절하게 했다. 포그를 어떻게 생각해야 할지 알 수 없었다! 그러나 어쨌든 5만 5천 파운드를 훔친 신사라면, 끝내는 배 한 척도 훔칠 수 있는 일이었다. 픽스는 이제 포그가 조종하는 '헨리에타' 호는 절대로 리버풀로 가지 않고, 지구상의 어딘가로 도착할 것이라고 생각하게 되었다. 그곳에서 해적으로 돌변한 이 도둑은 안전하고 조용하게 지낼 것이다! 이러한 가정은 더할 나위 없이 그럴듯하게 느껴져 형사는 이 사건으로 발이 묶이게 된 것을 아주 진지하게 후회하기 시작했다. 스피디 선장은 선실에서 끊임없이 소리를 질러댔다. 그의 식사를 책임진 파스파르투로서는 자신이 아무리 힘이 세다 해도 최대한 조심스럽게 음식을 가져다 줄 필요가 있었다. 포그 씨는 배에 선장이 있다는 사실조차 잊은 듯했다.

13일, 배는 뉴펀들랜드 뱅크의 꼬리 위를 지나고 있었다. 그곳은 항해하기 어려운 해역으로, 특히 겨울에는 안개가 잦고 바람이 거세게 분다. 전날부터 기압계의 온도가 갑자기 떨어지면서 날씨 변화를 예고하더니, 정말 밤사이에 기온이 바뀌면서 추위가 더욱 매서워지고 바람은 남동풍으로 급변했다.

뜻밖의 사태였다. 포그 씨는 항로에서 벗어나지 않으려고 돛을 줄이고 증기의 힘을 높였다. 그런데도 뱃머리에 부딪치는 커다란 파도 때문에 배가 심하게 앞뒤로 흔들려 속도가 더욱 떨어졌다. 바람은 조금씩 태풍으로 변했고, 사람들은 '헨리에타' 호가 파도에 맞서 나아갈 수 없을 경우를 생각

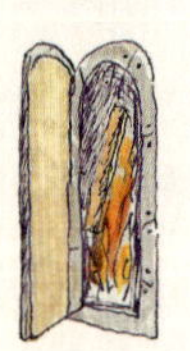

했다. 배가 파도로부터 달아난다 해도 이러한 악조건 속에서 어떤 일이 벌어질지 모를 일이었다.

파스파르투의 얼굴은 날씨와 함께 어두워졌고, 이틀 동안 이 정직한 젊은이는 죽을 것처럼 고통스러워했다. 하지만 필리어스 포그는 대담한 선원으로서 바다와 맞설 줄 알았다. 그는 증기를 줄이지 않고 계속해서 달렸다. '헨리에타' 호가 파도를 뛰어넘지 못할 때는 과감히 파도를 뚫고 갔는데, 그럴 때면 파도가 갑판을 휩쓸면서 지나갔다. 가끔씩 추진기가 물 밖으로 나와 공중에서 미친 듯이 헛돌기도 했지만 배는 여전히 앞으로 전진했다.

다행히도 바람은 걱정한 만큼 거세지 않았다. 시속 90마일로 부는 그런 태풍은 아니었다. 그래도 바람은 강한 편이었고, 불행히도 계속해서 남동쪽에서 불어와 돛을 올릴 수가 없었다. 바람이 불어 증기를 도왔다면 아주 좋았을 것이다!

12월 16일은 런던을 떠난 지 75일째 되는 날이었다. '헨리에타' 호가 걱정할 정도로 늦은 것은 아니었다. 항로의 거의 반을 왔고, 가장 어려운 구역은 이미 지났다. 여름이었다면 성공을 자신했을 것이다. 하지만 겨울에는 악천후의 영향이 있었다. 파스파르투는 아무 말도 하지 않았다. 하지만 마음속으로는 희망을 품고 있었다. 바람이 불지 않는다 해도 증기에 기대를 걸 수 있었다.

그런데 그날, 기관사가 갑판 위로 올라와 포그 씨에게 무언가를 얘기했는데, 그들의 대화는 꽤 심각해 보였다. 무슨 까닭인지는 모르겠지만 파스파르투는 불안함이 파도처럼 몰아치는 것을 느꼈다. 두 사람이 하는 이야기를 들을 수만 있다면, 한쪽 귀를 주어도 아깝지 않을 것 같았다. 그래도 몇 마디, 특히 주인이 한 말을 들을 수 있었다.

「지금 한 말 틀림없소?」

「틀림없습니다. 출항할 때부터 보일러 화력을 최대로 하면서 왔다는 것을 잊지 마십시오. 뉴욕에서 보르도까지 약한 증기로 항해하는 데는 석탄이 충분했지만, 뉴욕에서 리버풀까지 전속력으로 항해하는 데는 충분하지 않았습니다.」

기관사가 말했다.

「알겠소.」

파스파르투는 상황을 알아차렸다. 그리고 미칠 것 같은 불안에 사로잡혔다. 석탄이 떨어져 가고 있는 것이다!

「아! 만약 주인님이 이 위기를 벗어난다면 분명히 유명한 사람이 될 거야!」

파스파르투가 혼자 중얼거렸다.

그는 픽스를 만나자 상황을 알리지 않을 수 없었다.

「당신은 지금 우리가 리버풀로 가고 있다고 믿고 있군요!」

형사가 이를 악물면서 말했다.

「물론이죠!」

「어리석기는!」

형사는 이렇게 대답하고, 어깨를 으쓱하며 가버렸다.

파스파르투는 이 말의 진정한 의미를 이해할 수 없었지만, 형사가 내뱉은 마지막 말에 가차 없이 대꾸하려 했다. 하지만 경솔하게도 잘못된 의심으로 주인을 미행하여 세계일주를 했으니 이 운 없는 픽스도 몹시 실망했을 것이고, 그의 자존심 역시 무척 상했을 것이라는 생각이 들어 그를 용서해주기로 했다.

그러면 이제 필리어스 포그는 어떤 결심을 하게 될까? 그것을 상상하기란 쉬운 일이 아니다. 그러나 이 냉정한 신사는 마음을 결정한 듯, 바로 그날 저녁 기관사를 불러 이렇게 말했다.

「불을 계속 지펴 연료가 완전히 없어질 때까지 항해하시오.」

조금 뒤 '헨리에타' 호의 굴뚝은 엄청난 연기를 내뿜었다.

따라서 배는 계속 전속력으로 달렸다. 그러나 이미 예고했듯, 이틀 뒤인 18일에 기관사가 그날 안으로 석탄이 떨어질 것이라고 말했다.

「불이 약해져서는 안 되오. 밸브에 연료를 더 투입하도록 하시오.」

포그 씨가 말했다.

정오 즈음, 필리어스 포그는 배의 위치를 측정한 다음, 파스파르투를 불러 스피디 선장을 데려오라고 지시했다. 마치 이 용감한 젊은이에게 호랑이 한 마리를 풀어놓으라고 명령하는 것 같았다.

「선장은 틀림없이 미친 듯이 날뛰겠지!」

파스파르투는 갑판으로 내려가면서 중얼거렸다.

과연 몇분 뒤, 고함과 욕설을 퍼부어대는 폭탄 하나가 갑판 위에 나타났다. 폭탄은 바로 스피디 선장이었다. 폭발 일보 직전이었다.

「여기가 어디야?」

화가 나 숨을 거칠게 몰아쉬며 그가 내뱉은 첫마디였다. 이 당당한 사나이가 뇌졸중에 약한 체질이었다면, 다시는 돌아오지 못할 길로 갔을 것이다.

「여기가 어디냐고?」

벌개진 얼굴로 그가 다시 물었다.

「리버풀에서 770마일 떨어진 지점입니다.」

포그 씨가 변함없는 차분함으로 대답했다.

「해적!」

앤드루 스피디가 소리쳤다.

「내가 당신을 오라고 한 것은…….」

「이 해적 놈!」

「당신 배를 나한테 팔라고 부탁하기 위해서입니다.」

필리어스 포그가 말을 이었다.

「안 돼! 모든 악마의 명예를 걸고 절대로 안 돼!」

「곧 배를 태워야만 하기 때문이지요.」

「내 배를 태우다니!」

「그렇습니다. 적어도 윗부분은 태워야 합니다. 연료가 부족하기 때문에.」

「내 배를 태우다니! 5만 달러짜리 배를!」

스피디 선장은 말 한마디조차 제대로 못 할 정도로 악을 쓰면서 외쳤다.

「여기 6만 달러 받으십시오!」

필리어스 포그는 선장에게 지폐 한 뭉치를 내밀며 말했다.

이 지폐 뭉치는 앤드루 스피디에게 곧 놀라운 효과를 발휘했다. 6만 달러를 보고 마음이 동하지 않는다면, 아마 미국인이 아닐 것이다. 선장은 순식간에 분노며, 자기를 가둔 일이며, 이 승객에 대한 모든 불만을 잊었다. 선장의 배는 20년이나 된 것이었다. 이번 일은 황금 거래가 될 수 있지 않은가! 폭탄은 터지지 않았다. 포그 씨가 도화선을 뽑았기 때문이다.

「그러면 쇠로 된 선체 부분은 내가 가지겠소.」

스피디가 유난히 부드러워진 목소리로 말했다.

「쇠로 된 선체 부분도, 기계도 당신 것입니다. 이제 됐습니까?」

「좋습니다.」

앤드루 스피디는 지폐 뭉치를 움켜쥐고 이를 세어본 후 주머니에 넣었다.

이 광경을 바라보는 동안, 파스파르투의 얼굴은 하얗게 질렸다. 픽스는 하마터면 뇌출혈을 일으킬 뻔했다. 2만 파운드 가까이 되는 돈을 쓰고 나서도 배를 판 자에게 선체와 기계, 거의 배 전체에 해당하는 것을 다시 넘기다니! 은행에서 턴 돈이 5만 5천 파운드라는 말이 거짓이 아니군!

앤드루 스피디가 돈을 받아 넣자, 포그 씨가 말했다.

「이제까지 일어난 일에 놀라지 않기를 바랍니다. 만일 12월 21일 저녁 8시 45분까지 런던에 도착하지 않으면 나는 2만 파운드를 잃게 됩니다. 그런데 뉴욕에서 배를 놓쳤고, 당신이 리버풀로 데려다 줄 것을 거절했기 때문에…….」

「나에게는 잘된 일이지요. 적어도 4만 달러는 번 셈이니까요.」

앤드루 스피디가 큰 소리로 말했다.

그리고 좀 더 느긋한 목소리로 덧붙였다.

「한 가지 사실을 아시는지, 선장…….」

「포그입니다.」

「포그 선장, 그래요. 당신에게는 미국인 같은 데가 있습니다.」

스피디 선장이 자기로서는 칭찬이랍시고 이 말을 하고 돌아서려는데, 필리어스 포그가 물었다.

「이제 이 배는 내 것이지요?」

「물론입니다. 용골에서 돛대 끝까지, 나무

로 된 부분은 모두 당신 겁니다!」

「그럼 됐습니다. 배 안의 내부 설비를 부수어 나무 조각들로 불을 피우겠습니다.」

증기 기압을 충분히 유지하기 위해 이런 마른나무가 얼마나 필요한지는 여러분의 판단에 맡기기로 한다. 그날로 갑판, 갑판실, 선실, 거실, 모조 다리가 연료로 쓰였다.

이튿날인 12월 19일에는 돛대, 갑판 위에 쌓아놓은 예비 부품, 둥근 나무토막 등을 불살랐다. 돛도 쓰러뜨려 도끼로 잘랐다. 승무원들은 믿기 어려울 정도로 열심히 그 일을 해냈다.

파스파르투는 깎고 자르고 톱질하면서 열 사람 몫을 했다. 화가 난 참에 부수고 있는 것이었다.

이튿날인 20일에는 상갑판, 깃발, 모든 불필요한 것 등 갑판의 대부분이 연료로 삼켜졌다. '헨리에타' 호는 이제 작업선처럼 바닥이 평평한 배가 되고 말았다.

드디어 그날, 아일랜드 해안과 패스트넷의 불빛이 보였다.

그렇지만 밤 10시에 배는 아직 퀸스타운 앞을 지나고 있을 뿐이었다. 필리어스 포그에게는 런던에 도착하기까지 24시간이 남아 있었지만, '헨리에타' 호가 전속력으로 달려 리버풀까지 가는 데만도 그 정도의 시간이 필요했다. 그리고 증기도 곧 떨어질 것이었다!

「정말로 안됐습니다. 모든 것이 당신 뜻과 어긋나는군요! 아직 퀸스타운 앞이니 말이오.」

포그 씨의 계획에 흥미를 느끼기 시작한 스피디 선장이 말했다.

「아! 저기 불빛이 보이는 도시가 퀸스타운인가요?」

포그 씨가 탄성을 지르며 물었다.

「그렇소.」

「저 항구에 들어갈 수 있습니까?」

「적어도 세 시간은 기다려
야 합니다. 만조 때에만 들어
갈 수 있어요.」

「그럼 기다립시다!」

필리어스 포그는 조용히 대답

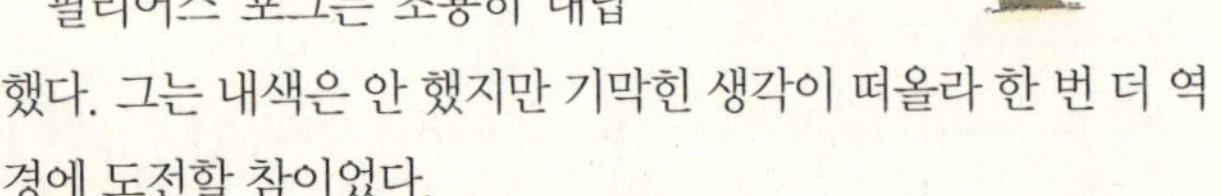

했다. 그는 내색은 안 했지만 기막힌 생각이 떠올라 한 번 더 역
경에 도전할 참이었다.

퀸스타운은 아일랜드 해안의 항구로, 미국에서 오는 대서양
횡단 여객선들이 이곳에 들러 우편물을 내려놓는다. 그리고 늘
출발 준비를 하고 있는 급행열차가 우편물을 더블린으로 실어
나른다. 우편물은 더블린에서 쾌속 증기선으로 리버풀까지 배
달되는데, 선박 회사에서 가장 빠른 배보다도 열두 시간이나
먼저 도착한다. 필리어스 포그는 미국 우편물이 버는 이 열두
시간을 자신도 벌 작정이었다. 그렇게 되면 이튿날 저녁이 아
닌 정오에 리버풀에 도착하게 될 것이고, 이에 따라 저녁 8시
45분 이전에 런던에 도착할 수 있을 것이다.

새벽 1시쯤 '헨리에타' 호는 만조에 맞춰 퀸스타운 항구로 들
어갔다. 필리어스 포그는 스피디 선장의 힘찬 악수를 받은 다
음, 다 부서져 뼈만 남았지만 아직도 거래 가격의 절반쯤은 그
가치가 남아 있는 배에 선장을 남겨두고 떠났다.

승객들은 곧 배에서 내렸다. 그때 픽스는 이 포그라는 자를 체포하고 싶다는 강렬한 욕망에 사로잡혔다. 그러나 그렇게 하지 않았다! 왜 그랬을까? 마음속에 어떤 갈등이라도 일어난 걸까? 포그 씨 편으로 돌아선 걸까? 자신이 잘못 생각하고 있다는 것을 마침내 깨달은 걸까? 그러나 픽스는 포그 씨를 포기하지 않았다. 그는 새벽 1시 30분에 포그 씨, 아우다 부인, 그리고 숨 돌릴 겨를도 없이 서두르는 파스파르투와 함께 퀸스타운에서 기차에 올랐고, 동이 틀 무렵 더블린에 도착했다. 그리고 곧바로 강철로 된 방추형의 증기선에 올라탔다. 배는 파도에 들썩이는 것도 개의치 않고 일정한 속도로 바다를 달렸다.

12월 21일 낮 12시 20분 전, 드디어 필리어스 포그는 리버풀의 부두에 도착했다. 런던까지 여섯 시간이면 충분했다.

그러나 그때, 픽스가 다가와 포그 씨의 어깨에 손을 얹으며 체포 영장을 내밀었다.

「필리어스 포그 씨가 맞습니까?」

「그렇소.」

「여왕의 이름으로 당신을 체포합니다!」

34 파스파르투의 신랄한 말장난

필리어스 포그는 투옥되었다. 그가 갇힌 곳은 리버풀의 세관 유치장이었다. 런던으로 이송되기 전에 그곳에서 밤을 보내야 했다.

체포가 이루어지는 순간, 파스파르투는 형사에게 달려들려고 했으나 경찰들이 그를 막았다. 아우다 부인은 갑작스런 이 사건에 어리둥절해했고, 아는 것이 없어 도무지 이해할 수가 없었다. 파스파르투가 상황을 설명해주었다. 부인에게는 생명의 은인인 이 훌륭하고 용감한 신사가 도둑으로 체포되었다는 것이었다. 젊은 부인은 이러한 혐의에 항의하고 분개했다. 그리고 생명의 은인을 구하는 데 아무것도 할 수 없다는 것을 깨닫고 눈물을 흘렸다.

픽스는 그 신사가 유죄건 무죄건 자신의 의무대로 그를 체포했다. 죄가 있는지 없는지는 법정에서 판가름 날 것이다.

그때 파스파르투는 자신이 분명 이 모든 불행의 원인이라는 견딜 수 없는 생각이 들었다. 왜 진작 포그 씨에게 이런 위험을 알리지 않았을까? 픽스가 자신이 형사라는 사실과 맡은 임무에 대해 털어놓았을 때, 왜 주인에게 알릴 생각을 하지 않았을까?

주인이 이 사실을 알았다면 아마 자신의 무죄를 입증하고 픽스의 실수를 증명했을 것이다. 적어도 영국 땅에 발을 들여놓는 순간 그를 체포하려고 안달이 난 이 불쾌한 형사를 자기 돈을 들여 데려오지는 않았을 것이다. 이 가엾은 젊은이는 자신의 잘못과 부주의를 생각하며 뼈저리게 후회했다. 그는 보기 딱할 정도로 흐느껴 울었고, 제 머리를 부숴버리고 싶어했다! 아우다 부인과 파스파르투는 추위에도 아랑곳하지 않고 세관 입구에 서 있었다. 한 번만이라도 더 포그 씨를 보고 싶었다.

그 신사로 말한다면, 이제 그는 정말로 망한 것이었다. 그것도 목표에 도달하기 직전에. 체포 사건이 그를 돌아올 수 없는 길로 내몰았다. 12월 21일 12시 20분 전, 리버풀에 도착한 그에게는 혁신클럽에 나타나기로 한 8시 45분까지 9시간 5분이 남아 있었다. 런던까지 가는 데는 여섯 시간이면 충분했다.

그러나 그때 누군가 세관 유치장에 들어가 보았다면, 화도 내지 않고 태연하게 나무 의자에 앉아 있는 포그 씨를 발견할 수 있었을 것이다. 체념했다고는 말할 수 없었다. 적어도 겉으로 보기에는 마지막 타격에 동요되지 않은 듯했다. 그의 내부에 저항할 수 있는 힘이 축적되어 있는 것일까? 알 수 없는 일이다. 하지만 필리어스 포그는 그곳에 있었다. 차분하게 기다리면서……. 그런데 무엇을? 희망을 간직하고 있었을까? 감옥 문이 그를 가두고 있는데도 여전히 성공을 믿고 있었던 것일까?

그의 생각을 알 수는 없지만, 포그 씨는 자신의 시계를 탁자 위에 얌전히 올려놓고, 그 바늘

317

이 움직이는 것을 바라보았다. 입에서는 말 한마디 흘러나오지 않았고, 시선은 멈춘 듯 꼼짝하지 않았다.

어쨌든 상황은 최악이었다. 이 상황을 제대로 읽어내지 못한 사람들을 위해 이렇게 요약해볼 수 있을 것이다.

정직한 필리어스 포그는 파산했다. 부정직한 필리어스 포그는 체포됐다.

그는 탈출할 생각을 했을까? 이 유치장 안에 빠져나갈 구멍이 있는지 찾아볼 생각을 했을까? 달아날 생각을 했을까? 그랬던 것 같기도 하다. 한순간 그가 방을 한 바퀴 둘러봤으니까. 그러나 문은 굳게 닫혀 있었고, 창문에는 쇠창살이 쳐져 있었다. 그는 다시 의자에 앉아 지갑에서 여행 일지를 꺼냈다. 「12월 21일 토요일, 리버풀」이라고 적혀 있는 줄에 「80일째, 오전 11시 40분」이라고 덧붙여 썼다.

세관의 시계가 1시를 알렸다. 포그 씨는 자신의 시계가 세관 시계보다 2분 빨리 간다는 사실을 확인했다. 2시! 지금이라도 급행열차를 타면 저녁 8시 45분 이전에 런던의 혁신클럽에 도착할 수 있다.

그의 이마에 가벼운 주름이 졌다……

2시 33분, 밖에서 무슨 소리가 들리더니, 문이 요란스러운 소리를 내며 열렸다. 파스파르투와 픽스의 목소리도 함께 들렸다. 순간 필리어스 포그의 눈이 반짝였다.

유치장 문이 열렸다. 그는 자신에게로 달려드는 아우다 부인, 파스파르투, 그리고 픽스를 보았다.

픽스는 머리카락이 온통 헝클어진 채 말도 못 할 정도로 숨을 헐떡이고 있었다.

「저, 저…… 죄송합니다……. 너무나 똑같이 닮은 바람에…… 도둑은 사흘 전에 체포되었고…… 당신은…… 자유……!」

필리어스 포그는 자유의 몸이 되었다! 그는 형사에게로 다가가 형사를 정면으로 바라보았다. 그리고 여태껏 한 번도 해본 적이 없는, 또 앞으로도 결코 하지 않을 단 한 번의 동작, 즉 자신의 두 팔을 뒤로 젖혔다가 기계 같은 정확성으로 그 불운한 형사에게 두 주먹을 날렸다.

「그렇지!」

파스파르투가 소리쳤다.

프랑스인다운 신랄한 말장난까지 덧붙였다.

「아이고! 이게 바로 '영국 주먹이 멋들어지게 먹었다' 는 거군.」

쓰러진 픽스는 한마디도 입 밖에 내지 않았다. 당할 것을 당했을 뿐이었다. 포그 씨, 아우다 부인, 그리고 파스파르투는 곧바로 세관을 나왔다. 그들은 마차에 뛰어올랐고, 몇 분 만에 리버풀 역에 도착했다.

필리어스 포그가 런던으로 떠나는 급행열차가 있는지 알아보았다. 그때가 2시 40분이었다. 급행열차는 35분 전에 떠난 상태였다.

그러자 필리어스 포그는 특별 열차를 주문했다.

증기로 달리는 고속 기관차가 여러 대 있었다. 그러나 운행상의 사정으로 특별 열차는 3시 이전에 역을 떠날 수 없었다.

3시가 되자 필리어스 포그는 기관사에게 사례금을 약속한 뒤 젊은 부인, 충실한 하인과 함께 런던을 향해 달렸다. 다섯 시간 30분 만에 런던과 리버풀 사이의 거리를 완주해야 했다. 전 구간에 선로가 비어 있다면 해볼 만한 일이었다. 하지만 도중에 피치 못할 연착 사태가 발생했고, 신사가 역에 도착했을 때는 런던의 모든 시계가 9시 10분 전을 가리키고 있었다.

세계일주를 마치고 돌아왔지만, 필리어스 포그는 5분 늦게 도착한 것이다!

그는 내기에 지고 말았다.

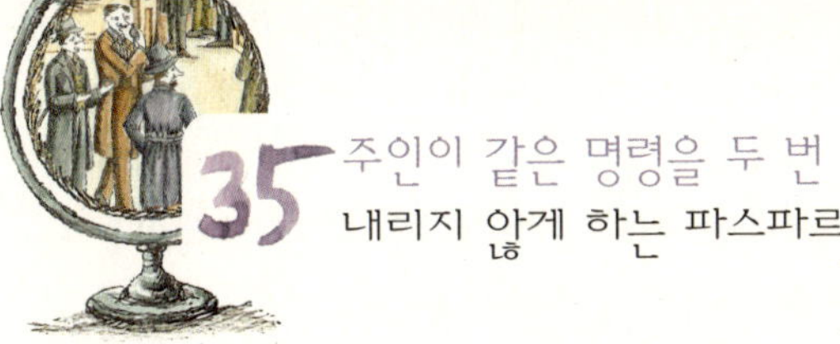

주인이 같은 명령을 두 번 내리지 않게 하는 파스파르투

이튿날 포그 씨가 집에 돌아왔다는 사실을 새빌로의 주민들이 알았더라면 매우 놀랐을 것이다. 저택의 문이며, 창문, 모든 것이 닫혀 있었기 때문이다. 밖에서 보기에 달라진 것은 아무것도 없었다. 사실, 역을 떠난 후 필리어스 포그는 파스파르투에게 약간의 식료품을 사 오라고 명령한 뒤, 곧바로 집으로 돌아왔다.

이 신사는 자신에게 가해진 타격을 평소처럼 냉정하게 받아들였다. 그는 파산했다! 그 서툰 형사의 실수로! 그는 긴 여정 동안 확신에 찬 걸음을 걸었다. 수많은 장애를 넘었고, 수많은 위험을 무릅썼으며, 도중에 시간을 내어 좋은 일을 하기도 했다. 그러나 예상할 수도 없었고, 그렇기에 전혀 방어책을 마련해두지 못한 갑작스런 일로 인하여 모든 것이 항구에서 물거품이 되어버렸다. 가혹한 일이었다! 떠날 때 가져간 막대한 금액 가운데 남은 것은 몇 푼 되지도 않았다. 그의 재산은 이제 베링 형제은행에 맡겨둔 2만 파운드뿐인데, 이마저도 혁신클럽의 동료들에게 지불해야 했다. 여행에는 많은 비용이 들었기에 이 내기가 그를 부자로 만들지는 못했을 것이다. 그리고 명예를 위한 내기였기에 그는 돈을 벌 생각도 없었다. 하지만 내기는 그를 완전히 파산시켰다. 신사는 자신이 해야 할 일을 알고 있었다.

새빌로의 저택의 방 하나가 아우다 부인에게 제공되었다. 젊은 부인은 절망했다. 포그 씨가 던진 몇 마디의 말로 부인은 그가 어떤 불길한 계획을 세우고 있다는 것을 알아차렸다.

이미 알려져 있다시피, 고정관념의 중압감에 시달리는 영국인 중에는 가끔 매우 극단적인 행동을 하는 사람도 있다. 그래서 파스파르투는 주인이 눈치 채지 않게 그의 거동을 살피고 있었다. 하지만 이 정직한 젊은이는 제일 먼저 자신의 방에 올라가 80일 전부터 타고 있는 가스등의 꼭지를 잠갔다. 우편함에서 가스 회사의 청구서를 발견하고, 자기가 비용을 지불해야 하는 이 가스를 중단하는 것이 우선이라고 생각했던 것이다.

밤이 지났다. 포그 씨는 잠자리에 들었다. 과연 그는 잠을 잤을까? 아우다 부인은 한순간도 쉴 수가 없었다. 파스파르투는 마치 강아지처럼 주인의 방문 앞에서 밤을 새웠다.

이튿날 포그 씨는 하인을 불러 아우다 부인의 점심을 차려주라고 당부하고는, 자기는 차 한 잔에 토스트 한 쪽이면 족하다고 했다. 정리해야 할 일 때문에 시간이 없어 점심과 저녁 식사를 함께할 수 없으니, 아우다 부인에게 양해를 구해달라고도 했다. 그는 아래층에 내려가지 않을 테지만, 저녁에 아우다 부인과 잠깐 얘기할 수 있는 시간을 내달라고 부탁하라는 말도 덧붙였다.

파스파르투는 하루 일정을 전해들었으므로 그대로 따르기만 하면 되었다. 그는 여전히 차분한 주인을 쳐다보았다. 차마 그 방을 나설 수가 없었다. 가슴은 터질 듯했고, 마음은 후회로 고통스러웠다. 이 돌이킬 수 없는 불행에 자책감이 들었기 때문이다. 그렇다! 포그 씨에게 미리 알렸더라면, 픽스 형사의 계획을 폭로했더라면 포그 씨는 픽스 형사를 결코 리버풀까지 데리고 오지 않았을 것이고, 그랬다면…….

파스파르투는 더 견딜 수가 없었다.

「주인님! 포그 나리! 저를 꾸짖어주세요. 제가 잘못해서…….」

그가 소리쳤다.

「나는 누구도 탓하지 않아. 가보게.」

필리어스 포그가 매우 조용한 어조로 대답했다.

파스파르투는 방을 나와, 젊은 부인에게 주인의 의사를 알렸다. 그리고 덧붙여 말했다.

「부인, 저 혼자서는 아무것도 할 수 없어요, 아무것도! 저는 주인님의 마음을 조금도 움직일 수가 없습니다. 하지만 당신이라면…….」

「저라고 무슨 힘이 있겠어요? 포그 씨는 누구의 말에도 흔들리지 않아요! 제가 얼마나 감사하고 있는지 그분이 한 번이라도 헤아려준 적이 있던가요? 제 마음을 알아준 적이 있던가요? 잠시라도 그분을 떠나서는 안 돼요. 오늘밤에 그분이 저한테 하실 말씀이 있으시다고요?」

「그렇습니다, 부인. 아마 부인이 영국에서 자리를 잡을 수 있도록 대책을 세우실 모양입니다.」

「그럼 일단 기다리죠.」

젊은 부인은 대답하고 나서 깊은 생각에 잠겼다.

이런 연유로 일요일 낮 동안 새빌로의 저택은 마치 사람이 살지 않는 곳 같았다. 그리고 의사당 탑의 시계가 11시 30분을 알렸는데도, 필리어스 포그는 이 집에서 살게 된 이래 처음으로 클럽에 가지 않았다.

이 신사가 왜 혁신클럽에 가겠는가? 동료들은 이제 그를 기다리지 않는다. 왜냐하면 전날 저녁 12월 21일 토요일이라는 그 운명적인 날, 8시 45분에 필리어스 포그가 혁신클럽 홀에 나타나지 않았기 때문이다. 그는 내기에서 졌다. 내기에 건 2만 파운드를 찾으러 은행에 갈 필요조차 없었다. 내기 동료들은 그가 서명한 수표를 가지고 있으므로, 2만 파운드를 자신들의 계좌로 옮기기 위해 베링형제은행에 들러 몇 글자를 적기만 하면 된다.

따라서 포그 씨는 외출할 필요가 없었고, 그래서 외출을 하지 않았다. 방에 머물러 있으면서 자신의 일을 정리했다. 파스파르투는 새빌로의 저택의 계단을 쉴 새 없이 오르내렸다. 이 가엾은 젊은이에게는 시간이 멈춰버린 것 같았다. 주인의 방문 밖에서 그 안을 엿듣기도 했는데, 그런 자신의 행동이 무례하다는 생각은 조금도 들지 않았다! 그는 열쇠 구멍으로 방 안을 들여다보면서 자신에게 그럴 권리가 있다고 생각했다! 파스파르투는 끔찍한 일이라도 일어날까 봐 매순간 두려워했다. 가끔 픽스가 떠오르기도 했지만, 그에 대한 생각도 바뀌었다. 이제는 형사를 원망하지 않았다. 픽스는 다른 사람들처럼 실수를 한 것뿐이었다. 필리어스 포그를 미행하고, 체포한 것도 자신의 의무를 다한 것일 뿐이었다. 그런데 자기는……. 생각이 여기에 미치자 자기만큼 변변치 못한 놈도 없다는 생각이 들었다. 혼자 있다가 자신이 너무 불행하게 느껴질 때면 파스파르투는 아우다 부인의 방문을 두드렸고, 그녀의 방에 들어가 젊은 부인을 바라보았다. 그녀는 한마디 말도 없이 구석에 앉아 생각에 잠겨 있었다. 저녁 7시 30분쯤 포그 씨는 하인을 시켜 아우다 부인과 만날 수 있는지 물어보았다. 잠시 후, 젊은 부인과 포그 씨는 방 안에 단둘이 있게 되었다. 필리어스 포그는 의자 하나를 집어 아우다 부인과 마주 볼 수 있도록 벽난로 옆에 앉았다. 그의 얼굴에는 어떤 감정도 드러나 있지 않았다. 집으로 돌아온 포그는 떠날 때의 포그 그대로였다. 변함없이 조용하고, 변함없이 차분했다.

5분 동안 그는 말없이 앉아 있었다. 그리고 아우다 부인을 향해 눈을 들었다.

「부인, 당신을 영국에 데려온 것을 용서해주시겠습니까?」

「제가요? 포그 씨!」

아우다 부인이 심장의 박동을 억누르며 말했다.

「말을 마저 끝내게 해주십시오.」

포그 씨가 말을 이었다.

「당신에게 위험한 그 나라에서 당신을 좀 더 먼 곳으로 데려가려고 생각했을 때, 저는 부자였고, 제 재산의 일부를 당신에게 드릴 생각이었습니다. 그렇게만 됐다면 당신의 삶은 행복하고 자유로웠을 겁니다. 하지만 지금 저는 파산했습니다.」

「알고 있어요, 포그 씨.」

젊은 부인이 대답했다.

「이번에는 제가 여쭈어보겠어요. 당신을 따라와 여행을 늦어지게 하면서 당신의 파산을 거들었을지 모를—누가 알겠어요?—저를 용서해주시겠어요?」

「부인, 당신은 인도에 남아 있을 수 없었습니다. 그 광신도들에게 다시 붙잡히지 않게 멀리 달아나야만 했습니다.」

「포그 씨, 그래서 당신은 그 끔찍한 죽음에서 저를 구해주신 것에 그치지 않고, 외국에서도 저의 안전을 보장해주어야 한다고 생각하신 건가요?」

「그렇습니다, 부인. 그런데 상황이 제게 불리해졌습니다. 얼마 남지 않은 적은 돈이지만, 당신을 위해 쓰도록 허락해주십시오.」

「그럼 당신은, 필리어스 포그 씨, 당신은 어떻게 되는 거죠?」

아우다 부인이 물었다.

「저는 아무것도 필요하지 않습니다.」

신사가 차갑게 대답했다.

「하지만 앞으로 어떻게 살아갈 생각이세요?」

「그때그때 상황에 맞춰가면 됩니다.」

포그가 대답했다.

「어쨌든 당신 같은 분에게 가난이 닥치지는 않을 거예요. 친구들이……」

「저에게는 친구가 전혀 없습니다, 부인.」

「친척들이라도……」

「친척도 없습니다.」

「포그 씨, 정말 안됐군요. 고독이란 슬픈 거니까요. 고통을 털어놓을 만한 사람이 한 명도 없다니! 어떤 고난도 두 사람이 함께하면 좀 더 견딜 만하다고 흔히들 말하지요!」

「그렇다고 합니다, 부인.」

아우다 부인이 일어나 신사에게 손을 내밀며 말했다.

「포그 씨, 친척도 갖고 친구도 갖고 싶지 않으세요? 저를 아내로 삼지 않으시겠어요?」

이 말에 이번에는 포그 씨가 일어났다. 떨리는 입술과 함께 평소와 달리 눈이 빛났다. 아우다 부인이 그를 바라보고 있었다.

생명의 은인을 구하기 위해 어떤 일이라도 과감하게 해내는 그 고귀한 여성의 아름다운 눈은 진지함과 정직함, 강함과 부드러움을 담고 있었다. 그 눈길이 포그에게 처음에는 놀라움으로 다가왔으나 곧이어 그의 마음에 스며들었다. 그는 마치 부인의 눈길이 더 깊이 파고드는 것을 피하기라도 하려는 듯 잠시 눈을 감았다……. 그리고 다시 눈을 떴다.

「사랑합니다! 그렇습니다. 사실은 세상에서 가장 신성한 모든 것을 걸고 당신을 사랑합니다. 저의 모든 것을 당신께 바칩니다!」

그가 담담히 말했다.

「아……」

아우다 부인은 가슴에 손을 얹으며 소리쳤다.

포그 씨는 초인종을 눌러 파스파르투를 불렀다. 파스파르투가 곧 도착했다. 그는 아직 아우다 부인의 손을 잡고 있었다. 파스파르투는 모든 걸 알아차렸고, 그의 넓은 얼굴은 열대지방의 하늘 높이 떠 있는 태양처럼 빛났다.

포그 씨는 파스파르투에게 메리르본의 새뮤얼 윌슨 목사에게 알리러 가기에 시간이 너무 늦지 않았느냐고 물었다.

파스파르투는 활짝 미소를 지으며 말했다.

「결코 늦지 않았습니다.」

저녁 8시 5분이었다.

「그럼 월요일인 내일 진행하는 걸로 할까요?」

파스파르투가 물었다.

「내일, 월요일이 어떤지요?」

포그 씨가 젊은 부인을 바라보며 물었다.

「좋아요, 내일 월요일이요!」

아우다 부인이 대답했다.

파스파르투가 급히 밖으로 뛰어나갔다.

주가가 다시 오르는 필리어스 포그

여기서 밝혀두어야 할 것이 있다. 바로 영국은행을 턴 진짜 범인, 제임스 스트랜드가 12월 17일에 에든버러에서 체포되었다는 소식이 전해졌을 때, 영국 여론이 어떻게 변했는가 하는 것이다.

사흘 전까지만 해도 필리어스 포그는 경찰이 필사적으로 추적하는 범인이었지만, 지금은 기발한 세계일주 여행을 정확하게 수행하고 있는 매우 훌륭한 신사가 되어 있었다.

신문에서 얼마나 크게 떠들어댔으며 그것은 또 얼마나 큰 반향을 불러일으켰는지! 성공이든 실패든 이 여행에 내기를 걸었던 사람들은 까맣게 잊어버리고 있던 이 사건을 마술처럼 다시 떠올렸다. 이 여행을 둘러싼 모든 거래가 그 가치를 되찾았다. 계약이 활발해졌고, 내기도 새로 힘을 받아 다시 시작되었다. 필리어스 포그라는 이름은 증권시장에서 또다시 대단한 인기를 누렸다.

혁신클럽의 다섯 동료는 다소 불안한 가운데 사흘을 보냈다. 그동안 잊고 있던 필리어스 포그가 다시 나타나다니! 그는 지금 어디 있을까? 12월 17일 제임스 스트랜드가 체포되던 날은 필리어스 포그가 여행을 떠난 지 76일째 되는 날이었고, 그들은 어떤 소식도 접할 수 없었다! 죽었을까? 도전을 포기했을까? 아니면 일정대로 여행을 계속하고 있을까? 12월 21일 토요일 저녁 8시 45분, 그는 정확성의 화신처럼 혁신클럽 살롱 입구에 나타날 것인가?

사흘 동안 영국 사교계의 인사들이 겪은 불안에 대해 묘사하는 것은 그만두자. 그들은 필리어스 포그의 소식을 들으려고 미국으로, 아시아로 전보를 쳤다! 아침저녁으로 새빌로의 저택에 사람을 보내 집을 살펴보게 했다. 그러나 아무것도 들을 수 없었다. 잘못된 정보를 따라 포그 씨를 미행하는 데 몸을 던진 픽스 형사가 어떻게 되었는지 경찰도 알지 못했다. 이러한 상황이 내기가 보다 더 활성화되는 데 걸림돌이 되지는 않았다. 경주마로 치자면, 필리어스 포그는 마지막 굽이에 이른 셈이었다. 사람들은 포그에게 100 대 1이 아니라 20 대 1, 10 대 1, 5 대 1로 내기를 걸었고, 늙은 신체 마비 환자 앨버메일 경은 1 대 1로 걸었다.

그런즉 토요일 저녁, 팰맬 거리와 그 인근은 군중으로 꽉 찼다. 혁신클럽 주변에는 중개인들이 대거 몰려 장사진을 이루었다. 그 바람에 교통이 막혔다. 사람들은 토론을 벌이고, 언쟁을 하고, 마치 영국 채권인 양 '필리어스 포그' 주의 시세를 외쳐댔다. 경찰은 사람들을 통제하느라 애를 먹었다. 필리어스 포그가 도착하기로 한 시간이 다가올수록 흥분은 믿기 어려울 정도로 고조되었다.

이 신사의 다섯 동료는 아홉 시간 전부터 혁신클럽의 큰 홀에 모여 있었다. 두 은행가 존 설리번과 새뮤얼 팰런틴, 기사(技師) 앤드루 스튜어트, 영국은행 이사 고티에 랠프, 양조업자 토머스 플래너건은 모두 조바심을 내며 기다리고 있었다.

큰 홀의 시계가 8시 25분을 가리키자, 앤드루 스튜어트가 일어나 말했다.

「신사 여러분, 20분 뒤면 필리어스 포그 씨와 우리가 약속한 기한이 끝납니다.」

「리버풀에서 오는 마지막 기차는 몇 시에 도착했나?」

토머스 플래너건이 물었다.

「7시 23분. 다음 기차는 밤 12시 10분에 도착하네.」

고티에 랠프가 대답했다.

「자, 필리어스 포그 씨가 7시 23분 기차로 도착했다면, 벌써 여기 왔을 겁니다. 따라서 내기는 우리가 이긴 것으로 볼 수 있습니다.」

앤드루 스튜어트가 말을 받았다.

「단정 짓지 말고 기다려보세. 그 친구, 일급 괴짜인 건 자네들도 알지 않는가. 그리고 모든 면에서 그 친구가 정확하다는 건 유명하지. 한 번도 늦거나 일찍 도착하는 일이 없었네. 그 친구가 마지막 순간에 여기 나타난다 해도 나는 별로 놀라지 않을 걸세.」

새뮤얼 팰런틴이 대답했다.

「전 말이죠, 그를 직접 봐도 믿지 못할 것 같습니다.」

앤드루 스튜어트가 늘 그렇듯 아주 신경질적으로 말했다.

「사실, 필리어스 포그의 계획은 터무니없었어. 그가 아무리 정확하다 해도 부득이하게 늦어지는 사태를 막을 수는 없을 것이네. 이삼일만 늦어도 여행을 망칠 수 있잖나.」

토머스 플래너건이 말을 받았다.

「게다가 주목해야 할 점은 우리가 그 친구로부터 아무런 소식도 받지 못하고 있다는 거야. 그의 여행길에 전신망이 있는데도 말이야.」

존 설리번이 덧붙였다.

「그는 졌습니다. 백번 그가 진 겁니다! 여러분도 아시겠지만, 약속한 시간 안에 리버풀에 도착하기 위해 그가 뉴욕에서 탈 수 있는 유일한 여객선인 '차이나' 호는 어제 도착했어요. 그런데 여기 〈쉬핑 가제트〉가 발표한 승객 명단에, 필리어스 포그 씨의 이름은 실려 있지 않습니다. 운이 아주 좋았다고 해도 그는 지금 겨우 미국에 있을 겁니다! 제 생각에는 약속한 날짜보다 적어도 20일은 늦을 것 같습니다. 저 늙은 앨버메일 경도 5천 파운드를 잃게 될 거고요!」

앤드루 스튜어트가 다시 반복했다.

「확실하네. 우리는 내일 베링형제은행에 가서 포그 씨의 수표를 제시하기만 하면 돼.」

고티에 랠프가 말을 받았다.

그때, 홀의 시계가 8시 40분을 알렸다.

「이제 5분 남았습니다.」

앤드루 스튜어트가 말했다.

다섯 동료는 서로를 쳐다보았다. 심장의 박동이 약간 빨라지는 것 같았다. 아무리 대담한 내기꾼들이라 하더라도 내기가 워낙 컸기 때문이다. 하지만 모두들 내색은 하지 않으려 했다. 그들은 새뮤얼 팰런틴의 제안에 따라 카드놀이 탁자에 자리를 잡았다.

「누가 3,999파운드를 준다 해도, 저는 내기에 건 4천 파운드를 포기하지 않을 겁니다!」

앤드루 스튜어트가 의자에 앉으며 말했다.

그 순간, 시곗바늘이 8시 42분을 가리켰다.

그들은 카드를 손에 쥐고 있었지만, 매순간 눈길은 시계를 향했다. 그들이 안심하고 있었는지는 모르지만, 1분 1분이 그토록 길게 느껴진 적은 이제까지 한 번도 없었을 것이다!

「8시 43분!」

토머스 플래너건이 고티에 랠프가 내민 카드를 떼며 말했다.

그리고 한순간 침묵이 흘렀다. 클럽의 넓은 홀은 쥐 죽은 듯 조용했다. 그러나 밖에서는 군중의 환호성이 들리고 가끔 날카로운 외침이 터져 나왔다. 시계추는 째깍째깍 규칙적으로 초를 알렸다. 카드놀이꾼들은 귀를 때리며 움직이는 초침 소리를 셀 수 있었다.

「8시 44분!」

존 설리번이 자기도 모르게 흥분한 목소리로 말했다. 이제 1분만 지나면 내기에서 이긴다. 앤드루 스튜어트와 그의 동료들은 카드놀이를 멈추었다. 그들은 카드를 내려놓고 초를 셌다!

40초, 아무도 나타나지 않았다. 50초, 여전히 아무도! 55초,

밖에서 천둥이 치듯 끊임없이 밀려드는 박수갈채 소리, 만세 소리, 그리고 저주하는 소리까지 들려왔다. 카드놀이꾼들은 일어섰다.

57초, 홀의 문이 열리고, 시계추가 60초를 알리기 직전, 열광하며 클럽 입구로 몰려드는 군중을 이끌고 필리어스 포그가 나타났다. 그리고 침착한 목소리로 말했다.

「신사 여러분, 제가 왔습니다.」

37 세계일주를 해내면서 얻은 것은 행복뿐인 필리어스 포그

그렇다! 바로 필리어스 포그였다.

저녁 8시 5분─그들 일행이 런던에 도착한 지 약 23시간 뒤─파스파르투가 다음 날로 결정된 결혼식을 새뮤얼 윌슨 목사에게 알리기로 했던 것을 여러분은 기억할 것이다.

파스파르투는 기쁨에 들떠 저택을 나섰다. 빠른 걸음으로 새뮤얼 윌슨 목사의 집에 이르렀지만, 목사는 아직 집에 돌아와 있지 않았다. 파스파르투는 적어도 20분은 기다렸다.

간단히 말해, 파스파르투가 목사의 집을 나온 때는 8시 35분이었다. 그러나 그때 그의 모습이란! 머리는 헝클어지고 모자도 쓰지 않은 채, 그렇게 빨리 달리는 사람을 본 적이 없을 정도로 그는 달리고 또 달렸다. 행인들을 넘어뜨리기도 하면서 보도 위를 회오리처럼 내달렸다.

그는 3분 만에 새빌로의 저택에 돌아와서는 숨을 헐떡이며 포그 씨의 방에서 쓰러졌다. 그는 말을 할 수가 없었다.

「무슨 일인가?」

포그 씨가 물었다.

「주인님…… 결혼식은…… 안 됩니다.」

파스파르투가 더듬거렸다.

「안 된다니?」

「안 돼요……. 내일은요.」

「왜 그런가?」

「왜냐하면 내일은…… 일요일이기 때문이죠!」

「월요일이네.」

포그 씨가 대답했다.

「아니에요……. 오늘이…… 토요일입니다.」

「토요일이라고? 그럴 리가 있나!」

「맞습니다, 맞아요, 맞다니까요! 주인님께서 하루를 잘못 계산하신 거예요! 우리는 24시간 일찍 도착했습니다. 하지만 이제 10분도 안 남았어요!」

파스파르투가 외쳤다.

파스파르투는 주인의 뒷덜미를 잡고 저항할 수 없는 힘으로 끌어냈다!

필리어스 포그는 생각해볼 겨를도 없이 그렇게 납치되어 방을 떠나, 집을 나선 다음, 마차에 뛰어 올라타고, 마부에게 1백 파운드를 주겠다고 약속했다. 그리고 개 두 마리를 치고, 차 다섯 대를 들이받고 나서 혁신클럽에 도착했다.

그리하여 시계가 8시 45분을 가리켰을 때, 그가 큰 홀에 나타난 것이다.

필리어스 포그는 80일간의 세계일주를 완수했다.

필리어스 포그가 2만 파운드의 내기에서 이긴 것이다!

그런데 그처럼 정확하고 세심한 사람이 어떻게 이런 날짜 착오를 일으킬 수 있었을까? 그가 런던에 도착한 때는 12월 20일 금요일로 그가 떠난 지 79일째 되는 날이었다. 그런데 어떻게 12월 21일 토요일 저녁이라고 생각하게 되었을까?

이러한 착오의 이유는 다음과 같다. 아주 간단하다.

필리어스 포그는 여행 일정을 따르면서 자신도 알지 못하는 사이에 하루를 벌었던 것이다. 그것은 다름 아니라 그가 동쪽으로 세계일주를 했기 때문이다. 만약 그가 반대쪽으로, 다시 말해 서쪽으로 갔더라면 하루를 잃었을 것이다.

동쪽으로 간 필리어스 포그는 태양이 뜨는 방향으로 전진했고, 그 결과 경도를 1도씩 지날 때마다 시간이 4분씩 줄어들었다. 지구의 원주는 360도고, 이 360도에 4분을 곱하면 정확히 24시간, 다시 말해 자기도 모르는 사이에 하루를 얻은 것이다. 필리어스 포그는 동쪽으로 이동하면서 태양이 자오선을 지나는 것을 여든 번 보았지만, 런던에 있는 혁신클럽의 동료들은 일흔아홉 번을 보았을 뿐이다. 그런 연유로 포그 씨가 생각한 것과 달리 일요일이 아닌 토요일이었던 바로 그날, 동료들은 혁신클럽의 홀에서 그를 기다리고 있었다.

그 유명한 파스파르투의 시계―항상 런던의 시각을 고수하는―가 시, 분과 동시에 날짜도 표시해주는 것이었다면 이 사실을 확인할 수 있었을 것이다!

그렇게 필리어스 포그는 2만 파운드를 벌었다. 그러나 여행 중에 약 1만 9천 파운드를 써버렸기 때문에 금전상의 소득은 보잘것없었다. 하지만 앞서 말한 대로, 이 괴짜 신사는 내기에서 돈이 아니라 도전을 추구했을 따름이었다. 남은 1천 파운드도 성실한 파스파르투와 미워할 수 없는 불쌍한 픽스에게 나누어주었다. 다만 약속은 약속이기에 하인에게서 그의 잘못으로 소비된 1,920시간의 가스 요금을 제했다.

바로 그날 밤, 여느 때와 다름없이 차분하고 냉정한 포그 씨가 아우다 부인에게 말을 건넸다.

「결혼 약속, 지금도 유효합니까, 부인?」

「포그 씨, 그 질문을 해야 할 사람은 바로 저예요. 조금 전까지 당신은 파산 상태였지만, 지금은 부자시니까요…….」

아우다 부인이 대답했다.

「그렇지 않습니다, 부인. 이 재산은 당신 것입니다. 당신이 결혼을 생각하지 않았다면 하인은 새뮤얼 윌슨 목사 집에 가지 않았을 것이고, 그랬다면 난 착각을 깨닫지 못했을 겁니다. 또…….」

「친애하는 포그 씨…….」

젊은 부인이 말했다.

「친애하는 아우다…….」

필리어스 포그가 대답했다.

결혼식은 48시간 후에 이루어졌다. 눈부시도록 환히 빛나는 파스파르투가 젊은 부인의 증인으로 참석했다. 그는 부인을 구출했으니 이런 영광은 당연하지 않은가? 그런데 그 이튿날, 파스파르투가 새벽부터 주인의 방문을 쾅쾅 두드렸다.

문이 열리고 침착한 신사가 나타났다.

「무슨 일인가, 파스파르투?」

「나리! 방금 알아낸 건데요…….」

「뭘 말인가?」

「우리가 78일 만에도 세계일주를 할 수 있었다는 겁니다.」

「인도를 횡단하지 않았다면 아마 그랬겠지. 하지만 인도를 지나지 않았다면 아우다 부인을 구하지 못했을 것이고, 그녀를 내 부인으로 맞이할 수도 없었을 거야…….」

포그 씨가 대답했다.

그리고 조용히 문을 닫았다.

이렇게 해서 필리어스 포그는 내기에서 이겼다. 세계일주를 80일 만에 완수한 것이다! 이를 위해 여객선, 철도, 자동차, 요트, 상선, 썰매, 코끼리 등 모든 교통수단을 동원했다. 이 괴짜 신사는 이 일에 있어서 침착성과 정확성이라는 자신의 훌륭한 성품을 발휘했다. 그런데 그 후 어떻게 되었는가? 그는 이 여행에서 무엇을 얻었을까? 이 여행이 그에게 가져다준 것은 무엇일까?

아무것도 없다고 사람들은 말할까? 아무것도 없다고, 그건 그렇다. 그를 가장 행복한 사람으로 만든 단 하나의 매력적인 여자를 제외하고는 얻은 게 아무것도―믿기지 않지만―없었다.

　사실, 사람들은 이보다 더 작은 것을 위해서라도 세계일주를
하지 않을까?

Le Tour du monde en 80 jours